BASTEI
LÜBBE

SANDRA BROWN

VERLORENE HOFFNUNGEN

Roman

Ins Deutsche übertragen
von Britta Evert

BASTEI
LÜBBE

BASTEI-LÜBBE-TASCHENBUCH
Band 18 109

Erste Auflage:
Januar 1993

Deutsche Lizenzausgabe 1993
Bastei-Verlag Gustav H. Lübbe
GmbH & Co., Bergisch Gladbach
Originaltitel: Texas! Chase
Lektorat: Katharina Woicke
Umschlaggestaltung:
Quadro Grafik, Bensberg
Satz: KCS GmbH,
Buchholz/Hamburg
Druck und Verarbeitung:
Brodard & Taupin, La Flèche,
Frankreich
Printed in France

ISBN 3-404-18109-3

Der Preis dieses Bandes
versteht sich einschließlich der
gesetzlichen Mehrwertsteuer.

Prolog

»Komm, Chase, laß uns gehen. Sie braucht Ruhe.«

Durch den Nebel aus Schmerzen und Betäubungsmitteln drangen die Worte zu ihr durch. Marcie Johns blinzelte. Das Krankenhauszimmer lag im Halbdunkel, aber selbst das spärliche Tageslicht, das durch die Rollos fiel, schien noch schmerzhaft grell zu sein. Es dauerte einen Moment, bis sich ihre Augen daran gewöhnt hatten.

An ihrem Bett stand Chase Tyler, neben ihm sein jüngerer Bruder Lucky, den sie an der Ähnlichkeit sofort erkannte, obwohl sie ihm noch nie begegnet war. Chase starrte mit verzweifelter Eindringlichkeit auf sie herunter; sein Bruder schien sich unbehaglich zu fühlen.

Obwohl Marcies Zeitgefühl gestört war, nahm sie an, daß es der Morgen des Tages nach dem verhängnisvollen Unfall sein mußte. Erst vor kurzem war sie von der Intensivstation des St. Luke's Methodist Hospital in dieses Zimmer verlegt worden.

Ein Team von Spezialisten hatte sie untersucht, und man hatte ihr mitgeteilt, daß ihre Verletzungen ernst, aber nicht lebensgefährlich wären. Sie hatte eine Gehirnerschütterung, Arm und Schulter gebrochen und einen schweren Schock erlitten.

Zunächst hatte niemand ihr gegenüber Tanya erwähnt. Dabei hatte Marcie, kaum daß sie das Bewußtsein wiedererlangt hatte, immer wieder verzweifelt nach Tanya gefragt. Schließlich hatte man ihr geantwortet. Tanya war bei dem Unfall ums Leben gekommen. Ein Student der technischen Hochschule Texas, der über die Sommerferien nach Hause fahren wollte, hatte ein Stoppschild übersehen und ihren Wagen voll von der Seite gerammt.

Marcie war angegurtet gewesen. Dennoch war sie auf die Seite geworfen und dann von der Wucht des Aufpralls nach vorn geschleudert worden. Ihr Kopf war gegen die Windschutzscheibe geschlagen. Ihr Gesicht war mit Blutergüssen und Schnittwunden übersät, Lippen und Nase waren aufgeschürft, die Augen fast zugeschwollen, und ihre Schulter steckte in einem Gipsverband. Doch Chase Tylers Frau hatte dieser Unfall das Leben gekostet.

Chase war kaum wiederzuerkennen, so sehr hatte ihn der Schock getroffen. Sein Gesicht war entstellt von Schmerz und Qual, die Augen waren blutunterlaufen, die Wangen unrasiert. Wenn sie ihn nicht ihr Leben lang gekannt hätte, wenn ihr dieses Gesicht nicht immer so lieb und vertraut gewesen wäre, hätte Marcie ihn kaum wiedererkannt.

Sie arbeitete als Immobilienmaklerin und war von den Tylers mit der Suche nach einem Haus beauftragt worden, hatte aber nur mit Tanya zusammengearbeitet. Während der letzten Wochen hatten sie eine ganze Anzahl von Häusern besichtigt, aber Marcies Begeisterung für ein bestimmtes Projekt hatte ansteckend gewirkt. Tanya hatte sich auf den ersten Blick in jenes Haus verliebt und war gespannt, Chase' Meinung zu hören.

Chase Tyler und Marcie Johns waren dreizehn Jahre lang zusammen zur Schule gegangen, hatten sich aber erst am Vortag wiedergesehen, als sie und Tanya ihm überraschend einen Besuch in seinem Büro bei der Tyler Drilling Company abgestattet hatten. Sie erinnerte sich an jedes Detail ...

»Goosey!« Er war aufgesprungen und hatte sie mit einem Händedruck und einer kurzen Umarmung begrüßt.

»Hi, Chase«, hatte sie geantwortet und gelächelt, weil er immer noch diesen Spitznamen aus ihrer Jugendzeit verwendet hatte. »Schön, dich wiederzusehen.«

»Warum warst du nie bei einem der Klassentreffen?« wollte er wissen. »Übrigens, du siehst großartig aus«, hatte er lächelnd hinzugefügt.

»Wie kannst du sie nur mit diesem schrecklichen Namen nennen?« hatte Tanya sich beschwert.

»Du bist doch nicht beleidigt, Marcie?« fragte Chase.

»Natürlich nicht. Wenn ich diesen Namen als unsicherer Teenager ertragen konnte, werde ich ihn als Erwachsene erst recht verkraften. Was die Klassentreffen angeht, ich habe ein paar Jahre in Houston gewohnt und es irgendwie nie geschafft, nach Milton Point zu kommen.«

Chase hatte sie anerkennend gemustert. »Du hast dich wirklich gemausert, Marcie. Und dein Geschäft läuft auch gut, wie ich gehört habe.«

»Danke. Ja, und es macht Spaß, ein eigenes Unternehmen zu führen. Die schlechte Wirtschaftslage der letzten ein, zwei Jahre macht sich zwar bemerkbar, aber ich komme ganz gut durch.«

»Ich wünschte, ich könnte das gleiche sagen«, bemerkte Chase gutgelaunt.

»Oh, aber soviel ich weiß, hast du Grund zum Feiern.«

»Ich habe ihr von dem Baby erzählt«, verriet Tanya ihrem Mann. »Und sie ist überzeugt, daß wir uns trotz unseres knappen Budgets ein Haus leisten können.«

»Soll ich gleich mein Scheckbuch zücken?« hatte Chase lächelnd gefragt.

»Noch nicht. Marcie und ich wollen dir das Haus zeigen, das wir gestern besichtigt haben. Es ist ein Traum. Kannst du mitkommen?«

»Was, jetzt gleich?«

»Bitte.«

»Tut mir leid, Schatz, aber ich kann nicht weg«, hatte Chase geantwortet, und Tanya hatte ein langes Gesicht gemacht.

»Ich würde wirklich gern mitkommen, aber ich erwarte einen Vertreter der Versicherungsgesellschaft«, fuhr Chase fort. »Ich muß unbedingt hier sein, wenn er kommt.«

Tanya seufzte enttäuscht. »Na gut, dann eben morgen.«

»Oder heute nachmittag«, hatte Chase vorgeschlagen. »Schau dir das Haus noch mal an, und ruf mich an, wenn es dir immer noch so gut gefällt. Vielleicht können wir uns nachher dort treffen. Natürlich nur, wenn du Zeit hast, Marcie.«

»Ich habe mir den ganzen Nachmittag für Tanya und dich freigehalten.« Tanya fiel ihrem Mann strahlend um den Hals und hatte ihn stürmisch geküßt. »Ich liebe dich! Und du wirst dieses Haus lieben.«

Chase hatte sie an sich gedrückt. »Ganz bestimmt, aber nicht so sehr, wie ich dich liebe. Ruf mich nachher an, ja?«

Er hatte die beiden zur Tür begleitet und ihnen fröhlich nachgewunken.

Und das war das letzte Mal gewesen, daß Tanya und Chase einander gesehen, einander berührt und geküßt hatten. Marcie und Tanya waren losgefahren, um noch einmal das Haus zu besichtigen.

Und jetzt war Tanya tot.

Bei Chase' Anblick krampfte sich Marcies Herz zusammen. »Es tut mir leid, Chase«, flüsterte sie. »Es tut mir so entsetzlich leid.«

War er gekommen, um ihr Vorwürfe zu machen? Gab er ihr die Schuld an dem Unfall? *War* sie schuld daran?

»Wir ... wir haben ihn nicht einmal gesehen.« Ihre Stimme war dünn und schwach und klang selbst in ihren eigenen Ohren fremd. »Es ging so schnell. Ein furchtbarer Krach ... und dann ...«

Chase sackte auf den Stuhl neben ihrem Bett. Er hatte kaum noch Ähnlichkeit mit dem Mann, den sie am Vortag gesehen hatte. Er war immer auffallend groß gewesen und hatte eine dynamische Ausstrahlung besessen, aber jetzt wirkte er eingefallen und in sich zusammengesunken. Über Nacht hatten sich tiefe Furchen in sein Gesicht gegraben. Seine grauen Augen, die immer gestrahlt hatten, waren nun stumpf und ausdruckslos. Kein Leben ging von ihnen aus. Sie reflektierten kein Licht, als wäre er zusammen mit Tanya gestorben.

»Ich will wissen, wie Tanya ...« Seine Stimme brach, als er den Namen aussprach. Dann räusperte er sich. »In was für einer Stimmung war sie? Was hat sie gesagt? Was waren ihre letzten Worte?«

Lucky stöhnte auf. »Chase, warum quälst du dich so?«

Chase schüttelte gereizt die Hand ab, die ihm sein Bruder auf die Schulter gelegt hatte. »Bitte, Marcie! Was hat sie getan, was hat sie gesagt, als ... als dieser Bastard sie getötet hat?«

Lucky vergrub das Gesicht in den Händen und massierte sich mit Daumen und Mittelfinger die Schläfen. Er schien genauso erschüttert zu sein wie sein Bruder. Die Tyler-Familie hielt eisern zusammen, und sie waren stets füreinander da, wenn es darauf ankam. Marcie konnte gut nachempfinden, wie sehr sie alle mit Chase litten. Aber sie verstand auch Chase' Wunsch, alles über die letzten Augenblicke im Leben seiner Frau zu erfahren.

»Tanya . . . sie hat gelacht«, flüsterte Marcie.

Die Schmerzmittel lähmten ihr die Zunge, und es bereitete ihr Schwierigkeiten, einen Satz zu formen. Sie brachte die Worte kaum heraus, aber sie gab sich Mühe, deutlich zu reden, da sie wußte, daß Chase sich an jedes einzelne Wort klammern würde, das sie über die Lippen brachte.

»Wir . . . wir haben über das Haus gesprochen. Sie war . . . so aufgeregt.«

»Ich werde dieses Haus kaufen.« Chase sah aus wilden, unbeherrschten Augen zu Lucky. »Kauf es für mich. Sie wollte dieses Haus, und sie wird es kriegen.«

»Chase . . .«

»Kauf das verdammte Haus!« brüllte er. »Oder ist das etwa zuviel verlangt?«

»Okay.«

Sein lauter Wutausbruch ließ Marcie schmerzhaft zusammenzucken, als wäre ihr körperlich weh getan worden. Aber sie verzieh es Chase aus ganzem Herzen. Er stand durch den Unfall genauso unter Schock wie sie.

Für jeden, der Chase und Tanya zusammen gesehen hatte, konnte kein Zweifel daran bestehen, daß es die ganz große Liebe war, die die beiden miteinander verband. Tanya hatte ihren Mann vergöttert, und er hatte Tanya, die ihr erstes Kind erwartete, auf Händen getragen. Der Unfall hatte ihm die beiden Menschen genommen, die ihm am meisten bedeutet hatten.

»Kurz vor . . . vor der Kreuzung . . . fragte sie mich, in welcher Farbe . . .« Ein stechender Schmerz schoß durch ihren Arm, und ihr Gesicht verzerrte sich. Wie gern hätte sie die Augen geschlossen, um sich von dem Betäubungsmittel, das in ihre Vene geträufelt worden war, einlullen zu lassen und das Bewußtsein und die qualvolle Realität auszulöschen.

Aber noch mehr sehnte sie sich danach, Chase' Schmerz zu lindern. Und wenn es ihm half, über Tanya zu sprechen, würde sie es tun, solange sie ihren eigenen Schmerzen und dem Wunsch nach tiefer Bewußtlosigkeit standhalten konnte.

»Sie fragte mich, in ... in welcher Farbe sie das Zimmer ... für das Baby streichen sollte.«

Chase schlug die Hände vor dem Gesicht zusammen. »Jesus!« Tränen quollen durch seine Finger und rannen an seinem Handrücken hinunter, und dieser sichtbare Beweis seines Leids verursachte Marcie mehr Qual als der grauenhafte Zusammenstoß mit dem anderen Wagen.

»Chase«, brachte sie mühsam hervor, »gibst du mir die Schuld?«

Er schüttelte den Kopf, ohne die Hände vom Gesicht zu nehmen. »Nein, Marcie, nein. Ich gebe Gott die Schuld. Er hat sie getötet. Er hat mein Kind getötet. Warum? Warum nur? Ich habe sie so sehr geliebt. Ich habe ...« Seine Worte wurden von einem Aufschluchzen erstickt.

Lucky trat zu ihm und legte liebevoll eine Hand auf seine Schulter. Auch in den Augen des jüngeren Bruders sah Marcie Tränen schimmern. Lucky wirkte sehr mitgenommen. Vor kurzem hatte er Schlagzeilen gemacht, weil er beschuldigt worden war, eine Garage bei Tyler Drilling in Brand gesteckt zu haben. Die Anklage war fallengelassen worden, und die wahren Schuldigen waren in Haft, aber das alles schien an seinen Kräften gezehrt zu haben.

Marcie strengte sich an, ein Wort des Trostes zu sagen, aber ihr wollte nichts einfallen. Was hätte sie auch sagen sollen? Alles würde banal klingen.

O Gott, wie kann ich ihm helfen?

Sie war von Geburt eine Kämpfernatur, und Hilflosigkeit war für sie stets ein Fremdwort gewesen – bis jetzt. Nicht in der Lage zu sein, Chase zu helfen, erfüllte sie mit Verzweiflung.

Sie starrte auf seinen gesenkten Kopf. Wie gern hätte sie Chase berührt, ihn in den Arm genommen und geholfen, seine Last zu tragen.

Einen Moment, bevor sie in gnädige Bewußtlosigkeit hinüberglitt, schwor sie sich, alles zu tun, um Chase Tyler eines Tages wieder dem Leben zurückzugeben.

1

»Wir haben es heute abend mit ein paar ganz schön bösartigen Bullen zu tun, Ladies und Gentlemen, aber wir haben hier auch ein paar Cowboys, die darauf brennen, den Stier bei den Hörnern zu packen.« Die gedehnte Stimme des Sprechers hallte durch die gewaltige Arena des Will Rogers Coliseum in Fort Worth, Texas.

»Acht Sekunden, so lange muß sich der Cowboy auf einem dieser Stiere halten. Klingt nicht lang, aber glauben Sie mir, es sind die längsten acht Sekunden, die Sie sich vorstellen können. Kein Cowboy würde mir darin widersprechen. Yes, Sir, in der Welt des Rodeo ist das die größte Herausforderung, das gefährlichste aller Abenteuer, und deshalb heben wir es bis zum Schluß auf.«

Marcie spähte zu ihren beiden Gästen hinüber und stellte erfreut fest, daß sie sich gut zu unterhalten schienen. Sie zum

Rodeo einzuladen war eine gute Idee gewesen. Wie ließ sich das pure, unverfälschte Texas besser vorführen?

Der Sprecher fuhr fort: »Der erste Stierreiter des heutigen Abends kommt aus Park City, Utah. Wenn Larry Shafer nicht gerade einen Stier bezwingt, rast er auf Skiern über die Pisten. Hier sehen Sie einen wirklich risikofreudigen jungen Mann, Ladies und Gentlemen! Aus Box drei, auf Cyclone Charlie – Larry Shafer! Pack's an, Larry!«

Das Ehepaar aus Massachusetts beobachtete mit angehaltenem Atem, wie der Texas-Brahma-Bulle aus der Box stob, der Cowboy auf seinen bockenden Rücken gekauert. Innerhalb weniger Sekunden lag der Rodeoreiter und Skifahrer aus Utah im Staub der Arena und beeilte sich, aus der Reichweite der stampfenden Hufe des Stiers zu entkommen. Sowie er auf beiden Beinen stand, rannte er zum Zaun, schwang sich hinüber und überließ es den beiden Rodeo-Clowns, den Stier abzulenken, bis er durch das offene Gatter aus der Arena stürmte.

»So etwas habe ich noch nie gesehen«, sagte die Frau.

»Werden diese Männer extra dafür geschult?« wollte ihr Mann wissen.

Marcie interessierte sich erst seit kurzem für Rodeo-Reiten, und ihr Wissen war noch etwas mager. »Ja. Es gehört viel Übung und Technik dazu, aber auch eine ganze Menge Glück.«

»Inwiefern?«

»Welcher Stier einem Reiter zugeteilt wird, beispielsweise.«

»Sind einige reizbarer als andere?«

Marcie lächelte. »Alle werden speziell für das Rodeo gezüchtet, aber jedes Tier hat seine persönlichen Stimmungsschwankungen und Charakterzüge.« Ihre Aufmerksamkeit wurde auf eine andere Box gelenkt, wo der Stier bereits die Geduld verloren hatte und so heftig ausschlug, daß der Reiter Mühe hatte, das Tier zu besteigen. Die Frau aus Massachusetts fächelte sich nervös Luft zu. Ihr Ehemann wirkte fasziniert.

»Ladies und Gentlemen, es sieht so aus, als ob unserem nächsten Reiter einiges bevorstünde«, verkündete der Sprecher. »Will irgend jemand hier seinen Platz einnehmen?« Nach einer Pause lachte er. »He, nicht so viele Freiwillige, bitte.

Aber dieser Cowboy hat keine Angst vor einem schwierigen Tier«, fuhr er fort. »Im Gegenteil, je wilder der Ritt, desto besser. Er war jahrelang beim Rodeo, bevor er sich zurückzog. Erst vor anderthalb Jahren hat er von neuem damit angefangen, ohne sich davon abschrecken zu lassen, daß er ein Jahrzehnt älter als die meisten Reiter ist. – Er stammt aus dem Osten von Texas. Ist zufällig jemand aus Milton Point hier? Falls ja, drückt die Daumen für diesen jungen Mann aus eurer Heimatstadt, für Chase Tyler, der gerade auf ›El Dorado‹ aus Box sieben kommt!«

»O mein Gott!« Ohne sich dessen bewußt zu sein, war Marcie aufgesprungen.

Der Ansager hob seine Stimme zu einer ohrenbetäubenden Lautstärke, als das Gatter aufging und der scheckige graue Bulle herausgestürmt kam, bockte, ausschlug und den Kopf von einer Seite auf die andere warf.

Marcie sah, wie der Cowboyhut von Chase' Kopf segelte und unter den Hufen des Stiers im Staub zertrampelt wurde. Chase hielt den linken Arm hoch, wie es die Regeln vorschrieben. Jedesmal, wenn der Stier bockte, wurde Chase hochgeschleudert und landete dann wieder hart auf dem Rücken des Tieres.

Die Menge jubelte Chase begeistert zu und feuerte ihn an durchzuhalten. Es gelang ihm, sich ungefähr fünf Sekunden in seinem Sitz zu halten, Sekunden, die Marcie wie Jahre vorkamen. Bevor das Signalhorn ertönte, senkte das Tier den Kopf so weit nach unten, daß er fast den Boden berührte, riß ihn dann abrupt wieder hoch. In der Bewegung steckte so viel ungezähmte Kraft, daß Chase abgeworfen wurde.

Er wich den stampfenden Hufen aus, indem er sich blitzschnell zur Seite rollte. Ein Clown in weiten Hosen sprang herbei und stupste des Tier mit einem Baseballschläger auf die Schnauze. Der Stier schnaubte, stampfte auf, und der Clown, der ihm noch schnell eine lange Nase zeigte, hastete davon.

Alles wirkte wie ein großer Spaß, und das Publikum lachte. Der Ernst der Situation zeigte sich allerdings im nächsten Moment, als klar wurde, daß die Taktik des Clowns versagt hatte.

Der Stier fuhr herum, Schaum vorm Maul, die Nüstern gebläht. Chase, der mit dem Rücken zum Stier stand, hob gerade seinen Cowboyhut auf und klopfte dann den Sand von den Chaps ab, den ledernen Beinschützern. Ein lauter Warnruf ertönte, aber zu spät. Der Stier ging mit gesenktem Kopf auf Chase los, über eine Tonne Lebendgewicht im Angriff.

Chase sprang rasch genug beiseite, um zu verhindern, daß er von einem Paar bösartig wirkender Hörner aufgespießt wurde, aber dennoch erwischte der Bulle ihn an der Schulter und warf ihn zu Boden. Die Zuschauer schnappten hörbar nach Luft, als die Vorderhufe mitten auf Chase' Brust landeten.

Marcie schrie auf und preßte sich dann die Hand vor den Mund. Entsetzt sah sie mit an, wie Chase in den rotbraunen Sand sackte, offensichtlich bewußtlos.

Wieder griffen die Clowns ein, unterstützt von zwei Helfern zu Pferd. Beide galoppierten auf den Stier zu. Jeder von ihnen stand in den Steigbügeln, weit über den Sattelknopf gebeugt, und schwenkte ein Lasso. Einem der Reiter gelang es, die Schlinge über die Hörner des Stiers zu werfen und das Seil straff anzuziehen. Sein gut abgerichtetes Pferd galoppierte durch das Gatter, im Schlepptau den widerspenstigen Bullen, während ein mutiger Clown mit einem Besen nachhalf. Der andere Clown kniete neben dem verletzten Cowboy im Sand.

In ihrer Hast, zum nächsten Tribünenabgang zu kommen, kletterte Marcie über etliche Beine und Füße. Grob schob sie jeden beiseite, der ihr im Weg stand, während sie die Rampe hinunterlief. Als sie die unterste Reihe erreichte, packte sie einen Mann am Arm.

»He, was zum . . .« protestierte er.

»Wo geht es zu . . . zu der Stelle, wo die Leute rauskommen?« fragte Marcie panisch.

»Sagen Sie mal, Lady, sind Sie betrunken? Lassen Sie meinen Arm los!«

»Die Räume, wo die Rodeo-Reiter sich aufhalten.«

»Da lang.« Er zeigte ihr die Richtung und brummte in sich hinein: »Verrückte Tante.«

Sie drängelte sich durch die Menge der Menschen, die Souvenirs und Erfrischungen kauften. Über den Lautsprecher hörte sie den Ansager verkünden: »Sobald wir mehr wissen, Leute, sagen wir euch, wie es Chase Tyler geht.«

Ohne auf die Aufschrift ›*Für Unbefugte kein Eintritt*‹ auf einer breiten Metalltür zu achten, drängte Marcie sich hindurch. Der Geruch von Heu und Mist hing in der Luft, als sie an einer Reihe von Viehstallungen vorbeilief. Sie atmete mühsam ein und wäre an dem Staub fast erstickt, aber als sie hinter einer Scheune das kreisende Blinklicht eines Rettungswagens entdeckte, beschleunigte sie ihr Tempo.

Und wieder schob sie sich rücksichtslos durch die Menge von Schaulustigen, bis sie Chase bewußtlos auf einer Trage liegen sah. Zwei Sanitäter kümmerten sich um ihn. Einer schob gerade eine Nadel in die Vene in seiner Ellbogenbeuge. Chase' Gesicht war still und weiß.

»Nein!« Sie ließ sich neben der Trage auf die Knie fallen und griff nach seiner schlaffen Hand. »Chase? Chase!«

»Weg da, Lady«, befahl einer der Sanitäter.

»Aber . . .«

»Er kommt schon in Ordnung, wenn Sie uns nicht im Weg stehen.«

Sie wurde von hinten an den Armen gepackt und hochgezogen. Als sie sich umdrehte, sah sie in das Gesicht eines der Rodeo-Clowns. Es war der, den sie zuletzt gesehen hatte, als er sich über Chase beugte.

»Wer sind Sie?« fragte er.

»Eine Freundin. Wie geht es ihm? Weiß man schon, wie es um ihn steht?«

Er musterte sie skeptisch; offensichtlich war sie hier fehl am Platz. »Er wird sich ein paar Rippen gebrochen haben, mehr nicht. Hat ein bißchen die Puste verloren.«

»Wird er wieder gesund werden?«

Er spuckte Kautabak auf den strohbedeckten Betonboden. »Bestimmt. Ich schätze, er wird ein, zwei Tage nicht besonders gut drauf sein.«

Die Diagnose des Clowns vermochte Marcie kaum zu beruhigen. Schließlich war er kein Fachmann. Woher wollte er wissen, daß Chase keine inneren Verletzungen erlitten hatte?

»Hätte heute abend nicht reiten sollen«, bemerkte der Clown, als die Trage in den Rettungswagen geschoben wurde. »Ich hab' ihm gesagt, in seinem Zustand sollte er sich auf keinen Stier setzen. Aber wahrscheinlich war es ziemlich egal. Der alte El Dorado ist ein Miststück. Letzte Woche in . . .«

»Was für ein Zustand?« Der Clown begriff nicht, was sie damit meinte, und so fügte sie hinzu: »Sie sagten, ›in seinem Zustand‹. In was für einem Zustand war Chase?«

»Ganz schön benebelt war er.«

»Betrunken, meinen Sie?«

»Ja, Ma'am. Wir hatten gestern nacht 'ne ganz schön wilde Party. Chase hatte sich noch nicht ganz erholt.«

Marcie wollte nichts mehr hören. Sie kletterte in den Rettungswagen, gerade als der Sanitäter die Tür schließen wollte.

Er reagierte überrascht. »Tut mir leid, Ma'am. Sie können nicht . . .«

»Ich kann. Wollen Sie mich daran hindern oder lieber diesen Mann ins Krankenhaus bringen?«

»He, was gibt's denn?« rief der andere Sanitäter von vorn. Er saß hinter dem Steuer und hatte den Motor bereits angelassen.

Sein Kollege schätzte heimlich Marcies Entschlossenheit ab und gelangte anscheinend zu der Meinung, daß eine Auseinandersetzung nur Zeitverschwendung wäre.

»Nichts«, rief er seinem Begleiter zu. »Es kann losgehen.« Er knallt die Türen zu, und der Rettungswagen brauste los.

»Nun, ich bin froh, daß Sie wieder heil in Ihrem Hotel gelandet sind.«

Marcie, die den Telefonhörer ans Ohr gepreßt hielt, massierte sich die Schläfen, während sie sich bei dem Herrn aus Massachusetts entschuldigte. Vermutlich war sie einen Käufer los, aber als sie Chase bewußtlos im Sand hatte liegen sehen, hatte sie keinen Gedanken mehr an ihre Gäste verschwendet. Tatsächlich hatte sie sich erst vor ein paar Minuten, während sie ruhelos im Gang auf und ab gegangen war, an die beiden erinnert.

»Mr. Tyler ist ein alter Freund von mir«, erklärte sie. »Ich hatte keine Ahnung, daß er bei diesem Rodeo auftreten würde, bis sein Name genannt wurde. Da seine Familie nicht hier lebt, hielt ich es für meine Pflicht, ihn ins Krankenhaus zu begleiten. Ich hoffe, Sie haben dafür Verständnis.«

Es scherte sie einen Dreck, ob die beiden Verständnis dafür hatten oder nicht. Selbst wenn sie den Präsidenten mitsamt First Lady zu Gast gehabt hätte, hätte sie sich nicht anders verhalten.

Nachdem sie aufgelegt hatte, ging sie zum Schwesternzimmer zurück und erkundigte sich zum x-ten Mal, ob es schon etwas Neues über Chase' Zustand gab.

Die Schwester runzelte verärgert die Stirn. »Sobald der Doktor ... Oh, da ist er ja.« Sie sah über Marcies Schulter hinweg und fügte hinzu: »Diese Dame würde gern etwas über Mr. Taylor erfahren.«

»Tyler«, verbesserte Marcie, während sie sich zu dem jungen Assistenzarzt umdrehte. »Ich bin Marcie Johns.«

»Phil Montoya.« Er schüttelte ihr die Hand. »Sind Sie eine Verwandte?«

»Nur eine gute Freundin. Mr. Tyler hat in Fort Worth keine Familie. Seine Verwandten leben alle in Milton Point.«

»Hmm. Na ja, er ist endlich wieder zu sich gekommen. Er hat einen ganz schönen Schlag auf den Kopf gekriegt, aber Gott sei Dank ist nichts Ernstes passiert.«

»Ich habe gesehen, wie der Stier auf seine Brust getrampelt hat.«

»Ja, ein paar Rippen sind gebrochen.«

»Das kann gefährlich sein, nicht wahr?«

»Nur wenn eine Rippe ein inneres Organ verletzt.«

Marcies Gesicht wurde so blaß, daß sogar ihre Sommersprossen, die sie immer sorgfältig mit Make-up überdeckte, hervortraten. Der Arzt beeilte sich, sie zu beruhigen.

»Zum Glück ist das nicht passiert. Keine inneren Blutungen. Ich habe ihm einen Verband angelegt. In ein paar Tagen wird es ihm besser gehen, aber er wird nicht gerade Bäume ausreißen können. Ich empfehle unbedingt, daß er das Rodeoreiten in nächster Zeit lassen soll.«

»Haben Sie ihm das gesagt?« wollte Marcie wissen.

»Sicher. Er hat mich zum Teufel gewünscht.«

»Tut mir leid.«

Der Doktor zuckte mit den Schultern und meinte freundlich: »An so etwas bin ich gewöhnt. Das hier ist ein Bezirkskrankenhaus. Hier landen die Spinner, die Obdachlosen und die Drogenopfer, die vor die Hunde gegangen sind. Beschimpfungen sind für uns nichts Neues.«

»Darf ich zu ihm?«

»Ein paar Minuten. Aber er sollte jetzt lieber nicht sprechen.«

»Ich werde nicht lange reden.«

»Ich habe ihm ein starkes Schmerzmittel gegeben, er wird also vermutlich sowieso bald einschlafen.«

»Dann würde ich gern die Nacht bei ihm bleiben«, sagte Marcie bittend. »Wenn es Ihnen nichts ausmacht.«

»Er wird gut betreut«, bemerkte die Schwester frostig.

Marcie gab nicht nach. »Habe ich Ihre Erlaubnis, Dr. Montoya?«

Der Arzt zupfte an seinem Ohrläppchen. »Ich denke, es kann nicht schaden«, sagte er schließlich. »Danke.«

»Beschränken Sie die Unterhaltung auf ein Minimum.«

»Versprochen. In welchem Zimmer ist er?«

Chase lag in einem Zweibettzimmer, aber das andere Bett war leer. Marcie schlich sich auf Zehenspitzen an sein Bett.

Zum erstenmal seit zwei Jahren sah sie Chase Tyler wieder. Bei ihrer letzten Begegnung war die Situation umgekehrt gewesen. Da hatte sie, Marcie, halb bewußtlos in einem Krankenhausbett gelegen, und er hatte vor ihr gestanden und den Unfalltod seiner Frau beweint.

Als Marcies Verletzungen geheilt waren und sie sich so weit erholt hatte, daß sie das Krankenhaus verlassen konnte, hatte Tanya Tylers Beerdigung bereits stattgefunden. Ein paar Monate danach hatte Chase Milton Point verlassen, Ziel unbekannt. In der Stadt ging das Gerücht um, daß er wieder als Rodeoreiter aufträte, zum großen Kummer seiner Familie.

Vor nicht allzu langer Zeit hatte Marcie im Supermarkt Devon getroffen, Luckys Frau. Nachdem Marcie sich vorgestellt hatte, hatte Devon die Gerüchte über Chase bestätigt. Loyalität gegenüber der Familie hatte sie davon abgehalten, seine persönlichen Probleme mit einem Außenstehenden zu besprechen, aber Marcie hatte zwischen den Zeilen gelesen. Es gab Andeutungen auf seinen labilen psychischen Zustand und ein wachsendes Alkoholproblem.

»Laurie ist außer sich vor Sorge«, hatte Devon in Anspielung auf Chase' Mutter gesagt. »Sie hat das Gefühl, daß Chase vor seiner Trauer um Tanya davonläuft, statt sich ihr zu stellen und zu versuchen, damit fertig zu werden.«

Chase hatte außerdem das kriselnde Familienunternehmen in den Händen seines jüngeren Bruders gelassen, dem es angeblich immer schwerer fiel, den Laden am Laufen zu halten. Das Ölgeschäft erlebte immer noch ein Tief, und da Tyler Drilling von einer gesunden Ölwirtschaft abhängig war, stand die Firma seit einigen Jahren immer wieder knapp vor dem Bankrott.

Marcie stellte Devon die Frage, die ihr fast nie Ruhe ließ. »Macht er mich für den Unfall verantwortlich?«

Devon hatte ihr tröstend den Arm gedrückt. »Nein, das hat er nie getan. Laden Sie diese Schuld nicht auf sich. Chase hadert mit dem Schicksal, nicht mit Ihnen.«

Aber als Marcie jetzt sein Gesicht betrachtete, das selbst im Schlaf gequält wirkte, fragte sie sich, ob er ihr nicht doch die Schuld am Tod seiner geliebten Tanya gab.

»Chase«, flüsterte sie bedrückt.

Er rührte sich nicht, und sein stetiger, ruhiger Atem verriet, daß das Mittel, das man ihm gespritzt hatte, wirkte. Marcie strich mit den Fingern sanft über sein dunkles Haar.

Obwohl er unverkennbar älter geworden war, war er für sie immer noch der attraktivste Mann, dem sie je begegnet war. Diese Meinung hatte sich seit ihrer Kindergartenzeit nicht geändert. Sie erinnerte sich noch genau daran, wie Miss Kincannon ihn am ersten Tag aufgefordert hatte, sich den anderen vorzustellen, und wie stolz er aufgestanden war und seinen Namen genannt hatte. Marcie war hingerissen gewesen, und daran hatte sich in all den Jahren nichts geändert.

Der stets zu Unfug aufgelegte kleine Junge mit den hellgrauen

Augen und dem dunklen Haar hatte sich in ein Bild von Mann verwandelt. In seinem Gesicht zeigte sich Stärke, sein eckiges Kinn verriet eigensinnigen Stolz, der fast an Kampflust grenzte, eine Eigenschaft, die den Männern der Tyler-Familie offenbar angeboren war. Sie waren berühmt für ihr aufbrausendes Temperament und ihre Bereitschaft, mit den Fäusten für ihre Meinung einzutreten.

Wenn er stand, überragte Chase Tyler die meisten Männer, selbst diejenigen, die nach normalem Standard groß genannt wurden. Seine Schultern waren breit. Auch jetzt bewunderte Marcie, wie breit sie waren. Sie waren nackt, wie seine Brust.

Da sie Angst hatte, ihm könnte kalt sein, griff sie nach der Bettdecke und zog sie ihm bis zum Kinn hoch.

»Himmel, ist er tot?«

Der Ausruf erschreckte Marcie so sehr, daß sie die Bettdecke losließ und herumfuhr. Eine junge Frau stand auf der Türschwelle. Ihre Hand, die wahrscheinlich normalerweise von dem Gewicht des schweren Modeschmucks und der überlangen künstlichen Fingernägel nach unten gezogen wurde, preßte sich an üppige Brüste, die förmlich aus dem engen, tief ausgeschnittenen Pullover quollen. Ein billiger Kunstpelzmantel hing über ihren Schultern. Der Mantel war länger als ihr Rock, der nur bis zur Mitte der Schenkel reichte.

Chase stöhnte im Schlaf auf und bewegte unter der Decke die Beine. »Seien Sie doch ruhig!« zischte Marcie. »Sie werden ihn noch wecken. Wer sind Sie? Was wollen Sie?«

»Er ist nicht tot?« fragte das Mädchen und blinzelte ein paarmal – eine beachtliche Leistung, wenn man bedachte, daß ihre Wimpern von dicker schwarzer Mascara nur so starrten.

»Nein, er ist nicht tot, aber schwer verletzt.« Marcia begutachtete das Mädchen vom Scheitel ihres toupierten silberblonden Haars bis zur Spitze der straßbesetzten silbernen Cowboystiefel. »Sind Sie eine Freundin von Chase?«

»Sozusagen.« Sie ließ den Kunstpelz von den Schultern gleiten. »Ich war mit ihm in dieser Bar verabredet, wo alle nach dem Rodeo hingehen. Ich war ganz schön sauer, als er sich nicht blicken ließ, aber dann hat Pete – Sie wissen schon, der Clown – erzählt, daß er von einem Stier umgerannt worden ist. Deshalb dachte ich, ich komm' mal her und seh' nach, wie's ihm geht.«

»Ich verstehe.«

»Hat man Ihnen gesagt, was ihm fehlt?«

»Ein paar Rippen sind gebrochen, aber er wird sich bald wieder erholen.«

»Oh, das ist gut.« Der Blick des Mädchens wanderte von der ausgestreckten Gestalt im Bett zu Marcie. »Wer sind Sie?«

»Ich bin seine . . . Frau.«

Marcie war sich nicht sicher, was sie zu einer so dreisten Lüge veranlaßt hatte. Vermutlich nur die Tatsache, daß es der Situation angepaßt war und diese Frau schnell vertreiben würde.

Chase' vermeintlicher Ehestand brach dem Mädchen jedenfalls nicht das Herz. Es brachte sie nur in Rage.

Sie stemmte eine Faust in die Hüfte. »So ein Mistkerl! Hören Sie, er hat mir nie gesagt, daß er verheiratet ist, okay? Ich wollte nur ein bißchen Spaß, mehr nicht. Nichts Ernstes. Und er ist zwar ein bißchen launisch, aber er sieht super aus, stimmt's? – Als ich ihn zum erstenmal sah, dachte ich, der Typ ist das letzte. Ich meine, er redet nie oder so. Aber dann hab' ich mir gesagt ›He, was soll's, er ist zwar nicht gerade ein Witzbold, aber er sieht klasse aus‹. Und ich schwöre bei Gott«, fuhr sie fort, »wir haben nur dreimal miteinander geschlafen, und es war immer ordentlicher Sex, nichts Perverses, wissen Sie. Ich meine, nur Missionarsstellung. Unter uns«, fügte sie mit gesenkter Stimme hinzu, »besonders aufregend war es nicht. Er war jedesmal betrunken. Sie wissen ja, die Ausstattung ist sagen-haft, aber . . .«

Marcies Mund war trocken. Sie schöpfte ihre Kraft aus Reserven, von denen sie nicht gewußt hatte, daß sie sie besaß. »Ich glaube, Sie sollten jetzt lieber gehen. Chase braucht Ruhe.«

»Klar, das versteh' ich doch«, erwiderte das Mädchen entgegenkommend und schlüpfte wieder in den Mantel.

»Bitte sagen Sie seinen Freunden, daß er bald wieder auf den Beinen stehen wird, seine Rodeotage aber gezählt sein dürften«, fügte Marcie hinzu. »Zumindest für eine Weile.«

»Da fällt mir was ein«, sagte das Mädchen. »Pete läßt ihm ausrichten, daß er morgen nach Calgary weiterfährt, und er will wissen, was er mit Chase' Sachen machen soll.«

Marcie überlegte kurz. »Sagen Sie Pete, er möge bitte alles bei den Veranstaltern im Coliseum lassen. Ich hole Chase' Sachen dann morgen ab.«

»Okay, mach' ich. Bis dann. Ach, Moment mal!« Sie stöberte in ihrer Tasche. »Hier sind Chase' Schlüssel. Sein Pickup steht immer noch auf dem Parkplatz beim Coliseum.« Sie warf Marcie den Schlüsselring zu.

Marcie machte einen gewagten Satz, um zu verhindern, daß die Schlüssel in Chase' Schoß landeten.

»Tut mir echt leid, daß ich Ihren Mann aufgerissen hab', meine ich. Er hat mir nie gesagt, daß er verheiratet ist. Männer! Alles Bastarde, finden Sie nicht?«

Marcie konnte immer noch nicht ganz glauben, daß die Frau keine Erscheinung gewesen war, und starrte noch eine ganze Weile, nachdem sie verschwunden war, auf die Tür. Gab sich Chase mit solchen Frauen ab, um die Verzweiflung und die Einsamkeit zu bekämpfen, die Tanyas Tod mit sich gebracht hatten? Strafte er sich selbst für ihren Tod, indem er so tief sank, wie es nur möglich war?

Als sie an sein Bett zurückkehrte, fiel ihr auf, daß seine Hand sich unruhig über dem engen Verband um seinen Brustkorb bewegte.

Aus Angst, er könnte sich weh tun, griff sie nach seiner Hand und hielt sie fest.

Seine Augenlider flatterten und hoben sich. Er schien ziemlich verwirrt zu sein und blinzelte mehrmals bei dem Versuch, sich zu orientieren und daran zu erinnern, wo er war.

Dann schien er sie zu erkennen. Beruhigend schlang sie ihre Finger um seine. Er versuchte zu sprechen, aber das eine Wort kam nur als schwaches Krächzen heraus.

Sie hatte ihn trotzdem verstanden. Kurz bevor er wieder in Bewußtlosigkeit sank, hatte er gesagt: »Goosey?«

2

Chase machte gerade einer Krankenschwester das Leben zur Hölle, als Marcie am nächsten Morgen sein Zimmer im Krankenhaus betrat. Er unterbrach seine Schimpftirade gerade lange genug, um Marcie einen überraschten Blick zuzuwerfen, und setzte dann seine Flut von Beschwerden fort.

»Sie werden sich gleich viel besser fühlen, wenn Sie erst einmal gebadet und sich rasiert haben«, meinte die Krankenschwester einschmeichelnd.

»Nehmen Sie Ihre Hände von mir! Lassen Sie die Decke, wo sie ist! Ich habe Ihnen doch gesagt, daß ich nicht baden will. Wenn mir danach ist, werde ich mich selbst rasieren. Und zum letztenmal, verschwinden Sie endlich hier, damit ich mich anziehen kann!«

»Anziehen! Mr. Tyler, Sie können das Krankenhaus noch nicht verlassen!«

»Ach nein? Das werden wir ja sehen.«

Es wurde höchste Zeit einzugreifen, und so sagte Marcie: »Vielleicht hat Mr. Tyler nach einer Tasse Kaffee eher Lust, sich zu rasieren.«

Die Krankenschwester schien den diskreten Wink, daß sie lieber gehen sollte, zu begrüßen. Ihr gestärkter Kittel raschelte, und die Schuhe mit den Gummisohlen quietschten leicht, als sie das Zimmer verließ. Marcie blieb mit Chase allein zurück. Sein Gesicht war düster wie eine Gewitterwolke.

»Ich dachte, ich hätte nur geträumt, daß du hier warst«, bemerkte er.

»Nun, wie du siehst, bin ich tatsächlich hier, in Fleisch und Blut«, erwiderte sie ruhig.

»Und was zum Teufel hast du hier verloren?«

Sie schenkte ihm aus der Thermoskanne eine Tasse Kaffee ein und schob sie ihm auf dem tragbaren Bettablett zu, in der korrekten Annahme, daß er ihn schwarz trinken würde. Geistesabwesend griff er nach der Tasse und probierte einen Schluck.

»Also? Was führt dich her?«

»Im Grunde reiner Zufall«, antwortete Marcie. »Ich war gestern abend beim Rodeo, als du deinen Tanz mit dem Stier aufgeführt hast.«

»Wieso bist du überhaupt in Fort Worth?«

»Kunden. Ein Ehepaar aus dem Nordosten zieht hierher. Sie werden in Fort Worth wohnen, sehen sich aber in der Nähe von Milton Point nach einem Wochenendhaus am See um. Ich kam her, um ihnen ein bißchen um den Bart zu gehen. Gestern abend habe ich sie zu einem mexikanischen Dinner eingeladen und bin hinterher mit ihnen zum Rodeo gegangen, um ihnen ein bißchen Unterhaltung zu bieten. Dann stand allerdings mehr Nervenkitzel auf dem Programm, als ich erwartet hatte.«

»Ein Nervenkitzel pro Minute«, brummelte er und zuckte zusammen, als er versuchte, sich etwas bequemer an den Kissenstapel in seinem Rücken zu lehnen.

»Hast du immer noch Schmerzen?«

»Nein. Mir geht's großartig.« Die weiße Linie um seine Lippen strafte ihn Lügen, aber Marcie widersprach ihm nicht. »Das erklärt, warum du beim Rodeo warst«, fuhr er fort. »Aber was machst du *hier*? Im Krankenhaus?«

»Ich kenne dich schon sehr lange, Chase. Niemand sonst war da, um sich um dich zu kümmern. Deine Familie hätte es mir nie verziehen, wenn ich dich nicht ins Krankenhaus begleitet hätte. Und ich hätte es mir selbst nie verziehen.«

Er stellte die leere Kaffeetasse beiseite. »Dann warst du das, die mir letzte Nacht die Hand gehalten hat?« Sie nickte. Chase wandte den Blick ab. »Ich dachte ... dachte ...« Er stieß einen tiefen Seufzer aus, der ihn erneut zusammenzucken ließ. »Verrückt, so was.«

»Du hast gedacht, es wäre Tanya?«

Bei der Erwähnung ihres Namens heftete sich sein Blick wieder auf Marcie.

Sie war erleichtert. Jetzt brauchte sie keine Angst mehr davor zu haben, den Namen seiner verstorbenen Frau zum erstenmal laut auszusprechen. Es war heraus. Wie beim Sprung vom Sprungturm war es beim erstenmal am schwersten. Danach ging es leichter.

Aber in seinen Augen lag ein Schmerz, als wäre er tödlich verwundet worden, und Marcie fragte sich, ob Chase je über Tanyas tragischen Tod hinwegkommen würde.

»Möchtest du noch etwas Kaffee?«

»Nein. Was ich jetzt brauchen könnte«, sagte er scharf, »wäre ein Drink.« Obwohl es nicht zum Lachen war, faßte Marcie seine Bemerkung als Scherz auf. »Um acht Uhr morgens?«

»Ich habe schon früher am Tag angefangen«, knurrte er.

»Fährst du mich irgendwohin, wo ich mir eine Flasche besorgen kann?«

»Ganz gewiß nicht!«

»Dann muß ich jemand anderen darum bitten.« Obwohl es ihm Schmerzen bereitete, griff er nach dem Telefon auf dem Nachttisch. »Falls du vorhast, Pete den Clown, anzurufen, wird es wenig Sinn haben, fürchte ich«, bemerkte Marcie. »Er fährt heute nach Calgary.«

Chase ließ die Hand sinken und starrte sie an. »Woher weißt du das?«

»Eine Freundin von dir hat es mir erzählt. Sie kam gestern abend her, um zu sehen, was mit dir passiert war, nachdem du deine Verabredung mit ihr nicht eingehalten hattest. Viel Haar. Viel Busen. Ihren Namen weiß ich nicht.«

»Macht nichts. Ich weiß ihn auch nicht«, gestand er. Und als Marcie dazu schwieg, betrachtete er einen Moment lang ihr ruhiges Gesicht. »Was denn, keine Gardinenpredigt?« fragte er dann.

»Nicht von mir.«

Er schnaubte. »Ich wünschte, du würdest mal ein Wörtchen mit meiner Familie reden. Im Predigen sind die ganz groß. Alle sind nur darum bemüht, mich vor mir selbst zu retten. Ich will einfach nur in Ruhe gelassen werden.«

»Sie lieben dich.«

»Es ist *mein* Leben!« brach es wütend aus ihm heraus. »Was fällt denen ein, mir vorzuschreiben, wie ich es zu leben habe? Vor allem Lucky!« Wieder schnaubte er. »Bis ihm Devon über den Weg gelaufen ist, war sein Hosenlatz doch ständig offen. Kein Rock war vor ihm sicher. Und jetzt ist er so selbstgerecht, daß einem schlecht werden könnte.«

»Na ja, ich glaube, sein... äh, Hosenlatz ist immer noch ziemlich oft offen.« Verdutzt sah Chase sie an, doch ungerührt fügte Marcie hinzu: »Immer wenn ich Devon sehe, strahlt sie.«

Ihre Gelassenheit stand in starkem Gegensatz zu dem doch etwas heiklen Thema, und so fiel es Chase nicht leicht, wütend zu bleiben.

Obwohl seine Stirn finster gerunzelt blieb, huschte die Andeutung eines Lächelns um seine Mundwinkel. »Du bist schon in Ordnung, Goosey. Ein echter Kumpel.«

Sie verdrehte die Augen. »Der geheime Ehrgeiz jeder Frau!«

»Ich meine das als Kompliment.«

»Vielen Dank.«

»Sag mal, solange wir uns nicht in den Haaren liegen, könntest du doch eigentlich deinen Grips gebrauchen und das einzig Vernünftige tun: mich in Ruhe lassen, oder?«

»Was für ein Freund wäre ich, wenn ich dich in Zeiten der Not im Stich ließe?«

»Gerade weil wir immer Freunde waren, bitte ich dich, zu gehen. Wenn du länger bleibst, wird nur irgendwas Schreckliches passieren. Etwas, das ich hassen würde.«

»Zum Beispiel?« fragte sie mit einem leichten Lachen.

»Ich schaffe es bestimmt, uns zu Feinden zu machen.«

Ihre Miene wurde ernst. »Nie, Chase.«

Er brummte etwas Unverständliches. »Pete ist auf dem Weg nach Hause, sagst du?«

»Richtig.«

»Er hat mein ganzes Zeug in seinem Trailer.«

»Darum habe ich mich gekümmert.« Sie nahm eine Schale Grießbrei von seinem Tablett und riß den Aludeckel ab. »Er hat heute morgen vor der Abfahrt alles im Coliseum deponiert. Ich habe es dort abgeholt.«

Ohne sich bewußt zu sein, was er tat, öffnete er den Mund, als sie ihm einen Löffel mit Brei hinhielt. »Soviel Mühe hast du dir meinetwegen gemacht?«

»Das war keine Mühe.«

»Hast du meine Familie verständigt?«

»Nein, ich wollte dich lieber vorher fragen.«

»Ruf sie nicht an.«

»Bist du wirklich sicher, daß du es nicht willst?«

»Absolut.«

»Sie wären bestimmt gern informiert, Chase.«

»Sie werden es früh genug erfahren. Und wenn sie es wissen, werden sie ein Mordsgeschrei anstimmen.«

»Ich finde, sie sollten es wissen. Du hättest getötet werden können.«

»Und das wäre eine echte Tragödie gewesen, was?« fragte er sarkastisch.

Marcie hielt ihre Hand mitten in der Bewegung inne. »Ja, allerdings.«

Er sah aus, als ob er diesen Punkt gern bestritten hätte, aber dann wandte er sich ab und schob gereizt das Tablett beiseite. »Hör mal, Marcie, ich finde es ja sehr nett . . .«

»Was ist aus Goosey geworden?«

Er musterte sie forschend. Früher, als Kind, hatte sie karottenrotes Haar gehabt, doch inzwischen war die Farbe zu einem weichen, mit Gold durchsetzten Rotton verblaßt. Ihr Haar war noch immer natürlich gelockt und widerspenstig, aber sie hatte gelernt, es kunstvoll zu arrangieren.

Jahrelang hatte sie vergeblich versucht, in der Sonne braun zu werden. Sie hatte gebetet, ihre Sommersprossen mögen alle verschmelzen. Nachdem sie sich ein paarmal einen schweren Sonnenbrand geholt und danach wochenlang geschält hatte, hatte sie schließlich den Traum von Sonnenbräune endgültig begraben. Sie war zu der Meinung gelangt, wenn ihr der schimmernde Goldton der Strandhäschen schon versagt blieb, wäre es am besten, die entgegengesetzte Richtung einzuschlagen und ihren hellen Teint möglichst vorteilhaft zur Geltung zu bringen. Jetzt war die zarte Tönung ihrer Haut fast durchscheinend und wurde von Frauen in ihrem Alter, die sich jahrelang der Sonne ausgesetzt hatten und ihre tolle Bräune mittlerweile mit Falten und Krähenfüßen bezahlten, häufig mit Neid betrachtet.

Die Brille war durch Kontaktlinsen ersetzt worden. Jahre mit Zahnspangen hatten ihr ein perfektes Lächeln beschert. Der spindeldürre Körper hatte sich endlich zurechtgewachsen und Formen entwickelt. Sie war immer noch auffallend schlank, aber von mager konnte nicht mehr die Rede sein. Die Rundungen unter ihrer teuren und modischen Kleidung waren nicht üppig, aber durchaus sehenswert.

Marcie Johns war Welten entfernt von dem schüchternen Bücherwurm, den die anderen Kinder Goosey genannt hatten. Während die beliebten Mädchen in ihrer Klasse als Cheerleader geglänzt hatten, war sie Präsidentin des Debattierteams und des Lateinklubs gewesen. Ihre kurvenreichen Mitschülerinnen waren zur Ballkönigin oder zum Herzblatt des Valentinstags gekrönt worden; sie hatte Preise für hervorragende schulische Leistungen erhalten. Ihre Eltern hatten ihr eingeredet, so etwas wäre wichtiger als große Beliebtheit, aber Marcie war klug genug gewesen, es besser zu wissen.

Sie hätte alle ihre Auszeichnungen für ein straßbesetztes Diadem und einen Krönungskuß vom Klassensprecher, Chase Tyler, gegeben.

Nur wenigen war klar, daß sich die Musterschülerin auch nach anderen Dingen als guten Noten sehnte. Im Grunde machte sich kaum jemand Gedanken darüber. Warum auch? Goosey war Goosey, und abgesehen von der Tatsache, daß sie ungewöhnlich intelligent war, hatte man ihr weiter keine Beachtung geschenkt.

Chase tat es jetzt. Nachdem er ihr Aussehen sorgfältig begutachtet hatte, meinte er: »Irgendwie will der Name Goosey nicht so recht zu einer so eleganten Lady wie dir passen.«

»Danke.«

»Gern geschehen. Also, wie gesagt . . .«

»Du willst mich loswerden.«

Chase fuhr sich mit der Hand durch sein zerstrubbeltes Haar. »Glaub' nicht, daß ich nicht zu schätzen weiß, was du für mich getan hast. Das tue ich, wirklich.«

»Aber du möchtest lieber in Ruhe gelassen werden.«

»Genau.«

»Um in deinem Elend zu schwelgen.«

»Auch das stimmt. So, falls du nicht darauf vorbereitet bist, dort stehenzubleiben und zuzuschauen, wie ich nur mit einem Verband bekleidet aus dem Bett steige, solltest du lieber winke-winke machen und gehen.«

»Es kann unmöglich dein Ernst sein, das Krankenhaus zu verlassen.«

»Ist es aber.«

»Aber der Arzt hat dich heute noch nicht einmal gesehen.«

»Ich brauche ihn nicht, um mir zu erzählen, daß ich ein paar angeknackste Rippen habe. Mir fehlt nichts, was ein, zwei Tage Bettruhe nicht beheben würden. Mir ist es nur lieber, diese Zeit irgendwoanders zu verbringen, irgendwo, wo der Whiskey nicht so knapp ist.«

Er kämpfte sich in eine aufrechte Position, und der Schmerz nahm ihm prompt den Atem.

Tränen traten in seine Augen. Er schnitt ein grimmiges Gesicht und knirschte mit den Zähnen, bis das Schlimmste vorbei war.

»Und wie willst du von hier wegkommen?« erkundigte Marcie sich. »In deinem Zustand kannst du nicht fahren.«

»Ich werd's schon schaffen.«

»Und dich damit wahrscheinlich umbringen.«

Er fuhr herum und durchbohrte sie mit Blicken. »Vielleicht sollte ich mir von dir eine Lektion in sicherem Fahren geben lassen.«

Er hätte nichts tun oder sagen können, was sie mehr verletzt hätte. Seine bösen Worte trafen sie wie ein Schlag ins Gesicht. Das Blut strömte so rasch aus ihrem Kopf, daß ihr ganz schwindelig wurde.

Doch kaum hatte er diese Worte ausgesprochen, senkte er den Kopf und stieß einen Schwall von Flüchen hervor. Abgesehen davon war das Schweigen im Raum so dick, daß man es mit dem Messer hätte schneiden können.

Schließlich hob er wieder den Kopf. »Es tut mir leid, Marcie.«

Sie krampfte nervös die Hände ineinander und löste sie wieder, während sie vor sich hin blickte, ohne wirklich etwas wahrzunehmen.

»Ich habe immer befürchtet, daß du mir die Schuld an dem Unfall gibst.«

»Das tue ich nicht. Ich schwöre, ich tue es nicht!«

»Vielleicht nicht bewußt. Aber tief in Inneren . . .«

»Nein, ganz bestimmt nicht. Es war dumm und gedankenlos von mir, das zu sagen. Ich habe dir ja gesagt, ich würde es schaffen, dich mir zum Feind zu machen. Ich kann nicht . . .« In einer hilflosen Geste hob er die Hände. »Manchmal macht mich der Gedanke daran so rasend, daß ich völlig durchdrehe und auf jeden losgehe, der zufällig in der Nähe ist. Deshalb bin ich keine sehr angenehme Gesellschaft. Deshalb will ich in Ruhe gelassen werden.«

Sein seelischer Schmerz war so offensichtlich und so tiefgehend, daß es ihr leichtfiel, ihm seinen Angriff zu verzeihen. Er war wie ein verwundetes, in die Enge getriebenes Tier, das niemanden an sich heranließ, um sich helfen zu lassen. Die zwei Jahre seit Tanyas Tod hatte er damit verbracht, seine Wunden zu lecken. Geheilt waren sie nicht. Und solange er sich selbst überlassen blieb, würden sie nie heilen. Sie würden nur eitern und schlimmer werden. Chase war nicht in der Lage, sich selbst zu helfen.

»Bestehst du darauf, das Krankenhaus zu verlassen?« fragte Marcie.

»Ja«, sagte er. »Und wenn ich auf allen vieren rauskriechen muß.«

»Dann laß dich von mir nach Hause fahren. Nach Milton Point.«

»Vergiß es.«

»Nimm doch Vernunft an, Chase. Wo willst du hin? Dein Freund Pete ist auf dem Weg nach Kanada, also wohin willst du jetzt?«

»Es gibt genug andere Leute vom Rodeo, bei denen ich eine Zeitlang bleiben kann.«

»Die sich vielleicht gut um dich kümmern oder auch nicht.« Sie trat näher und legte ihm eine Hand auf die Schulter. »Chase, fahr mit mir nach Milton Point.«

Er schob eigensinnig das Kinn vor. »Ich will aber nicht nach Hause.«

Was er nicht ahnte, war, daß Marcie genauso eigensinnig sein konnte wie er. In ihrem Wesen lag eine gewisse Unbeugsamkeit, die nur wenige kannten, da sie sie nur einsetzte, wenn es sich nicht umgehen ließ. »Dann rufe ich eben Lucky an und bespreche mit ihm, was wir mit dir anfangen sollen.«

»Den Teufel wirst du tun«, fuhr er auf. Er schob sich vom Bett und schwankte leicht, als seine Füße den Boden berührten. »Halt meine Familie aus dieser Geschichte heraus. Ich komme ganz gut allein zurecht.«

»Das sieht man. Du kannst dich ja kaum auf den Beinen halten!« Chase biß vor Ärger und Schmerzen die Zähne zusammen. »Bitte, geh jetzt, und laß mich in Ruhe.«

Marcie reckte sich zu ihrer vollen Größe empor. »Ich wollte dieses delikate Thema eigentlich nicht zur Sprache bringen, Chase, aber du läßt mir keine andere Wahl. Es geht um die finanzielle Seite.«

Das traf ihn unvorbereitet. Einen Moment lang starrte er sie verblüfft an, dann knurrte er: »Die finanzielle Seite? Was meinst du damit?«

»Das Geld, das es gekostet hat, um dich in diesem Krankenhaus unterzubringen und behandeln zu lassen. Ich nahm an, daß du nicht als Fürsorgepatient aufgenommen werden wolltest, deshalb habe ich alles bezahlt.«

»Du hast was?«

»Wir haben in deinen Sachen weder deine Versicherungskarte noch besonders viel Geld gefunden, deshalb habe ich die Rechnung übernommen.«

Er nagte an seiner Unterlippe. Sein Unbehagen war unübersehbar. »Die Teilnahmegebühr betrug ein paar hundert Dollar, aber wenn ich nicht gezahlt hätte, hätte ich nicht beim Rodeo mitreiten können. Ich war ein bißchen knapp bei Kasse.«

»Dann war es ja ein Glück für dich, daß ich zufällig in der Nähe war, oder?«

»Du bekommst dein Geld, keine Sorge.«

»Stimmt, das werde ich. Sowie wir in Milton Point sind, wo du es von deinem Konto abheben oder von deinem Bruder borgen kannst.«

»Marcie«, begann Chase streitlustig.

»Ich lasse nicht zu, daß du weiter Blödsinn machst, Chase. Laut Informationen von Leuten, die dich gut kennen, trinkst du zuviel. Wie soll dein Körper heilen, wenn du nicht besser auf ihn aufpaßt?«

»Es ist mir scheißegal, ob er heilt oder nicht.«

»Mir nicht.«

»Warum nicht?«

»Weil ich meine fünfhundertdreiundsiebzig Dollar und zweiundsechzig Cent wiederhaben will.« Sie marschierte zur Tür und machte sie auf. »Ich schicke dir eine Krankenschwester, damit sie dir beim Anziehen hilft.« Sie senkte anzüglich den Blick, um ihn daran zu erinnern, daß er bis auf den weißen Verband um seinen Brustkorb tatsächlich splitternackt war.

»Was ist mit meinem Truck?«

Marcie wandte den Blick nicht von der Straße. Unter den Regen, der unablässig fiel, hatte sich Hagel gemischt. »Ich habe mich darum gekümmert.«

»Schleppen wir ihn ab oder was?«

Er hatte sich geweigert, ihren Vorschlag zu befolgen und sich auf dem Rücksitz des Wagens auszustrecken. Aber seit dem Moment, in dem sie das Krankenhaus verlassen hatten, lehnte sein Kopf müde an der Nackenstütze. Marcies Wagen war geräumig und luxuriös, da sie es gewöhnt war, Kunden herumzufahren.

Leise Musik tönte aus dem Stereoradio. Die Heizung wurde von einem Thermostat reguliert. Chase war von allem erdenklichen Komfort umgeben. Seine Augen hielt er geschlossen, obwohl er nicht schlief.

Sie hatten erst eine halbe Stunde der zweieinhalbstündigen Fahrtzeit hinter sich. Der morgendliche Verkehrsstau war vorüber, aber das Wetter, das sich von Minute zu Minute verschlechterte, machte das Fahren zu einem großen Risiko. Der Niederschlag war stärker geworden, ein häßliches Gemisch aus Regen und Hagel, wie es das im nördlichen Texas im Januar und Februar häufig gab. Die Fort Worth Livestock Show mitsamt Rodeo schien immer der Vorbote dieser Schlechtwetterperiode zu sein.

Marcie hielt die Augen unverwandt auf die Straße geheftet und umklammerte eisern das Lenkrad, während sie im Schneckentempo über das Labyrinth von Freeways kroch, das sich um die Innenstadt von Dallas zog. Unglücklicherweise lag dieses Straßengewirr mitten auf dem Weg zwischen ihrem Ausgangspunkt und ihrem Zielort.

»Ich habe jemanden beauftragt, deinen Pick-up Ende der Woche nach Milton Point zu fahren«, beantwortete sie Chase' Frage. »Bis du wieder fahren kannst, wird er da sein.«

»*Du* hast jemanden engagiert, *meinen* Truck zu fahren?«

»Mhm«, erwiderte sie zerstreut, während sie sich auf den schweren Laster konzentrierte, der in einem Tempo an ihnen vorbeidonnerte, daß ihre Zähne klapperten.

»Die Tüchtigkeit in Person, was?«

»Die Art, wie du das sagst, scheint mir anzudeuten, daß es nicht als Kompliment gemeint ist.«

»Oh, ich erkenne deine Tüchtigkeit an. Es ist nur so, daß die meisten Männer von sehr selbstbewußten und überaktiven Frauen leicht abgeschreckt werden.« Er wandte den Kopf so weit zur Seite, daß er sie ansehen konnte. »Hast du aus diesem Grund nie geheiratet? Weil du nie einen Mann gefunden hast, der es an Intelligenz mit dir aufnehmen konnte?«

Sie verspürte keine Lust, ihr Privatleben mit ihm zu diskutieren, schon gar nicht, da sie den Eindruck hatte, daß sich hinter seiner scheinbar harmlosen Frage leichte Geringschätzigkeit verbarg.

»Du solltest versuchen zu schlafen, Chase. Du schwächst die Wirkung des Schmerzmittels, das man dir vor der Abfahrt gegeben hat.«

»Wie heißt es doch gleich?«

»Demerol.«

»Nein, ich meine, wie man es nennt, wenn eine Frau wie ein Mann sein will. Irgendwas mit Neid. Ach ja, Penisneid.«

Sie warf ihm kurz einen Blick zu. Seine selbstgefällige Miene war unerträglich. Sie sehnte sich danach, eine schlagfertige und geistreiche Antwort parat zu haben, um sie ihm an den Kopf zu werfen.

Dann konzentrierte Marcie ihre Aufmerksamkeit wieder auf die Straße. Sie schluckte, auch wenn es sie einige Mühe kostete. »Wenn du es genau wissen willst, Chase, ich war einmal verlobt und wollte heiraten.«

Sein spöttisches Grinsen geriet ins Wanken. »Wirklich? Wann?«

»Vor ein paar Jahren, als ich noch in Houston lebte. Er war auch Immobilienmakler. Wir arbeiteten im selben Büro.«

»Was ist passiert? Wer hat die Verlobung gelöst, du oder er?«

Sie wich einer direkten Antwort aus. »Wir waren mehrere Monate befreundet, bevor wir uns verlobten. Er war sehr nett und intelligent und hatte viel Sinn für Humor.«

»Aber im Bett hat's mit euch beiden nicht geklappt.«

»Im Gegenteil. Es klappte sehr gut.«

Er neigte den Kopf zur Seite. »Kann ich mir kaum vorstellen, du mit einem Mann im Bett.«

»Wie schmeichelhaft«, bemerkte sie frostig.

»Ich schätze, es liegt daran, weil du auf der Schule kaum mit Jungen ausgegangen bist.«

»Das lag nicht daran, daß ich es nicht wollte. Niemand hat mich gefragt.«

»Du warst doch nur daran interessiert, in jedem Fach eine Eins zu bekommen«, wandte Chase ein.

»Kaum.«

»So sah es aber aus.«

»Der äußere Anschein kann täuschen. Ich wäre gern hübsch gewesen und populär und fest mit einem tollen Jungen gegangen, genau wie jedes andere Mädchen auf der High-School.«

»Hmm. Zurück zu dem Typ in Houston. Warum hast du ihn nicht geheiratet?«

Sie lächelte traurig. »Ich habe ihn nicht geliebt. Eine Woche vor der Hochzeit hatte ich eine letzte Anprobe für mein Brautkleid. Meine Mutter und die Schneiderin, die die Änderungen vornahm, zupften an mir herum. Das Zimmer quoll über von Hochzeitsgeschenken. Ich sah mich im Spiegel an und versuchte, diese Braut mit mir selbst zu identifizieren. Das Kleid war märchenhaft. Meine Eltern hatten sich förmlich überschlagen, um mir das Beste zu bieten, aber diese Frau im Spiegel war nicht ich.«

Sie schwieg einen Moment.

»Ich versuchte mir vorzustellen, zum Altar zu gehen und diesem Mann, mit dem ich verlobt war, ewige Liebe und Treue zu schwören. Und plötzlich wurde mir schlagartig bewußt, daß ich es nicht konnte. Ich konnte nicht so unaufrichtig sein. Ich stand ihm sehr nahe. Ich mochte ihn sehr. Aber ich liebte ihn nicht.«

Also trat ich aus dem Traum aus weißem Satin heraus und teilte meiner Mutter und der verdatterten Schneiderin mit, daß die Hochzeit nicht stattfinden würde. Du kannst dir sicher vorstellen, daß diese Ankündigung einigen Tumult hervorrief. Die nächsten Tage waren ein Alptraum. Sämtliche Arrangements, die Blumen, der Partyservice, alles mußte storniert werden. Die Geschenke mußten mit Entschuldigungsbriefen zurückgeschickt werden.«

»Und er? Wie hat er es aufgenommen?«

»Sehr gut. Sicher, zuerst hat er sich aufgeregt und versucht, mir gut zuzureden, weil er meinen Entschluß für eine Art Lampenfieber vor der Ehe hielt. Aber nachdem wir uns gründlich ausgesprochen hatten, gab er mir recht. Ich glaube, er hatte die ganze Zeit gespürt, daß . . . na ja, daß ich ihn nicht so liebte, wie ich sollte.«

»Ein Wahnsinn, Marcie.«

»Ich weiß«, sagte sie bedrückt. »Ich bin auch keineswegs stolz darauf.«

»Nein, ich meine, es war ein Wahnsinn, so etwas zu machen.

Es erfordert ganz schön Mumm, in letzter Minute aus so einer Sache auszusteigen.«

Sie schüttelte den Kopf. »Nein, Chase. Wenn ich wirklich Mumm gehabt hätte, hätte ich mir selbst eingestanden, daß ich zum Heiraten nicht geschaffen bin, ohne einen unschuldigen Mann mit hineinzuziehen.«

Eine ganze Weile schwiegen beide, was Marcie sehr angenehm war, da die Straße inzwischen eher einer Eisbahn ähnelte.

Es dauerte allerdings nicht lang, bis Chase aufstöhnte und eine Hand auf seine Rippen preßte. »Das tut höllisch weh.«

»Nimm noch eine Tablette. Der Arzt hat gesagt, du könntest alle zwei Stunden eine einnehmen.«

»Das Zeug ist nicht mehr wert als Aspirin. Bleib irgendwo stehen, damit ich mir eine Flasche Whiskey kaufen kann.«

»Kommt nicht in Frage. Ich halte diesen Wagen nicht an, bevor ich dich in deine Wohnung in Milton Point gebracht habe.«

»Wenn ich die Tablette mit Whiskey runterspüle, wirkt sie bestimmt schneller.«

»Ich lasse nicht mit mir handeln. Außerdem ist es Schwachsinn, Medikamente mit Alkohol zu nehmen.«

»Um Himmels willen, komm mir jetzt nicht mit Vernunftgründen. Bleib bei der nächsten Ausfahrt stehen. Da drüben ist ein Spirituosenladen. Es dauert keine Sekunde, schnell reinzuspringen und . . .«

»Ich lasse nicht zu, daß du Alkohol kaufst, solange du bei mir bist.«

»Habe ich etwa darum gebeten, bei dir zu sein?« fuhr er sie an. »Du hast dich in meine Angelegenheiten gedrängt. Jetzt will ich einen Drink, und zwar sofort.«

Marcie nahm den Fuß vom Gaspedal und ließ den Wagen auf den Pannenstreifen gleiten. Vorsichtig betätigte sie die Bremse, bis der Wagen stehenblieb. Sie löste ihre steifen, weißen Finger vom Lenkrad und wandte sich zu Chase um.

Er hatte den Schlag nicht erwartet. Ihre kalte Handfläche knallte auf seine aufgeschundene Wange.

»Zum Teufel mit dir!« Sie zitterte am ganzen Leib. Tränen brannten in ihren Augen. »Zum Teufel mit dir, Chase Tyler! Du bist so ungefähr das selbstsüchtigste Schwein, das mir je über den Weg gelaufen ist. Sieh dir meine Hände an!«

Sie hielt sie ihm direkt vor seine Nase, die Handflächen nach außen gekehrt.

»Sie sind klatschnaß. Ich bin halb tot vor Angst. Ist dir denn nie der Gedanke gekommen, wie schwer Autofahren schon unter normalen Bedingungen für mich ist, ganz besonders aber bei solchen Wetterverhältnissen wie heute?« Sie deutete mit einer unbeherrschten Handbewegung nach draußen auf die vereiste Straße.

»Ich habe Angst, daß jeder Wagen, dem wir begegnen, uns rammen wird. Ich lebe mit der Horrorvorstellung, daß mir so etwas noch einmal passieren könnte. Vor allem, wenn jemand in meinem Wagen auf dem Platz sitzt, wo Tanya gesessen hat.

Ich war auch in diesem Wagen, Chase, als der Junge das Stoppschild überfahren hat. Bis heute habe ich Alpträume, in denen ich quietschende Reifen höre und den Aufprall spüre und immer wieder die Angst vor dem Sterben erlebe. Ich mußte eine wochenlange Therapie über mich ergehen lassen, bevor ich auch nur in der Lage war, mich wieder hinter das Lenkrad eines Wagens zu setzen.

Wenn du nicht darauf angewiesen wärst, so schnell wie möglich nach Hause zu kommen, würde ich mich bis zum nächsten sonnigen, trockenen Tag in meinem Hotelzimmer in Fort Worth verschanzen. Ich würde nicht im Traum daran denken, mein Leben oder das von anderen durch eine Fahrt in diesem Eisregen aufs Spiel zu setzen.«

Sie machte eine Pause und holte zittrig Luft. »Du hast recht, du hast mich nicht um meine Hilfe gebeten, aber ich hatte das Gefühl, es dir schuldig zu sein, dich heil und unversehrt zu deiner Familie zu bringen, wo du dich in aller Ruhe erholen kannst.«

Sie ballte die Faust und schüttelte sie drohend. »Aber bei Gott, das mindeste, was du tun kannst, ist, den Mund zu halten und dein elendes Gezeter einzustellen!«

3

»... sollten ihn vielleicht doch nicht wecken. Wenn er vorhin bei all dem Krach, den wir beim Reinkommen gemacht haben, nicht aufgewacht ist, braucht er seinen Schlaf.«

Marcie, mit Tüten vom Supermarkt beladen, blieb vor Chase' Wohnungstür stehen. Hinter der Tür konnte sie Stimmen hören.

»Aber wie sollen wir sonst herausfinden, wie er hierhergekommen ist, Mutter? Und woher sollen wir wissen, wie viele von den Tabletten er genommen hat? Vielleicht ist das der Grund, warum er wie ein Toter schläft.«

»Komm, Lucky, keine Panik«, sagte eine dritte Stimme. »Die Flasche war fast voll. Er kann nicht viele genommen haben. Im Augenblick ist es für ihn sicher besser, sich ordentlich auszuschlafen.«

»Dieser Verband um seine Brust gefällt mir gar nicht«, meinte Laurie Tyler. »Anscheinend braucht er Bettruhe. Wir können warten, bis er aufwacht, um zu erfahren, wer ihn nach Hause gebracht hat.«

»Wahrscheinlich sein derzeitiger Käfer«, brummte Lucky.

Marcie hatte genug gehört. Sie hangelte nach dem Türknopf, drehte ihn um und stolperte unter dem Gewicht der Einkaufstüten in die Wohnung. Drei Köpfe fuhren überrascht herum.

»Miss Johns!«

»Hallo, Mrs. Tyler.«

Sie fühlte sich geschmeichelt, daß Laurie Tyler sich an sie erinnerte. Sie war zwar mit Chase in dieselbe Klasse gegangen, aber sie hatten sich in ganz unterschiedlichen Kreisen bewegt.

»Lucky, nimm ihr die Sachen ab«, befahl Laurie und gab ihrem verblüfften Sohn einen kleinen Schubs.

»Was zum Teufel machst du hier, Marcie?» Lucky nahm ihr die Tüten ab und stellte sie auf die Bar, die die kleine Küche vom Wohnbereich des Apartments trennte.

Marcie ließ ihre Handtasche und die Wohnungsschlüssel auf einen Stuhl fallen, der mit ungeöffneter Post und achtlos beiseite geworfenen Kleidungsstücken übersät war. Alles war mit einer dünnen Staubschicht bedeckt. »Glaub mir, Lucky, ich bin *nicht* Chase' derzeitiger Käfer«, bemerkte sie, während sie aus ihrem Mantel schlüpfte.

Lucky wirkte zerknirscht, aber nur kurz. »Tut mir leid, daß du das gehört hast, aber was ist eigentlich los? Wir haben Chase' Hauswirt gebeten, darauf zu achten, wann er nach Hause kommt, und uns dann zu benachrichtigen. Er hat vor ungefähr einer halben Stunde bei uns angerufen und erzählt, daß in der Wohnung Licht brennt, obwohl Chase' Truck nicht vor dem Haus steht. Wir kamen sofort her und fanden Chase hier, ganz allein und verloren für den Rest der Welt.«

»Und mit einem Verband«, fügte Devon hinzu. »Ist er ernsthaft verletzt?«

»Er fühlt sich bestimmt nicht sehr wohl in seiner Haut, aber die Verletzung ist nicht schlimm. Er hatte gestern in Fort Worth beim Rodeo einen Zusammenstoß mit einem Bullen.«

Marcie berichtete von dem Unfall, den sie zufällig mit angesehen hatte. Sie verschwieg den Tylers, daß sie die Nacht bei Chase im Krankenhaus verbracht hatte, und sagte nur, sie wäre nur kurz fortgegangen, um in das Hotel zurückzugehen, in dem sie abgestiegen war, zu duschen, sich umzuziehen und zu packen und dann zum Coliseum zu fahren, um seine Sachen zu holen.

»Als ich heute morgen ins Krankenhaus zurückkam, machte er das gesamte Personal verrückt. Er weigerte sich, sich rasieren zu lassen. Ein Bad kam nicht in Frage. Er bestand darauf, das Krankenhaus zu verlassen.«

»Dieser Spinner!« war Luckys ganzer Kommentar.

Devon warf ihrem Mann einen vernichtenden Blick zu. »Als ob du ein angenehmerer Patient wärst.« An Marcie gewandt, fragte sie: »Und er ist einfach gegangen?«

»Das hätte er gern getan, aber ich holte den Arzt. Er kam gerade noch rechtzeitig. Er untersuchte Chase und empfahl ihm, ein paar Tage im Krankenhaus zu bleiben. Als ihm klar wurde, daß er genausogut gegen eine Wand reden könnte, unterschrieb er den Entlassungsschein.

Ich bot ihm an, ihn nach Hause zu fahren, und versprach dem Arzt, ihn sofort ins Bett zu stecken. Er gab mir Schmerztabletten mit – das Gläschen auf dem Nachttisch«, erklärte sie Lucky. »Chase hat nur die vorgeschriebene Menge eingenommen.«

Offensichtlich erleichtert, ließ Laurie sich auf die Couch sinken. »Gott sei Dank, daß Sie da waren, Miss Johns, und sich um ihn gekümmert haben.«

»Es war das mindeste, was ich tun konnte.«

Eine Weile sprach niemand. Es blieb unausgesprochen, daß Marcie das, was sie getan hatte, als eine kleine Wiedergutmachung dafür betrachtete, den Wagen gefahren zu haben, in dem Chase' Frau ums Leben gekommen war.

Devon war der erste, die das unbehagliche Schweigen brach. »Was ist das alles?« Sie deutete auf die Einkaufstüten.

»Lebensmittel. Außer einer uralten Dose Sardinen war nichts im Kühlschrank. Ich habe auch ein paar Putzmittel gekauft.«

Laurie fuhr mit einem Finger über die Staubschicht auf dem Kaffeetisch. »Ich glaube, hier ist seit Tanyas Tod nichts angerührt worden.«

»Stimmt genau.«

Alle fuhren herum. Chase stand in der Tür. Er hatte einen Bademantel angezogen, aber darunter sahen kräftige, nackte Beine hervor. Sein Haar sah immer noch so aus, als wäre er durch einen Windkanal gelaufen, und die Bartstoppeln in seinem Gesicht waren dunkler geworden, nicht so dunkel allerdings wie sein finsterer Blick.

»Seither waren auch keine Besucher hier«, fügte er hinzu, »und genauso will ich es haben. So, und nachdem ihr mich und meine Charaktermängel durchgehechelt habt, könnt ihr alle verschwinden und mich in Ruhe lassen.«

Laurie, die immer noch genauso temperamentvoll war wie als junges Mädchen, sprang auf. »Hör gut zu, Chase Nathaniel Tyler, diesen Ton lasse ich mir von keinem meiner Kinder bieten, auch nicht von dir. Es ist mir egal, wie groß du bist.« Sie schob die Ärmel ihres Pullovers hoch, als ob sie bereit wäre, es notfalls auf einen Faustkampf ankommen zu lassen.

»Du siehst so verkommen aus, daß ich mich fast schäme, dich zum Sohn zu haben. Und du riechst. Diese Bude hier ist ein Schweinestall. All das muß sich ändern. Fang am besten gleich damit an«, schloß sie energisch. »Nimm ein Bad und rasier dich, während ich dir eine gute hausgemachte Hühnersuppe mit Nudeln koche.«

Chase blieb einen Moment wie angewurzelt stehen und kaute an seiner Unterlippe. Dann sah er zu seinem Bruder. »Besorg mir was zu trinken, ja?«

»Nur über meine Leiche! Ich möchte nicht, daß sie mir auch noch den Kopf wäscht.«

Chase senkte den Kopf und stieß halblaut ein paar Flüche aus. Als er sich wieder aufrichtete, fiel sein zorniger Blick auf Marcie. »Das ist alles deine Schuld!« Damit verschwand er in sein Schlafzimmer und knallte die Tür hinter sich zu.

Marcie war einen Schritt zurückgewichen, als hätte er sie körperlich angegriffen. Devon trat zu ihr und legte einen Arm um ihre Schulter.

»Ich bin sicher, er hat es nicht so gemeint, Marcie.«

»Und ich bin sicher, er hat es genauso gemeint«, antwortete sie mit brüchiger Stimme.

Lucky versuchte sie zu trösten. »Er hat nicht den Unfall gemeint. Er ist sauer, weil Mutter ihm die Meinung gesagt hat.«

»Er ist nicht er selbst, Marcie.« Laurie lächelte die andere Frau an. »Tief im Inneren ist er Ihnen wahrscheinlich dankbar, daß Sie gestern für ihn da waren und ihn gezwungen haben, etwas zu tun, was er schon immer wollte – nach Hause zu kommen. Sie haben ihm die Gelegenheit gegeben, es zu tun, ohne sein Gesicht zu verlieren. Wir sind Ihnen großen Dank schuldig, Marcie – und Chase auch.«

Marcie versuchte, Lauries Lächeln zu erwidern, aber es gelang ihr nicht ganz. Dann griff sie nach ihrem Mantel und ihrer Tasche. »Da Sie sich jetzt um ihn kümmern, kann ich ja gehen.« Hastig öffnete sie die Wohnungstür und lief hinaus. Die anderen sollten die Tränen nicht sehen, die ihr plötzlich in die Augen gestiegen waren.

Chase stieß wilde Flüche aus, als es spätabends an seiner Tür klopfte. Nach einer gründlichen Reinigungsaktion war seine Wohnung endlich wieder sauber, leer und still. Er war allein mit sich und dem stechenden Schmerz in seinen Rippen und beendete gerade sein Abendessen.

Er spielte mit dem Gedanken, das Klopfen zu ignorieren. Wer es auch war, er würde sicher denken, er sei eingeschlafen, und irgendwann wieder gehen. Andererseits bestand die winzige Chance, daß Lucky ihm heimlich etwas Stärkeres als Tee oder Kaffee brachte ... Mit diesem Gedanken ließ er sich vom Barhocker rutschen und stapfte zur Tür.

Marcie stand auf der Schwelle, in der Hand einen Blumenstrauß. Soweit er sich erinnern konnte, hatte er sie noch nie in Jeans gesehen. Sie ließen ihre Beine sehr lang und schlank erscheinen.

Unter ihrer kurzen Steppjacke trug sie ein Sweatshirt. Es war mit metallisch glitzernden Farbtupfern verziert, aber es war trotzdem ein Sweatshirt und ein himmelweiter Unterschied zu der eleganten Bürokleidung, die sie normalerweise trug.

Außerdem hatte sie ihr Haar offen gelassen. Ihre flammenden Locken fielen ihr lose über die Schultern. Darin hatten sich Regentropfen verfangen, die im Schimmer der Außenlampe wie Diamantsplitter funkelten. Er hatte im allgemeinen nicht viel für rotes Haar übrig, aber ihm fiel auf, daß Marcies Haar heute abend weich und schön aussah.

So ziemlich das einzig Vertraute an ihr war die Brille. Während der ganzen Schulzeit hatte Goosey Johns eine Brille getragen. Erst jetzt wurde ihm bewußt, daß sie normalerweise Kontaktlinsen tragen mußte, auch schon vor zwei Jahren, als sie in seinem Büro gewesen war – kurz vor Tanyas Tod.

»Es ist kalt hier draußen«, sagte sie.

»Oh. Entschuldigung.« Er schlurfte zur Seite, und sie schob sich an ihm vorbei in die Wohnung.

»Bist du allein?«

»Gott sei Dank ja.«

Er schloß die Tür und drehte sich zu ihr um. Sie musterte ihn etwas nervös, und er mußte ein Grinsen unterdrücken. Seiner Mutter zuliebe hatte er gebadet, sich die Haare gewaschen und sich rasiert. Aber er trug immer noch nicht mehr als einen Bademantel.

Ein spätes Mädchen wie Marcie war es wahrscheinlich nicht gewöhnt, mit einem Mann zu sprechen, der außer einem Bademantel nichts am Leib hat, dachte Chase. Er spürte ihre Unsicherheit, fand aber, daß es ihr recht geschah. Warum drängte sie sich auf, wenn sie nicht erwünscht war?

»Die sind für dich.« Sie hielt ihm den bunten Blumenstrauß hin.

»Blumen?«

»Ist es unmännlich, als Mann Blumen anzunehmen?« fragte sie herausfordernd.

»Darum geht es nicht. Sie erinnern mich an Beerdigungen.« Er legte den Strauß auf den Kaffeetisch, den Devon am Nachmittag auf Hochglanz poliert hatte. »Trotzdem danke, aber eine Flasche Whiskey wäre mir lieber gewesen. Was die Marke betrifft, bin ich nicht pingelig.«

Sie schüttelte den Kopf. »Nicht, solange du Schmerztabletten nimmst.«

»Die Tabletten helfen nicht gegen die Schmerzen.«

»Wenn dir deine Rippen so weh tun, solltest du dich vielleicht hier im Krankenhaus noch einmal untersuchen lassen.«

»Diese Schmerzen habe ich nicht gemeint«, murmelte er, während er sich umdrehte und zur Bar zurückging, wo sein Abendessen stand. »Möchtest du auch etwas?«

»Chili?« Angewidert starrte sie in die Schüssel mit roten Bohnen. »Was ist mit der Hühnersuppe, die deine Mutter dir machen wollte?«

»Ich hab' sie zum Lunch gegessen, und zweimal hintereinander war mir zuviel.«

»Ich habe das Chili in der Dose heute nur gekauft, weil ich dachte, in ein, zwei Tagen wäre es eine anständige Mahlzeit für dich. So scharfes Essen ist im Moment bestimmt nicht gut für dich.«

»Hör auf, an meinem Essen rumzumäkeln.«

Er ließ sich auf den Stuhl fallen und schob sich ein paar Bissen in den Mund.

Mit einer Kopfbewegung bedeutete er Marcie, sich auf einen der Barhocker zu setzen. Sie streifte ihre Jacke ab und setzte sich.

Nachdem er seine Schüssel ausgekratzt hatte, schob er sie beiseite. Marcie stand auf und trug sie zur Spüle, spülte sie kurz ab und stellte sie dann in den Geschirrspüler. Dann trat sie an den Kaffeetisch, nahm die Blumen, steckte sie in ein hohes Wasserglas und stellte sie vor Chase auf die Theke.

»Warum sollen sie vorzeitig verwelken, nur weil du ein Idiot bist«, sagte sie, als sie sich wieder setzte.

Er stieß einen verächtlichen Laut aus. »Was für eine Verschwendung, Marcie. Du könntest einem Mann ein so liebes, kleines Frauchen sein. Du bist so . . .« Er brach ab und musterte sie eingehend. »Was ist mit deinen Augen los?«

»Was meinst du?«

»Sie sind rot. Hast du geweint?«

»Geweint? Natürlich nicht. Ich hatte Probleme mit meinen Kontaktlinsen und mußte sie rausnehmen.«

»Kontaktlinsen. Erst als ich dich vorhin mit Brille sah, fiel mir ein, daß du inzwischen Kontaktlinsen tragen mußt. Dein Aussehen hat sich seit der High-School verbessert.«

»Ein zweischneidiges Kompliment, aber trotzdem danke.«

Er starrte auf ihre Brust. »Du bist auch nicht mehr flachbrüstig.«

»Aufsehenerregend ist es trotzdem nicht. Nichts im Vergleich zu deiner Herzdame.«

Seine Gesichtsmuskeln spannten sich an. »Herzdame?«

»Die Frau von gestern nacht.«

Er entspannte sich. »Oh. Sie war also vollbusig, was?«

Marcie verschränkte die Hände ein gutes Stück vor ihrer Brust. »Bis hierher. Erinnerst du dich nicht?«

»Nein. Ich kann mich an nichts erinnern.« Er sah ihr direkt in die Augen. »Sie war einfach eine schnelle Nummer.«

Marcie legte ruhig die Hände auf die Bar und beugte sich vor. »Hör mal, Chase, du kannst dir die Mühe sparen, mich zu beleidigen oder in Verlegenheit zu bringen. Es gibt keine Beleidigung, die ich noch nicht gehört habe, von Vierauge und Storchenbein bis zu Karottenkopf und Goosey. Meinetwegen kannst du dich wie das letzte Ekel aufführen, wenn ich dir Blumen mitbringe, aber es wird mich nicht aus der Fassung bringen. Und was zweideutige Bemerkungen betrifft«, fuhr sie fort, »so arbeite ich seit dem Collegeabschluß mit Männern zusammen. Ich könnte jeden schmutzigen Witz, den du mir erzählst, mit einem noch schmutzigeren übertrumpfen. Ich kenne alle Chauvisprüche. Nichts, was du sagst, kann mich schockieren oder treffen. Aber ich habe es auch nicht nötig, mir so etwas noch länger anzuhören. Ich kann mit meiner Zeit etwas Besseres anfangen.«

Sie stand auf, griff nach ihrer Jacke und zog sie an. »Du bist wahrscheinlich zu dumm, um zu erkennen, daß das Beste, was dir je passiert ist, dieser verdammte Stier namens El Dorado war. Zu schade, daß er dir nicht einen schönen, festen Tritt an den Kopf versetzt hat. Vielleicht hätte er dir ein bißchen Verstand eingebleut.«

Sie wandte sich zur Tür, aber Chase hielt sie zurück. »Es tut mir leid.« Aus Gründen, die er selber nicht begriff, fügte er hinzu: »Bleib noch ein bißchen da.«

Sie drehte sich um und starrte ihn an. »Damit du noch mehr bissige Bemerkungen darüber machen kannst, daß ich nicht verheiratet bin? Damit du versuchen kannst, mich mit vulgären Sprüchen zu schockieren?«

»Nein. Damit ich nicht so verdammt einsam bin.«

Chase wußte nicht, warum er so ehrlich zu ihr war. Vielleicht, weil sie so ehrlich mit sich selbst war. In den Augen der anderen war sie eine erfolgreiche und attraktive Frau. Aber wenn sie in den Spiegel schaute, sah sie noch immer das hochaufgeschossene, magere, rothaarige Mädchen mit Brille und Zahnspange.

»Bitte, Marcie.«

Sie leistete ein wenig Widerstand, als er sie am Ärmel zupfte, aber schließlich gab sie nach und setzte sich wieder zu ihm. Ihr Kinn war trotzig emporgereckt, aber nachdem sie sich eine Weile gegenseitig fixiert hatten, begann ihre Unterlippe zu zittern.

»Du gibst mir die Schuld an Tanyas Tod, nicht wahr?«

Er nahm ihre beiden Hände. »Nein«, sagte er eindringlich. »Nein. Diesen Eindruck wollte ich nie bei dir erwecken. Es tut mir leid, falls du das denken solltest.«

»Als du am Morgen nach dem Unfall bei mir im Krankenhaus warst, habe ich dich gefragt, ob du mir die Schuld gibst. Erinnerst du dich?«

»Nein. Ich war wie betäubt vor Schmerz. Ich kann mich kaum noch erinnern, was in den ersten paar Wochen nach dem Unfall passiert ist. Lucky hat mir später erzählt, daß ich mich wie ein Wahnsinniger aufgeführt habe.

Aber ich weiß, daß ich nie Haß auf dich empfunden habe, Marcie. Ich gebe dem Jungen die Schuld, der das Schild übersehen hat. Ich gebe Gott die Schuld. Nicht dir. Du warst auch ein Opfer. Das habe ich heute gemerkt, als du uns nach Hause gefahren hast.«

Er starrte auf ihre verschlungenen Hände, ohne sie wirklich zu sehen. »Ich habe Tanya so sehr geliebt, Marcie.«

»Ich weiß.«

»Aber du kannst nicht verstehen ... niemand kann verstehen, wie sehr ich sie geliebt habe. Sie war warmherzig und liebevoll. Sie wollte nie anecken, konnte es nie ertragen, einem anderen Menschen Kummer zu bereiten. Sie konnte Späße machen, aber nie so, daß es weh tat. Wir hatten phantastischen Sex. Sie hat schlechte Tage besser gemacht und gute Tage berauschend schön.«

Er holte tief Luft und atmete langsam wieder aus. »Und dann war sie nicht mehr da. Ganz plötzlich. Unwiederbringlich und für immer fort. Da war nur noch diese Leere, wo Tanya einmal gewesen war.«

»Chase ...«

»Und das Baby. Unser Baby. Es ist mit ihr gestorben.« Brennende Tränen traten ihm in die Augen. Er löste seine Hände von Marcies und fuhr sich über die Augen. »O mein Gott.«

»Es ist okay, wenn du weinst.«

Er spürte ihre Hand sanft auf seiner Schulter. »Wenn ich nur mit ihr gefahren wäre, so wie sie es wollte. Vielleicht wäre das dann nie passiert.«

»Das kannst du nicht wissen.«

»Warum bin ich nicht mitgefahren? Was war so verdammt wichtig, daß ich nicht weg konnte? Wenn ich mitgekommen wäre, hätte ich vielleicht an dem Platz gesessen, wo sie saß. Vielleicht hätten sie und unser Baby überlebt, und ich wäre gestorben. Ich wollte, es wäre so gewesen. Ich wollte sterben.«

»Nein, wolltest du nicht.« Marcies schroffer Ton ließ ihn hochfahren. Er nahm die Hände von den Augen. »Wenn du so etwas noch einmal sagst, schlage ich dir ins Gesicht!«

»Es ist wahr, Marcie.«

»Nein, es ist nicht wahr!« schrie sie ihn an. »Wenn du wirklich hättest sterben wollen, warum liegst du dann nicht jetzt neben Tanya auf dem Friedhof? Warum hast du nicht auf den Abzug gedrückt oder zur Rasierklinge gegriffen oder Tabletten geschluckt?« Sie bebte vor Wut.

»Es gibt Dutzende Möglichkeiten, um sich das Leben zu nehmen, Chase. Saufen und leichte Mädchen und Rodeoreiten sind allerdings nicht gerade die schnellsten Methoden zur Selbstzerstörung. Entweder lügst du also, wenn du behauptest, daß du nicht mehr leben willst, oder du bist ein ausgesprochener Versager. Alles, was du geschafft hast, ist, buchstäblich vor die Hunde zu gehen und allen Menschen in deiner Umgebung das Leben zur Hölle zu machen.«

Er sprang auf. Was jetzt in seiner Brust schmerzte, war nicht Kummer, sondern Wut. »Wie zum Teufel kommst du dazu, so mit mir zu reden? Wenn du den Menschen verloren hast, den du liebst, wenn du dein Kind verloren hast, dann hast du vielleicht das Recht, mir zu erzählen, was es heißt, vor die Hunde zu gehen. Bis dahin verschwinde aus meinem Leben und laß mich in Ruhe!«

»Gern. Aber eins muß ich dir noch sagen. Mit dieser Art Trauer hältst du Tanyas Andenken nicht in Ehren. Es ist unvernünftig und ungesund. Ich habe sie nur kurz gekannt, aber sie hat auf mich den Eindruck eines ungeheuer lebensfrohen Menschen gemacht. Dich hat sie geradezu verherrlicht, Chase. In ihren Augen konntest du nichts falsch machen. Ich frage mich, ob sie noch einen Funken Respekt vor dir haben würde, wenn sie sehen könnte, was du seit ihrem Tod aus deinem Leben gemacht hast. Ob es ihr Freude machen würde, dich am Boden zerstört zu sehen? Ich bezweifle es.«

Er biß so fest die Zähne zusammen, daß ihm der Kiefer weh tat. »Ich habe gesagt, du sollst verschwinden!«

»Ich gehe.« Hastig fischte sie ein Stück Papier aus ihrer Handtasche. »Das ist die Quittung für die Krankenhausrechnung, die ich für dich bezahlt habe. Ich möchte noch morgen mein Geld sehen.«

»Du weißt genau, daß ich kein Geld habe.«

»Dann schlage ich vor, es irgendwo aufzutreiben. Gute Nacht.«

Sie durchquerte das Wohnzimmer, riß die Tür auf und stürmte hinaus, anscheinend unempfindlich gegen den strömenden Regen. Die Tür fiel krachend hinter ihr ins Schloß.

»Miststück«, stieß er hervor und fegte mit einer Handbewegung die Quittung von der Bar. Sie flatterte auf seine Füße. Er versetzte dem Stück Papier einen heftigen Tritt, was einen scharfen Schmerz durch seine Rippen schießen ließ. Gebückt und sich den Leib haltend humpelte er ins Schlafzimmer und griff nach den Tabletten auf seinem Nachttisch.

Er schraubte den Verschluß auf, nahm eine Kapsel heraus und schluckte sie ohne Wasser hinunter.

Als er die Tabletten auf den Nachttisch zurückstellte, zögerte er plötzlich. Nachdenklich betrachtete er das Glas und überlegte sich, ob er nicht . . .

Doch er konnte den Gedanken nicht zu Ende denken.

Er ließ sich auf die Bettkante sinken. Hatte Marcie etwa recht? Wenn ihm seit Tanyas Tod tatsächlich nichts mehr am Leben lag, warum machte er dann kein Ende? Es hatte genug Gelegenheiten gegeben, als er von zu Hause fort gewesen war, in der Gesellschaft vorübergehender Freunde, allein, pleite, betrunken und deprimiert. Dennoch hatte er nie ernsthaft an Selbstmord gedacht.

Irgendwo tief im Innersten mußte er gespürt haben, daß sein Leben noch einen Sinn hatte. Aber welchen?

Er hob den Blick zu der gerahmten Fotografie, die von ihm und Tanya an ihrem Hochzeitstag gemacht worden war. Gott, wie hübsch sie gewesen war. Ihr Lächeln war direkt aus ihrem Herzen gekommen. Er hatte ohne jeden Zweifel gewußt, daß sie ihn liebte. Er glaubte bis zum heutigen Tag, daß sie in dem Wissen gestorben war, von ihm geliebt zu werden.

Marcie hatte auch in anderer Beziehung recht – durch seine momentane Lebensweise ehrte er Tanyas Andenken wirklich nicht.

Seltsam, daß eine Außenstehende, nicht ein Mitglied seiner Familie, ihn so gut durchschaut und genau gewußt hatte, wie man ihn dazu bringen konnte, sich aufzurichten und sein Leben mit anderen Augen zu sehen.

Tanya war stolz auf seinen Ehrgeiz gewesen. Seit ihrem Tod hatte sein einziger Ehrgeiz darin bestanden, so viel zu trinken, daß er seine Empfindungen betäuben und die Erinnerungen auslöschen konnte.

Anfangs hatte er sich der Form halber noch in seinem Büro blicken lassen, aber nachdem er eines Morgens betrunken aufgetaucht war, während Lucky sich um einen potentiellen Kunden bemühte, war sein Bruder explodiert und hatte ihm gesagt, er solle sich erst wieder sehen lassen, wenn er das Unternehmen nicht mehr gefährdete.

Und dann war er losgezogen, hatte sich dem Rodeozirkus angeschlossen und so oft Stiere geritten, wie er die Teilnahmegebühr aufbringen konnte. Er hatte gerade genug Preisgeld gewonnen, um sich Benzin und Whiskey leisten zu können, und mehr hatte er nicht gewollt.

Sein Leben war zu einer sinnlosen Spirale aus Frauen, Trinken, Spielen, Kämpfen und Rodeoreiten geworden. Geld gewinnen, um es gleich wieder auszugeben. Von Ort zu Ort reisen, ziellos umherstreifen, nirgends lange genug bleiben, um mit dem fertig zu werden, wovor er davonlief.

Nach allem, was seine Mutter ihm gesagt hatte, war die Geduld seiner Familie erschöpft. Seinen Freunden hatte er sich entfremdet. Er war völlig abgebrannt. Er ging mit Frauen ins Bett, an die er sich am nächsten Morgen nicht einmal mehr erinnern konnte. Wie der verlorene Sohn im Neuen Testament war er ganz tief unten angelangt.

Es wurde Zeit, sich zusammenzureißen. Das Leben würde keinen Spaß machen, egal, was er tat, aber schlimmer, als es gewesen war, konnte es auch nicht mehr werden.

Morgen würde er mit Lucky reden und herausfinden, wie es um ihre Firma stand, beziehungsweise ob es überhaupt noch eine Firma gab. Morgen würde er seine Mutter besuchen und sich bei ihr für die Hühnersuppe bedanken. Morgen würde er genug Geld zusammenkratzen, um seine Schulden bei Marcie zu zahlen. Das war zumindest ein Anfang.

4

»Verdammt, Sage!« schnauzte Chase seine jüngere Schwester an, als sie direkt über ein Schlagloch fuhr. »Im Vergleich zu deiner Fahrerei war mein Ritt auf dem Bullen gar nichts.« Vorsichtig betastete er seine schmerzenden Rippen.

»Tut mir leid«, sagte sie unbekümmert und zwinkerte ihm zu. »Dieses Loch war noch nicht da, als ich letztesmal in der Stadt war. Du übrigens auch nicht.«

Chase hatte sich gefreut, seine Schwester zu sehen. Sie hatte stürmisch an seine Tür geklopft, als er sich nach einer überraschend ruhigen Nacht gerade eine Kanne Kaffee aufbrühte.

»Chase!« hatte sie gerufen und ihn überschwenglich an sich gedrückt, bis er aufstöhnte und sie beiseite schob.

»Paß auf meine Rippen auf!«

Sie hatte sich schnell entschuldigt und ihm bei Kaffee und Toast Gesellschaft geleistet. Da er immer noch ohne fahrbaren

Untersatz war, hatte er sie gebeten, ihn ins Hauptgebäude der Firma zu fahren, sobald er geduscht und sich angezogen hatte.

»Wie oft kommst du eigentlich nach Hause?« fragte er jetzt.

»Hm . . . einmal im Monat, würde ich sagen. Aber als Mutter gestern abend anrief und mir erzählte, daß du wieder zu Hause wärst, habe ich alles stehen und liegen lassen und bin sofort losgefahren.«

»Bei diesem Wetter?«

Es war immer noch kalt und naß. Vermutlich würde der Regen später am Tag gefrieren. Im gesamten nördlichen Gebiet des Staates wurde in den Wetterberichten gewarnt, nicht zu fahren, wenn es nicht unbedingt erforderlich war.

»Ich war vorsichtig. Und inzwischen kenne ich die Strecke zwischen hier und Austin besser als meine Handfläche.«

Er betrachtete ihr Profil. Seit er sie zum letztenmal bewußt angesehen hatte, war sie deutlich erwachsener geworden. »Du siehst gut aus, Sage«, sagte er aufrichtig.

»Danke.« Wieder zwinkerte sie ihm frech zu. »Ich komme aus einem guten Stall.« Er schnaubte verächtlich. »Tu nicht so, als wüßtest du nicht, daß wir eine ungewöhnlich attraktive Familie sind. Früher haben meine Freundinnen für dich und Lucky geschwärmt. Sie haben darum gebettelt, bei uns zu übernachten, in der Hoffnung, einem von euch im Flur zu begegnen, womöglich mangelhaft bekleidet, ohne Hemd zum Beispiel. Ich glaube, ihr beide seid der Grund, warum ich so viele Freunde hatte. Mädchen, meine ich. Die Jungs habt ihr abgeschreckt.«

»*Du* hast die Jungs abgeschreckt«, verbesserte Chase sie und lachte. »Die Kunst des Flirtens hast du nie gelernt, Sage.«

»Falls du meinst, daß ich über einen Bizeps nicht in Verzückung gerate, hast du recht. Es liegt mir einfach nicht, vor Begeisterung die Augen zu verdrehen, als ob irgendso ein Typ das Rad erfunden hätte. Ich konnte noch nie schwärmen und schmachten und dabei ein ernstes Gesicht behalten. Gott sei Dank erwartet Travis so was nicht von mir.«

»Travis?«

»Du weißt noch gar nichts von Travis? Ach, stimmt ja, du warst nicht zu Hause, als ich ihn mitgebracht habe.«

»Du hast ihn mit nach Hause gebracht? Klingt ernst.«

»Wir sind nicht offiziell verlobt, aber es steht fest, daß wir heiraten werden.«

»Für wen steht das fest? Für dich oder für ihn?«

Seine Schwester warf ihm einen vernichtenden Blick zu. »Für uns beide. Momentan studiert er noch Medizin. Wir werden wahrscheinlich warten, bis er sein Assistentenjahr macht, bevor wir heiraten. Er will Dermatologe werden und tonnenweise Geld verdienen.«

»Indem er Pickel ausdrückt?«

»He, irgend jemand muß es schließlich tun! Sein Vater ist Orthopäde. Operiert Tennisarme und so 'n Zeug. Sie wohnen in einem tollen Haus in Houston, mit einem Teich mit Enten und Schwänen. Hat früher einem Ölbaron gehört. Jeder in der Familie fährt seinen eigenen BMW.«

»Gut. Heirate den Typ, damit du uns nicht länger auf der Tasche liegst.«

Die Bemerkung brachte ihm einen zweiten bitterbösen Blick ein. »Fast genau das gleiche hat Lucky gesagt.«

»Zwei Seelen, ein Gedanke.«

Sage hatte bei ihrer akademischen Laufbahn ein rasantes Tempo vorgelegt und ein Semester vor der geplanten Zeit graduiert. Chase hatte es nicht geschafft, zu ihrer Abschlußfeier zu kommen. Er entschuldigte sich jetzt dafür.

»Vergiß es. Du hast nichts versäumt. Mit dem Umhang und dem albernen Barett habe ich grauenhaft ausgesehen. Auf jeden Fall habe ich sofort mit der Hochschule angefangen.«

»Hast du dir schon überlegt, was du mit deinem kostspieligen

Diplom anfangen willst? Oder reicht es dir, eines Tages Frau Dr. Travis zu werden?«

»Von wegen. Einfach nur die Frau von irgend jemandem zu sein, würde mir nie reichen. Ich will nie völlig abhängig von einem Mann sein. Ich wünsche mir eine Karriere wie Devon. Sie hat es geschafft, ihren Beruf und eine glückliche Ehe unter einen Hut zu bringen. *Sehr* glücklich, falls das schwachsinnige Grinsen auf Luckys Gesicht etwas zu bedeuten hat. Auch nach zwei Jahren Ehe ist unser Bruder immer noch ganz verrückt nach seiner Frau.«

»Das kann ich verstehen«, meinte Chase nachdenklich. Sage hatte seine Bemerkung entweder überhört oder beschlossen, sie kommentarlos zu übergehen.

»Jedenfalls bin ich mir noch nicht sicher, was ich genau machen werde«, fuhr sie fort. »Ich habe Wirtschaft als Hauptfach belegt, damit kann man eine Menge anfangen. Und ich möchte einmal so unabhängig und reich werden wie deine Freundin Marcie Johns.«

»Ist sie das?«

»Was, reich? Muß sie sein. Sie gewinnt ständig irgendwelche Preise. Maklerin des Jahres, Geschäftsfrau des Jahres und solche Sachen. Fast jeden Monat ist ihr Bild in der Zeitung, weil sie so viele Häuser verkauft, trotz der Depression oder Rezession oder wie das heißt, was wir gerade haben.«

»Hauptfach Wirtschaft. Man merkt's«, bemerkte Chase spöttisch.

Sage ignorierte seinen Seitenhieb. »Mutter hat gesagt, Miss Johns hätte gestern wirklich blendend ausgesehen.«

»Blendend?«

»Echt bemerkenswert, finde ich, wenn man bedenkt, wie schlecht es ihr nach dem Unfall gegangen ist. Ich glaube, sie mußte eine kosmetische Operation machen lassen, um eine Narbe auf der Stirn zu überdecken. Ich habe ein paar Frauen im Schönheitssalon darüber reden gehört, ob sie sich auch Augen und Kinn hat verschönern lassen, wenn sie schon mal dabei war. – Sie ist jetzt ... warte, in deinem Alter, stimmt's? Fünfunddreißig. Ist das nicht die Zeit, in der es langsam bergab geht? Bei Frauen, meine ich. Zum Teufel mit euch Männern. Ihr seht mit den Jahren immer besser aus. Das ist eine der Beschwerden, die ich beim lieben Gott anzumelden habe, wenn ich in den Himmel komme. Es ist einfach nicht fair. Aber ich glaube nicht, daß Miss Johns so was gemacht hat«, fuhr Sage fort. »Ihr Selbstbewußtsein scheint auf festen Beinen zu stehen. Ich kann mir nicht vorstellen, daß es durch ein paar Lachfältchen ins Wanken gerät. Außerdem hat sie es überhaupt nicht nötig. Sie sieht phantastisch aus.«

»Phantastisch? Goosey?« Chase war verblüfft. Dieses Adjektiv hätte er nie für Goosey Johns angewendet, aber andererseits hatten Frauen andere Kriterien für Schönheit als Männer.

»Ihr Haar ist traumhaft.«

Chase lachte kurz auf. »Wie ein brennendes Streichholz.«

»Was weißt du schon?« gab Sage voller Verachtung zurück. »Andere Frauen würden ein Vermögen für diese Farbe ausgeben.«

»Wie bitte?«

»Da sind wir! Lucky ist da, ich kann dich also einfach absetzen. Ich habe Mutter versprochen, ein paar Besorgungen für sie zu erledigen, damit sie heute nicht aus dem Haus muß. Pat hat heute morgen angerufen und ihr empfohlen, nicht wegzufahren.«

»Wie geht's Pat?«

Pat Bush war der County Sheriff und seit jeher ein guter Freund der Familie.

»Pat bleibt immer derselbe«, meinte Sage. »Aber seit Tanyas Unfall ist er furchtbar nervös wegen Autounfällen und liegt Mutter ständig in den Ohren, beim Fahren doppelt vorsichtig zu sein.«

Tanyas Namen zu hören, versetzte Chase einen Stich, aber er lächelte seine Schwester an und bedankte sich dafür, daß sie ihn gefahren hatte.

»Chase«, rief Sage ihm nach, als er sich unter das Vordach duckte, um dem Regen zu entkommen. Er drehte sich um. Sie hatte ihr Fenster heruntergekurbelt und lächelte ihn an. »Willkommen daheim.«

Seine Schwester war reifer und verständnisvoller, als er gedacht hatte. Ihre Worte enthielten eine Doppelbedeutung. Er tat so, als wäre seine Hand eine Pistole und feuerte auf sie. Lachend legte sie den Rückwärtsgang ein und rollte aus der Einfahrt. Sie winkten einander zu, als sie davonfuhr.

Sein Magen krampfte sich zusammen bei der Erinnerung an jenen verhängnisvollen Nachmittag, als er auf eben dieser Veranda gestanden und Tanya und Marcie nachgesehen hatte. Auch ihnen hatte er nachgewinkt.

Er verdrängte den bedrückenden Gedanken und trat ins Büro. Obwohl er seit Monaten nicht mehr hier gewesen war, hatte sich nichts verändert. Das Büro war seit den Tagen seines Großvaters nicht modernisiert worden. Es blieb unordentlich, vollgeräumt und unverhohlen männlich. Selbst die Gerüche waren dieselben, vom Staub alter Landkarten und geologischer Aufzeichnungen bis zum Duft frischen Kaffees. Die behagliche Wärme des Raums schien ihn willkommen zu heißen wie ein liebevoller Verwandter, den er lange nicht mehr gesehen hatte.

Lucky stand über den verkratzten Holzschreibtisch gebeugt, mit der einen Hand fuhr er sich durch sein dunkelblondes Haar, mit der anderen trommelte er auf die Tischplatte. Er hob den Kopf, als Chase hereinkam, und starrte seinen Bruder überrascht an.

»Die Lage ist ernst, was?« bemerkte Chase.

»Du hast keine Ahnung, wie ernst!« Lucky sah an seinem

Bruder vorbei, als ob er erwartete, daß ihm jemand folgen würde. »Wie bist du hergekommen?«

»Sage.« Chase streifte seine Lammfelljacke ab und schüttelte die Regentropfen ab. »Sie kam heute morgen bei mir vorbei.«

Lucky schüttelte den Kopf. »Ich hätte sie gestern abend am liebsten geohrfeigt, als sie plötzlich auftauchte. Was für ein Wahnsinn, bei diesem Wetter den ganzen Weg allein zu fahren.«

»Hätte mir auch nicht gepaßt, wenn ich es gewußt hätte. Aber ich habe mich gefreut, sie zu sehen. Sie ist ...« Chase suchte nach dem richtigen Wort, aber ihm fiel nichts ein.

»Genau«, sagte Lucky. »Sie ist inzwischen erwachsen geworden und kein Kind mehr. Aber sie ist immer noch ein verwöhnter Fratz.«

»Wer ist dieser Travis?« erkundigte Chase sich. »Anscheinend bin ich der einzige in der Familie, der noch nicht das Vergnügen hatte, seine Bekanntschaft zu machen.«

Lucky wand sich. »Von wegen Vergnügen. Er ist ein fader Hund. Sage mag ihn nur, weil sie ihm auf der Nase rumtanzen kann.«

»Falls er sie heiratet, wird er alle Hände voll zu tun haben«, meinte Chase grinsend.

»Das kannst du laut sagen. Wir haben ihr so oft Streiche gespielt, als sie klein war, daß sie es gelernt hat, sich zur Wehr zu setzen. Manchmal hab' ich selber Angst vor ihr.«

Die Brüder lachten. Ihr Lachen klang etwas befangen, da beide mit ihren Gefühlen zu kämpfen hatten.

»Mein Gott, es ist schön, dich wieder hier zu haben«, sagte Lucky rauh. »Ich habe dich vermißt, großer Bruder.«

»Danke«, antwortete Chase und räusperte sich. »Ich hoffe nur, daß ich bleiben kann. Wenn es zuviel für mich wird ... ich meine, ich kann nicht versprechen ...«

Lucky hob begütigend die Hand. »Ich erwarte nicht von dir,

daß du kopfüber ins kalte Wasser springst. Gewöhn dich erst mal ein. Laß dir Zeit.«

Chase nickte. Nach einem kurzen, etwas verlegenen Schweigen bot Lucky ihm eine Tasse Kaffee an.

»Nein, danke.«

»Wie geht's dir heute?« wollte Lucky dann wissen.

»Als ob ein Brahma-Bulle auf meiner Brust Tango getanzt hätte«, gab Chase düster zurück.

»Geschieht dir recht für deinen Leichtsinn.« Lucky deutete auf Chase' Brust. »Glaubst du, du bist bald wieder okay?«

»Sicher«, sagte Chase gleichgültig. »Die haben mich so fest eingeschnürt, daß meine Rippen nicht mal ein Erdbeben spüren würden. Es wird schon werden.« Er wies mit einer Kopfbewegung auf die Papiere, die ausgebreitet auf dem Schreibtisch lagen. »Wie läuft das Geschäft?«

»Welches Geschäft?«

»So schlimm?«

»Schlimmer.«

Lucky stand auf und trat an eins der Fenster. Er rieb ein Guckloch in die beschlagene Scheibe und starrte auf das tropfende Vordach.

Schließlich wandte er sich wieder um. »Ich bin mir nicht sicher, ob du diese Neuigkeiten im Moment vertragen kannst, Chase.«

»Meinst du, später ist es besser?«

»Nein.«

»Dann schieß los.«

Lucky kehrte an den Schreibtisch zurück und ließ sich mit düsterer Miene in seinen Sessel fallen. »Wenn nicht bald ein Wunder geschieht, können wir Bankrott erklären. Sehr bald, um genau zu sein.« Chase' Schultern sackten ein. Er starrte auf den Boden.

»Tut mir leid, Chase. Ich konnte den Laden einfach nicht

zusammenhalten. Die wenigen Projekte, die wir noch laufen hatten, gingen ein, nachdem du weg warst.«

»Zum Teufel, du brauchst dich nicht zu entschuldigen. Trotz meiner Trinkerei weiß ich über die Wirtschaftslage in Texas Bescheid.«

»Unsere ehemaligen Kunden sind schlimmer dran als wir«, fuhr Lucky fort. »Fast alle unabhängigen Ölleute sind den Bach runtergegangen. Der kümmerliche Rest ist quasi scheintot und wartet darauf, von den Kreditinstituten erledigt zu werden.« Er machte eine Pause. »Ich habe alles versucht, um neue Kunden aufzutreiben, Leute, die noch Kapital zur Verfügung haben. Keine Chance. Niemand wird aktiv.«

»Und die ganze Ausrüstung, die nach dem Feuer ersetzt wurde . . .«

»Hat fast die ganze Zeit nutzlos herumgestanden.«

»Wie steht es mit unseren persönlichen Finanzen?«

»Wir mußten einige von Dads Rücklagen flüssig machen. Mutter und Devon können beide gut mit Geld umgehen. Vor ein paar Monaten habe ich einen Hengst verkauft. Das hat uns geholfen. Wir kommen vielleicht noch ein halbes Jahr über die Runden, bevor es kritisch wird.«

Chase ließ entmutigt die Schultern hängen. Als er Anstalten machte aufzustehen, warf Lucky ein: »Warte. Das ist noch nicht alles.« Er hielt dem Blick seines Bruders stand. »Die Bank fordert unseren Kredit ein. George Young hat letzte Woche angerufen und mir mitgeteilt, daß sie sich mit dem Tilgen der Zinsen nicht länger begnügen können. Wir müssen eine dicke Summe hinlegen.«

Lucky spreizte die Hände. »Die Mittel sind einfach nicht vorhanden, Chase. Ich habe nicht einmal genug Bargeld, um die Zinsen zu zahlen.«

»Ich schätze, du hältst nichts davon, dein Glück bei Susan zu versuchen.«

Susan Young, die verwöhnte Tochter des Bankdirektors, hatte vor zwei Jahren ein Auge auf Lucky geworfen und versucht, ihn schließlich durch Erpressung zur Heirat zu zwingen. Lucky war zu gerissen gewesen, um ihr auf den Leim zu gehen. Chase hatte seine Bemerkung als reinen Scherz betrachtet, aber Lucky ging ernsthaft darauf ein.

»Wenn ich die Gewißheit hätte, dadurch bei ihrem alten Herrn eine Chance zu haben, würde ich mir schon jetzt die Hosen aufknöpfen.« Dann lachte er. »Von wegen. Devon würde mich umbringen.« Er breitete die Arme aus, zuckte hilflos mit den Schultern und grinste unverschämt. »Was soll ich machen? Das Weib ist verrückt nach mir.«

Chase ließ sich nicht auf den Arm nehmen. Er wußte, daß diese Liebe keineswegs einseitig war. Sein Bruder hatte eine Schwäche für Frauen gehabt, seit er entdeckt hatte, daß es zwischen kleinen Jungen und Mädchen einen Unterschied gab, und sein Ruf als Ladykiller war durchaus berechtigt gewesen. Dann aber hatte er Devon Haines kennengelernt, und sie hatte ihn umgeworfen. Davon hatte er sich immer noch nicht erholt.

»Nach allem, was ich gesehen und gehört habe, ist die Anziehungskraft gegenseitig.«

Lucky zog den Kopf ein. »Stimmt. Ich bin glücklicher, als ich mir je erträumt hätte.«

»Gut«, sagte Chase ernst. »Das ist gut.« Und dann senkte sich wieder Schweigen über den Raum. Mit viel Willenskraft gelang es Chase, seine Melancholie abzuschütteln und zur Sache zu kommen.

»Ich bin heute unter anderem auch hier, um etwas Geld locker zu machen«, gestand er. »Ich habe nämlich Schulden bei einem gewissen Rotschopf.«

»Devon? Wofür?«

»Ein anderer Rotschopf. Marcie. Sie hat meine Krankenhausrechnung bezahlt. Weiß der liebe Himmel, wie ich es ihr zurückzahlen soll.«

Lucky stand auf und ging zu einem Aktenschrank. Aus einer Schublade entnahm er ein Sparbuch. »Das gehört dir«, sagte er, während er es Chase gab, der es fragend musterte.

»Was ist das?«

»Chase, ich habe das Haus verkauft, das ich nach Tanyas Tod für dich kaufen sollte.«

Alles in Chase erstarrte. Diese Sache hatte er vollkommen vergessen.

Er hatte darauf bestanden, daß sein Bruder das Haus kaufte, das Tanya an dem Nachmittag des Unfalls besichtigt hatte. Im nachhinein war ihm klar, daß dieser Kauf eine reine Trotzaktion auf ihren Tod gewesen war. Er hatte nie wieder einen Gedanken daran verschwendet. Er hatte das Haus nie gesehen, noch hatte er es je sehen wollen. Und ganz sicher hatte er nie die Absicht gehabt, darin zu leben.

Er klappte das Sparbuch auf. Es enthielt nur eine einzige Eintragung – eine Einzahlung. Für einen Mann, der sich für völlig abgebrannt gehalten hatte, war die Summe astronomisch. »Lieber Gott, woher kommt das alles?«

»Tanyas Lebensversicherung.«

Chase ließ das Sparbuch fallen, als hätte er sich daran die Finger verbrannt. Es landete auf dem Schreibtisch. Er fuhr hoch und stellte sich ans Fenster, an dieselbe Stelle, wo Lucky vorher gestanden hatte.

Der Ausblick hatte sich nicht verbessert. Es war immer noch ein trostloser Tag.

»Ich wußte nicht, was ich mit dem Scheck von der Versicherung machen sollte, als der ganze Papierkrieg endlich erledigt war und das Geld geschickt wurde«, sagte Lucky. »Du warst damals noch hier in der Gegend, aber du warst ständig betrunken und nicht in der Lage, darüber zu sprechen oder etwas damit anzufangen, deshalb habe ich deine Unterschrift gefälscht und den Scheck auf dein Konto eingezahlt. Später habe ich von dem Geld das Haus gekauft. – Vor ungefähr einem Jahr kam Marcie zu mir. Sie hatte einen Kunden, der an dem Haus interessiert war. Sie dachte, du würdest es vielleicht verkaufen, da du es nie bezogen hattest – und es offensichtlich auch nicht vorhattest.

Du warst nirgends zu erreichen, Chase, und deswegen mußte ich die Entscheidung allein treffen. Ich beschloß, das Haus an den Mann zu bringen, solange sich eine Chance dafür bot, und das Geld auf die Bank zu legen, bis du es brauchen konntest.«

Lucky machte eine Pause, aber Chase sagte nichts. Schließlich fügte Lucky unsicher hinzu: »Ich hoffe, es war die richtige Entscheidung.«

Chase drehte sich um und rieb sich den Nacken. »Ja, es war richtig so, Lucky. Ich wollte das Haus nach Tanyas Tod überhaupt nicht haben. Ich habe es nur gekauft, weil sie es sich so sehr gewünscht hatte.«

»Ich verstehe. Jedenfalls hast du jetzt ein wenig Geld auf der hohen Kante, von dem du keine Ahnung hattest.«

»Wir können mit dem Geld unseren Kredit abzahlen.«

»Vielen Dank, Chase, aber das wäre nur ein Tropfen auf den heißen Stein. Es würde die Zinsen abdecken, aber wir müssen uns um die Gesamtsumme kümmern. Diesmal wird die Bank wirklich ungemütlich.«

Es war alles ein bißchen viel auf einmal. Chase fühlte sich wie jemand, der einen schweren Unfall erlitten hat und alles wieder von vorn lernen muß – gehen, reden, handeln.

»Mal sehen, was ich tun kann«, sagte er zu seinem Bruder. »Wenn ich mit George rede und ihn davon überzeuge, daß ich wieder voll einsteige, können wir ihn vielleicht noch ein paar Monate hinhalten.«

»Viel Glück, aber mach dir nicht zuviel Hoffnung.«

Chase nahm die Schlüssel von einem der Firmenwagen und ging. Der Wagen war seit Monaten nicht mehr gefahren worden und machte Schwierigkeiten beim Starten. Das kalte Wetter war auch nicht gerade eine Hilfe. Schließlich sprang der Motor an.

Als Chase vom Hauptgebäude von Tyler Drilling wegfuhr, ließ ihn die Frage nicht los, wie lange das Familienunternehmen wohl noch bestehen würde. Er war der älteste Sohn. Wie sollte er damit leben, wenn die Firma in die Brüche ging?

5

Dem Aussehen nach schien sie ein verrücktes Huhn zu sein. Sie hatte einen kessen Haarschnitt, trug eine Brille, die einen Großteil ihres Gesichts verbarg, und untertassengroße Clips in den Ohren. Auf dem Namensschild auf ihrem Schreibtisch stand ESME.

»Tut mir leid, aber Miss Johns kommt heute nicht mehr ins Büro zurück«, teilte sie Chase mit. »Kann ich Ihnen behilflich sein?«

»Ich muß Marcie sehen.«

Eigentlich konnte er den Scheck auch Marcies Sekretärin anvertrauen, aber er wollte sich den Triumph nicht entgehen lassen, ihn ihr persönlich zu überreichen. Gestern abend war sie wegen des Schecks so patzig gewesen, daß er nur noch den Wunsch hatte, ihn ihr in die gierigen kleinen Hände zu drücken und der Sache ein für allemal ein Ende zu machen. Er wollte Marcie Johns nichts schuldig sein.

Er war in Streitlaune. Seine Rippen taten ihm weh, da er an diesem Tag keine der vorgeschriebenen Tabletten eingenommen hatte. Sein Gespräch mit George Young war genauso unerfreulich verlaufen, wie Lucky vorausgesagt hatte. Der Bankdirektor hatte sich zwar hinter der Behauptung verschanzt, er müsse an die Revisionen in seiner Bank denken, aber Chase hatte den starken Verdacht, daß George noch immer Groll gegen die Tylers hegte, weil Lucky sich nicht Hals über Kopf in seine intrigante Tochter verliebt hatte.

George hatte Luckys Weigerung, Susan zu heiraten, offensichtlich persönlich genommen. Oder, wie Chase unfreundlich dachte, vielleicht war er nur enttäuscht, weil Lucky sie ihm nicht abgenommen hatte. Das Mädchen war eine Landplage, und George hatte sie nach wie vor am Hals.

Und Chase hatte immer noch einen Scheck am Hals, den er dringend loswerden wollte. Die Feststellung, daß Marcie nicht in ihrem Immobilienbüro war, hob seine Laune keineswegs. »Wo wohnt sie?« wollte er wissen.

»Kann Ihre Angelegenheit nicht eventuell bis morgen warten?« fragte Esme diplomatisch. »Wollten Sie Miss Johns mit der Suche nach einem Haus beauftragen, oder sind Sie daran interessiert, ein bestimmtes Objekt zu besichtigen? Das Wetter ist nicht . . .«

»Es geht nicht um ein Haus. Die Angelegenheit ist persönlich.«

Die Augen der Sekretärin hinter der Brille wurden noch größer. »Ach, wirklich?«

»Wirklich. Wie ist ihre Adresse?«

Sie musterte ihn von oben bis unten. Offensichtlich bestand er die Prüfung, da sie nach einem Bogen von Marcies elegantem grauen Geschäftspapier griff und eine Adresse aufschrieb. »Die

Straße ist vermutlich matschig«, sagte Esme, als sie ihm das Stück Papier reichte.

»Macht nichts.« Mit dem Firmen-Pickup hatte er Flußbetten, Felsenabhänge, dichte Wälder und Viehweiden bewältigen müssen, um zu Bohrstellen zu gelangen. Kein Gelände war zu rauh für den Wagen.

Chase warf einen Blick auf die Adresse. Der Straßenname sagte ihm nichts, was erstaunlich war, da er in Milton Point aufgewachsen war und in seiner Jugend die ganze Gegend unsicher gemacht hatte. »Wo ist das?«

Esme gab ihm die ungefähre Richtung an, und er machte sich auf den Weg. Seine Scheibenwischer mußten mit doppeltem Tempo arbeiten, um den Regen und den Hagel zu bewältigen. Auf den Brücken gab es vereiste Stellen, und nachdem er ein paarmal ins Schleudern geraten war, verfluchte er Marcie dafür, daß sie mitten in der Wildnis lebte. Auch seine Familie lebte außerhalb der Stadt, aber mit dieser Straße war er zumindest vertraut.

Als er die Abzweigung erreichte, wäre er fast daran vorbeigefahren. Der Kiesweg war schmal und nur mit einem rohen, handbeschriebenen Schild gekennzeichnet. »Woodbine Lane«, knurrte Chase.

Der Name war zutreffend. Geißblattranken wucherten üppig an den Gräben links und rechts der Straße. Sie waren jetzt mit einer dünnen Eisschicht überzogen, aber im Frühling und Sommer, wenn sie in Blüte standen, würde die Luft von ihrem betäubenden Duft erfüllt sein.

Die Straße war eine Sackgasse. Keine anderen Häuser befanden sich hier. Am Ende des Wegs stand dicht an den Pinienwald geschmiegt ein handgestrichener Holzbau. Der Eingang war auf einer Höhe mit dem Boden, aber das Haus saß auf einem Felsvorsprung, der schroff abfiel. Die Hinterfront des Hauses ging darüber hinaus, gehalten von Metallstreben.

Chase brachte den Pickup zum Stehen und stieg aus. Seine Stiefel knirschten auf den vereisten Stellen des Wegs, während er vorsichtig auf die Haustür zuging. Auszurutschen und auf hartes Eis zu fallen, würde seinen angeschlagenen Rippen nicht unbedingt gut tun.

Der Nordwestwind war eisig, und er schlug den Kragen seiner Lammfelljacke hoch. Als er vor der Eingangstür stand, streifte er einen Handschuh ab und drückte auf die Türklingel. Er hörte es drinnen im Haus leise läuten.

Gleich darauf zog Marcie die Tür auf. Sie schien überrascht, ihn zu sehen. »Chase?«

»Ich dachte, das verrückte Huhn hätte dich vielleicht angerufen.«

»Woher weißt du davon?«

»Wie bitte?«

Sie schüttelte verwirrt den Kopf, trat dann beiseite und ließ ihn herein. »Das Wetter ist noch schlechter geworden«, meinte sie, als sie vor den kalten Windstößen die Tür schloß. »Woher weißt du, wo ich wohne? Komm rein ans Feuer. Möchtest du etwas Tee?«

Sie führte ihn in einen der atemberaubendsten Räume, den er je gesehen hatte. Er hatte keine Ahnung gehabt, daß etwas in dieser Art in Milton Point existierte. Die Decke war mehrere Meter hoch. An der einen Wand befand sich ein offener Kamin, in dem fröhlich ein Feuer brannte. Die andere Wand bestand aus massivem Glas, von dem schweren Holzboden bis zu der mehr als sieben Meter hohen Decke.

Eine freistehende Bar trennte den großen Wohnbereich von der Küche. Sie war funktionell und zweckmäßig, aber auch für zwanglose Abendessen eingerichtet. Eine Galerie, deren Türen, wie Chase vermutete, zu den Schlafzimmern führten, zog sich auf drei Seiten um das Obergeschoß.

»Hinter der Kaminwand ist noch ein Zimmer«, erklärte Marcie, als ihr sein Interesse auffiel. »Ich benutze es als Büro, obwohl es auch als Gästezimmer dienen könnte. Oben sind zwei Schlafzimmer und ein Badezimmer.«

»Du klingst wie ein Immobilienmakler.«

Sie lächelte. »Die Macht der Gewohnheit, nehme ich an.«

»Wie lange lebst du hier schon?«

»Eine ganze Weile.«

»Hast du gar keine Angst, hier draußen ganz allein in einem so großen Haus zu wohnen?«

»Eigentlich nicht. Es gibt eine Alarmanlage. Und ans Alleinsein bin ich gewöhnt.« Sie legte den Kopf zur Seite und fügte nachdenklich hinzu: »Vielleicht ist es ziemlich egoistisch für eine Person, soviel Platz zu beanspruchen, aber ich konnte die Steuerbegünstigung brauchen. Das Objekt ist eine Investition, und mit der Hypothek, die ich ...«

Er hob abwehrend die Hände. »All das Zeug ist für mich ein Buch mit sieben Siegeln. Ich hab' es nie kapiert. Nur soviel: Du hast ein schönes Heim.«

»Danke. Komm, gib mir deine Jacke.«

Er zögerte. Er hatte nicht damit gerechnet, sich länger als nötig aufzuhalten. Andererseits wirkte das Feuer sehr einladend. Nachdem er den weiten Weg auf sich genommen hatte, konnte er genausogut eine Weile bleiben und sich aufwärmen.

Er schlüpfte aus seiner Jacke, zog den anderen Handschuh aus und gab Marcie die Sachen. Während sie sie wegbrachte, trat er an den Kamin, stellte einen Fuß auf die niedrige Steineinfassung und hielt beide Hände vor die wärmenden Flammen.

»Fühlt sich gut an«, sagte er, als sie zu ihm kam.

»Mhm. Ich habe es mir fast den ganzen Nachmittag vor dem Feuer gemütlich gemacht. An einem Tag wie heute hat kaum jemand Lust, Häuser zu besichtigen, deshalb hielt ich es für den idealen Zeitpunkt, den Papierkram aufzuarbeiten.«

Die Kissen eines ausladenden cremefarbenen Ledersessels

waren mit Verträgen und Planzeichnungen übersät, als hätte sie alles dort liegen lassen, als sie an die Tür gegangen war. Hinter ihrem rechten Ohr steckte ein Bleistift, fast verborgen in der Masse dieses Haars, das seine Schwester als traumhaft bezeichnet hatte. Sie trug einen weichen Wildlederrock, einen passenden Pullover ... und flauschige blaue Hausschuhe, die ihre Füße bis zu den schlanken Knöcheln umschlossen.

Sie folgte seinem amüsierten Blick bis zu ihren Füßen hinunter. »Ein scherzhaftes Geschenk meiner Mitarbeiterin.«

»Das verrückte Huhn.«

Marcie lachte. »Du hast Esme kennengelernt?«

»Ich war in deinem Büro. Sie hat mir deine Adresse gegeben.«

»Ihr ausgeflipptes Äußeres ist reine Pose, glaub mir«, versicherte Marcie. »Sie tut nur so, damit niemand dahinterkommt, wie clever sie in Wirklichkeit ist. Auf jeden Fall habe ich mich immer über kalte Füße beklagt.«

»Buchstäblich oder symbolisch?«

»Buchstäblich bei mir selbst, symbolisch bei Käufern, die in letzter Minute einen Rückzieher machen.«

Chase wurde plötzlich bewußt, daß das Gespräch, das er und Marcie geführt hatten, länger gedauert hatte als jede andere Unterhaltung mit einer Frau, seit Tanya gestorben war. Nachdem er eine Frau gefragt hatte, was sie trinken wollte, hatte er im allgemeinen nur noch wenige Worte mit ihr gewechselt, bis er ein knappes »Danke« ausstieß und sie auf einem zerwühlten Bett zurückließ.

Der Gedanke ließ ihn zusammenzucken. Marcie deutete seine abrupte Bewegung falsch. »Tun dir die Rippen weh?«

»Ein bißchen«, gab er zu. »Ich war heute den ganzen Tag unterwegs und bin nicht dazu gekommen, meine Tabletten zu nehmen.«

»Möchtest du einen Drink?«

Überrascht hob er den Kopf. Sein Blick ruhte einen Moment

auf ihr, dann blickte er auf die Tasse, die neben dem Ledersessel auf einem Beistelltisch stand. »Vielen Dank, aber Tee ist nicht mein Bier.«

»Falls das ein Wortspiel sein sollte, war es denkbar schlecht.«

»Du warst der Wortakrobat, nicht ich.«

»Ich hatte eigentlich nicht an Tee gedacht, sondern an einen Bourbon mit Wasser.«

»Danke, Marcie.« Seine Worte kamen aus tiefstem Herzen, und er dankte ihr genauso für das Vertrauen, das sie in ihn setzte, wie für den angebotenen Drink.

Sie trat an die Bar und öffnete das Schränkchen, das darunter stand. Nachdem sie eine Flasche aus ihrem bescheidenen Vorrat ausgewählt hatte, goß sie Whiskey in zwei Gläser. »Der Bourbon kann nicht betäubender als eine deiner Schmerztabletten wirken. Und außerdem kannst du nicht vor dem Feuer sitzen und an einer Tablette lutschen«, fügte sie mit einem Lächeln hinzu. »Eis?«

»Danke, nur etwas Wasser.« Er bedankte sich, als sie ihm das Glas reichte. Sie sammelte die Papiere ein, an denen sie gearbeitet hatte, machte es sich wieder in ihrem Sessel bequem, wobei sie die Füße unter sich zog. Mit einer Kopfbewegung bedeutete sie ihm, sich ihr gegenüber auf den Kaminrand zu setzen.

»Und wenn du schon dabei bist, kannst du ein neues Holzscheit nachlegen. Das ist der Preis für deinen Drink.«

Nachdem er das Feuer im Kamin aufgestockt hatte, setzte sich Chase auf die Einfassung und ließ den Whiskey in seinem Glas kreisen. »Ich habe einen Scheck über fünfhundertdreiundsiebzig Dollar und zweiundsechzig Cent bei mir. Aus diesem Grund bin ich hergekommen. Ich wollt meine Schulden persönlich bezahlen und mich für alles, was du getan hast, bedanken.«

Sie senkte den Blick auf ihren eigenen Whiskey mit Wasser. »Ich habe mich sehr schlecht benommen. Ich habe die Beherrschung verloren. Es hat mich wütend gemacht, daß du gesagt hast, am liebsten wärst du tot. Es war sehr dumm, das zu sagen, Chase.«

»Das ist mir inzwischen auch klar.«

»Du hättest dich also nicht so sehr beeilen müssen, mir das Geld zurückzuzahlen. Jeder andere Zeitpunkt wäre auch in Ordnung gewesen.«

Er lachte unfroh. »Zu einem anderen Zeitpunkt habe ich das Geld vielleicht nicht mehr. Wenn du dieses Haus nicht verkauft hättest, hätte ich keinen roten Heller.«

»Du weißt also davon und findest es okay? Lucky hat sich deshalb ziemlich viele Sorgen gemacht.«

Er nickte. »Ich hatte nie vor, dort zu wohnen. Bis heute hatte ich es sogar total vergessen.« Er setzte sich auf und machte den Versuch eines Lächelns. »Du kannst es deinem Verkaufstalent zuschreiben, daß du heute einen Scheck von mir bekommst.« Er zog ihn aus der Brusttasche seines Hemds und gab ihn ihr.

»Danke.« Sie warf nicht einmal einen Blick auf die Summe, bevor sie den Scheck zu den anderen Papieren auf den Tisch legte. »Auf deine rasche Genesung.« Sie hob ihr Glas, und er stieß mit ihr an. Sie nippten beide an ihren Drinks.

Eine Zeitlang sprach keiner ein Wort. Sie lauschten dem Knistern des Feuers und darauf, wie der Hagel zwischendurch immer wieder an die Fenster schlug, von denen man auf den Wald sah. Selbst ohne jedes Blattwerk wirkte der Wald dicht. Baumstämme reihten sich gleichmäßig aneinander, kerzengerade und schwarz wie abgebrannte Streichhölzer, die Konturen leicht verschwommen im Regen.

»Wer hat dir von den Anrufen erzählt?«

Chase riß sich von der Betrachtung der Bäume los und sah Marcie fragend an. »Was für Anrufe?«

Jetzt war sie an der Reihe, ein überraschtes Gesicht zu machen. »Als du hereinkamst, hast du das verrückte Huhn erwähnt. Ich dachte, du meinst den Spinner, der ständig bei mir anruft.«

»Ich meinte deine Sekretärin, diese Esme.«

»Oh.«

»Jemand ruft dich ständig an?«

»Äh . . . ja.«

»Wer?«

»Keine Ahnung. Wenn ich es wüßte, würde ich mir den Betreffenden vorknöpfen und ihn auffordern, damit aufzuhören.«

»Was sagt er zu dir?«

»Oh, es macht ihm Spaß, schmutziges Zeug zu erzählen und schwer zu atmen.«

»Was machst du?«

»Auflegen.«

»Wie oft ruft er an?«

»Es gibt kein festes Schema. Manchmal höre ich wochenlang nichts von ihm, dann ruft er mehrmals an einem Abend an. Manchmal wird es wirklich lästig, und dann lasse ich einfach den Hörer neben der Gabel liegen. Falls Esme vorhin versucht hätte, mich anzurufen und von deinem Besuch zu informieren, wäre sie nicht durchgekommen.«

Er folgte ihrem Blick zum Telefon. Der Hörer lag neben dem Apparat. »Er hat heute angerufen?«

»Zweimal«, antwortete sie widerstrebend. »Es war ziemlich unangenehm, weil ich mich auf meine Arbeit konzentrieren wollte.«

»Du nimmst das wirklich ganz schön locker hin, Marcie. Hast du es Pat gemeldet?«

»Dem Sheriff? Nein«, sagte sie heftig, als ob sein Vorschlag völlig absurd wäre. »Wahrscheinlich ist es nur ein Teenager, den es antörnt, irgendeiner Frau Schweinereien ins Ohr zu sagen. Wenn er nur einen Funken Mut hätte, würde er es mir persönlich sagen.«

»Was für Sachen sagt er?«

»Sehr einfallslose Sachen. Daß er mich gern nackt sehen würde und so weiter. Er erzählt mir, was er gern mit seiner Zunge machen würde und ...« Sie machte eine vage Geste. »Du kannst es dir sicher vorstellen.«

Als sie verlegen die Wimpern über ihre Augen senkte, fiel Chase auf, daß Goosey tatsächlich fast so phantastisch aussah, wie Sage behauptet hatte. Im flackernden Licht des Feuers wirkte ihre Haut zart und durchsichtig. Ihre Haut war so glatt und makellos wie die der Porzellanfiguren, die seine Großmutter gesammelt hatte. Ihre hohen Wangenknochen warfen Schatten auf ihre Wangen.

»Hast du je etwas an deinen Augen oder an deinem Kinn machen lassen?« fragte er unvermittelt.

»Was?« Die Frage traf sie so überraschend, daß sie beinahe ihren Drink verschüttet hätte.

»Sage sagt, die Damen im Schönheitssalon hätten darüber gerätselt, ob du was an deinen Augen hast machen lassen oder nicht, als an dir plastische Chirurgie vorgenommen wurde.«

»Nein!« stieß sie hervor, fast ungläubig. »Die müssen ja wirklich wenig zum Klatschen haben, wenn ich das heißeste Thema bin.«

»Na ja, Lucky ist inzwischen verheiratet.«

Sie lachte. »Ja, er hat die Gerüchteküche ganz schön am Brodeln gehalten, was?«

»Du hast also keine ein, zwei Extras bei deinem Arzt in Auftrag gegeben?«

»Nein«, antwortete sie schroff. »Er mußte nur eine Narbe hier oben ausbügeln.« Sie zeichnete eine unsichtbare Linie an ihrem Haaransatz nach. »Ein Glassplitter war steckengeblieben.«

Die unabsichtliche Erinnerung an den Unfall machte ihrer unbefangenen Unterhaltung ein Ende. Chase spielte mit dem

Gedanken, den ganzen Inhalt seines Glases auf einen Zug herunterzustürzen, erinnerte sich dann aber an den Entschluß, den er in der letzten Nacht gefaßt hatte, und stellte es statt dessen ab. Dann stand er auf.

»Also, dann überlasse ich dich wohl besser wieder deiner Arbeit. Ich wollte dich nicht stören.«

»Du mußt noch nicht gehen.« Sie stand ebenfalls auf. »Ich stehe überhaupt nicht unter Zeitdruck.«

Er sah an ihr vorbei auf die Glaswand. »Sieht ziemlich übel aus da draußen. Ich sollte mich langsam auf den Heimweg machen.«

»Hm. Ach, übrigens, die Kunden, mit denen ich neulich beim Rodeo war, haben heute angerufen und sich nach dir erkundigt. Sie sind immer noch daran interessiert, sich hier draußen ein Haus zu kaufen.«

»Dann hast du also meinetwegen kein Geschäft verloren.«

»Sieht nicht so aus.«

»Gut.«

»Hast du schon Pläne für dein Dinner?«

Er hatte sich bereits zur Tür gewandt, aber bei ihrer Frage drehte er sich um. »Dinner?«

»Dinner. Abendessen. Hast du Pläne gemacht?«

»Eigentlich nicht.«

»Chili oder Sardinen?«

Er grinste schief. »So was Ähnliches.«

»Was hältst du von einem Steak?« Ihre Hände formten einen Kreis. »Ungefähr so groß. Und so dick.« Sie hielt Daumen und Zeigefinger vier Zentimeter auseinander. »Medium gegrillt.«

Dinner mit Marcie. Dinner mit einer Frau. Irgendwie erschien ihm das intimer als ein paar Drinks mit anschließender Nummer, worin sein einziger Kontakt zu Frauen bestanden hatte, seit Tanya gestorben war. Denken war nicht erforderlich. Keine Bindung. Keine Gespräche.

Ein Dinner hingegen bedeutete, daß auch sein Kopf beteiligt war. Seine Persönlichkeit. Und gesellschaftliche Umgangsformen, zum Beispiel, daß man einer Frau in die Augen schaute, wenn man etwas zu ihr sagte. Er war nicht sicher, ob er dazu imstande war.

Aber schließlich war es nur Goosey. Zum Teufel, er kannte sie seit seinem fünften Lebensjahr. Sie hatte sich in den letzten paar Tagen als gute Freundin erwiesen. Offensichtlich nahm sie schon eine ganze Weile seine Interessen wahr, da sie ihm die Mühe erspart hatte, dieses Haus loszuwerden, das er für Tanya gekauft hatte. Und er konnte nicht darüber hinwegsehen, wie nett sie zu Tanya gewesen war und wie sehr Tanya sie gemocht und respektiert hatte.

Diesen einen Gefallen konnte er ihr ruhig tun, oder?

»Mach es blutig, und die Sache ist geritzt.«

Auf ihr Gesicht trat ein Lächeln, das sie erstrahlen ließ und sie wirklich so aussah ... was hatte seine Mutter noch gesagt? O ja. Blendend.

Ohne jede Befangenheit entschuldigte sich Marcie bei Chase, um sich etwas Bequemeres anzuziehen. In einem weichen Hausanzug und ihren Kuschelschuhen kam sie aus einem der oberen Schlafzimmer zurück. Der Bleistift hinter ihrem Ohr war verschwunden, und sie hatte ihre Kontaktlinsen mit der Brille vertauscht.

Als die Steaks auf dem Grill brutzelten, übertrug sie Chase die Zubereitung des grünen Salats, während sie selbst die Kartoffeln im Auge behielt, die sie im Mikrowellenherd zubereitete.

Sie fragte ihn, ob er eine formelle oder zwanglose Umgebung bevorzugte, und als er antwortete: »Zwanglos«, legte sie Sets auf der Bar aus, statt den Tisch im separaten Eßzimmer zu decken. Im Handumdrehen konnten sie sich setzen und sich auf das einfache, aber köstliche Mahl stürzen.

»Ich fürchte, es gibt keine Nachspeise«, sagte Marcie, als sie seinen leeren Teller abräumte, »aber in der Dose auf der Anrichte findest du meinen Geheimvorrat an Schokoladenkeksen.«

Das Telefon klingelte – den Hörer hatte sie wieder aufgelegt, als sie aus ihrem Schlafzimmer nach unten zurückkam. Als sie an den Apparat ging, rief sie ihm über die Schulter zu: »Sie sollten sich geehrt fühlen, Mr. Tyler. Normalerweise teile ich meine Schokoladenkekse mit niemandem . . . Hallo?«

Sie lächelte Chase noch zu, als sie den Hörer an ihr Ohr hob. Er sah, wie ihr Lächeln im Bruchteil von Sekunden wie ausgelöscht war. Hastig wandte sie ihm den Rücken zu. Er schleuderte seine Serviette auf die Theke, stand auf und durchquerte mit drei langen Schritten den Raum.

Bevor er ihr den Hörer wegnehmen konnte, nahm sie beide Hände, um ihn auf die Gabel zu pressen, und stützte sich dann darauf, als wollte sie einen Deckel über einem Abfalleimer mit Giftmüll zuhalten.

Ihr Kopf blieb gesenkt und abgewandt, vermutlich aus Verlegenheit. Sie stand dieser Sache doch nicht so gleichgültig gegenüber, wie sie ihn glauben machen wollte. Sie war sichtlich erschüttert, ihr Gesicht war leichenblaß.

»War er das?«

»Ja.«

»Wieder das Übliche?«

»Nicht ganz.« Die Farbe kehrte in ihr Gesicht zurück und ergoß sich wie eine rosige Flut über ihre Wangen. »Er hat mir diesmal nicht erzählt, was er mit mir machen würde, er hat . . . äh, er hat mir erzählt, was ich machen müßte . . . mit mir selbst . . . zu seinem Vergnügen.«

»Perverses Schwein!«

Chase und sein Bruder waren stets dazu erzogen worden, Frauen zu respektieren. Beide Elternteile hatten ihnen Ritterlichkeit und Verantwortung zu vermitteln versucht. Auch in den Tagen wüstesten Trinkens hatte Chase sorgfältig darauf geachtet, die erforderlichen Sicherheitsvorkehrungen zu treffen, wenn er mit einer Frau ins Bett ging. Er hatte nie eine Frau ausgenutzt, die ihn nicht wirklich wollte oder auch nur leises Widerstreben zeigte, mit ihm zu schlafen.

In ihrer Jugend, als er und Lucky noch Junggesellen waren, hatten sie sich mit vielen Frauen amüsiert, aber immer mit Zustimmung der Frau. Sie hatten es nie nötig gehabt, Druck auszuüben, hätten es aber ohnehin nicht getan. Ihr Vater hatte ihnen beigebracht, daß ein Nein auch nein bedeutete, wenn eine Frau es sage. Ein Gentleman drängte sich nie auf, unter keinen Umständen.

In Chase' Augen war Telefonpornografie ein unzumutbarer Eingriff in das Privatleben einer Frau, und es machte ihn wütend, daß Marcie so etwas Widerwärtigem ausgesetzt war. Bettgeflüster war etwas anderes, heiße Liebesworte in das Ohr einer Frau, deren Erregung dadurch gesteigert wurde. Die gleichen Worte von einem gesichtslosen Fremden über das Telefon zu hören war ekelhaft und bedrohlich. Er konnte es Marcie nicht verdenken, daß sie vor Angst und Widerwillen blaß geworden war.

»Ist das die Art Mist, die du dir anhören mußt?« wollte er wissen. Marcie nickte und wandte sich ab, um in die Küche zurückzugehen. Er packte sie am Arm und drehte sie zu sich herum. »Wie lange geht das schon so?«

»Ein paar Monate«, antwortete sie ruhig.

»Du solltest dir das nicht gefallen lassen. Laß deine Nummer ändern. Sprich mit Pat, damit er eine Fangschaltung installieren läßt.«

Die Angelegenheit beschäftigte ihn so sehr, daß ihm im ersten Moment gar nicht bewußt war, daß er ihren Arm immer noch festhielt und daß er sie so nah herangezogen hatte, daß ihre Körper sich berührten. Als es ihm auffiel, ließ er sie sofort los und trat rasch zurück.

Er räusperte sich laut und versuchte, seiner Stimme einen autoritären Klang zu geben. »Ich, äh, finde einfach, daß du dagegen etwas unternehmen solltest.«

Sie ging zur Bar und begann das Geschirr abzuräumen. »Ich dachte, wenn ich immer wieder auflege, würde er eines Tages genug bekommen und mit den Anrufen aufhören.«

»Anscheinend nicht.«

»Nein, anscheinend nicht.« Sie stellte einen Stapel Geschirr auf die Anrichte und drehte den Warmwasserhahn auf. »Du hast dir ja gar keine Kekse geholt. Bedien dich.«

»Ich will keine Kekse«, sagte er gereizt. Aus Gründen, die er nicht erklären konnte, ärgerte es ihn, daß sie ihren obszönen Anrufer so leichthin abtat.

»Warum machst du dann nicht eine Kanne Kaffee, während ich das Geschirr in die Geschirrspülmaschine stelle?« schlug sie vor. »Der Kaffee steht dort drüben, die Maschine gleich daneben.«

Sie deutete auf einen Eckschrank. Chase nahm ihren Vorschlag als das, was er war – ein Abschluß ihrer Diskussion über den Anrufer. Offensichtlich wollte sie nicht mehr darüber sprechen. Entweder war sie zu verängstigt oder es war ihr zu peinlich – denn Spaß machten ihr diese Schweinereien ganz bestimmt nicht.

Er kümmerte sich um den Kaffee. Er war fertig, als Marcie das Geschirr eingeräumt hatte. Nachdem sie ein Tablett mit frischen Kaffeetassen und einem Teller mit Keksen beladen hatte, bat sie Chase, es ins Wohnzimmer zu tragen. Sie setzten sich wieder auf ihre alten Plätze am Kamin. Chase legte etwas Holz nach, bevor er zwei Kekse aß und Kaffee dazu trank.

»Wie steht es bei Tyler Drilling?«

Er sah zu ihr hinüber. »Du bist eine clevere Geschäftsfrau,

Marcie. Wahrscheinlich weißt du über das finanzielle Klima in dieser Stadt besser Bescheid als irgend jemand sonst. Ist das deine taktvolle Art, mich zu fragen, wie lange wir noch durchhalten können, bevor wir Bankrott erklären?«

»Ich wollte dich nicht ausfragen. Ehrenwort.«

»Und wenn schon«, meint er mit einem fatalistischen Schulterzucken. »Für Stolz ist es zu spät. Über kurz oder lang wird unsere finanzielle Lage öffentlich bekannt sein.«

»Steht es so schlecht?«

»Ich fürchte, ja.« Er starrte ins Feuer, während er gedankenlos noch einen Keks in den Mund schob. »Wir bekommen keine neuen Aufträge. Die Bank lauert ungeduldig darauf, von uns Geld zurückzubekommen, das wir vor Jahren geliehen haben, als sich die Marktlage erstmals verschlechterte. Sie haben uns lange genug Zeit gelassen, aber jetzt ist es aus. – Lucky hat alles getan, ohne jede Hilfe von mir«, fügte er bitter hinzu. »Vor ein paar Jahren fingen wir an, nach anderen Verdienstmöglichkeiten zu suchen, bis sich das Ölgeschäft wieder erholen würde, aber richtig erfolgversprechende Ideen sind uns nie gekommen. Dann starb Tanya und . . .« Wieder zuckte er mit den Schultern. Der Rest bedurfte keiner näheren Erklärung.

»Chase.« Er hob den Kopf und sah sie an. Sie ließ eine Fingerspitze um den Rand ihrer Kaffeetasse kreisen. Als sie seinen Blick spürte, schaute sie zu ihm auf. »Laß mich etwas Geld in euer Unternehmen stecken.«

Er starrte sie einen Moment lang verständnislos an und brach dann in hartes, unfrohes Lachen aus. »Und ich habe dich für eine clevere Geschäftsfrau gehalten! Warum solltest du eine solche Dummheit machen?«

»Weil ich an dich und Lucky glaube. Ihr seid einfallsreich, intelligent und tüchtig. Irgendwann wird euch schon etwas einfallen, wie ihr eure Firma retten könnt. Wenn es soweit ist, kann ich einen enormen Profit einstreichen.«

Noch bevor sie zu Ende war, schüttelte er energisch den Kopf. »Das könnte ich nie zulassen, Marcie. Es wäre wie ein Almosen, und so tief sind wir noch nicht gesunken. Soviel Stolz können wir uns noch leisten. – Außerdem, wenn wir Partner haben wollten, hätten wir diese Möglichkeit schon längst ins Auge gefaßt. Wir hatten sogar einige Angebote, haben aber immer abgelehnt.

Mein Großvater hat die Firma während des großen Ölbooms in den dreißiger Jahren aufgebaut«, fuhr er fort. »Mein Vater hat sie weitergeführt. Wir sind die dritte Generation. Tyler Drilling ist ein Familienunternehmen, und das soll es auch bleiben.«

»Ich verstehe«, sagte Marcie leise.

»Ich weiß dein Angebot zu schätzen, aber es gibt einfach keine Möglichkeit, es zu akzeptieren.«

»Eine Möglichkeit gibt es.« Ihre blauen Augen ruhten unverwandt auf ihm. »Du könntest mich heiraten.«

6

Lucky legte den Telefonhörer wieder auf und sagte zu seiner Frau: »Er geht immer noch nicht ran.«

Devon versuchte ihn zu beruhigen. »Das heißt noch lange nicht, daß er schon wieder verschwunden ist.«

»Aber es könnte heißen, daß er sich in den Kneipen rumtreibt.«

»Nicht unbedingt.«

»Nicht unbedingt, aber höchstwahrscheinlich.«

»Du beweist nicht viel Vertrauen für deinen älteren Bruder«, sagte sie mit leichtem Tadel.

»Na schön, nenn mir irgend etwas, was er in den letzten zwei Jahren getan hat, wofür er mein Vertrauen verdient hätte«, konterte Lucky.

Devon drehte sich um und marschierte ins Badezimmer. Sie

zog die Tür so schnell hinter sich zu, daß sie fast den Saum ihres Negligés eingeklemmt hätte.

Lucky stürmte hinter ihr her und stieß die Tür auf. Statt seine Frau bereit zur Konfrontation zu finden, saß sie vor dem Frisiertisch und zog gelassen eine Bürste durch ihr kastanienbraunes Haar. Ihre Schönheit erstickte seinen Zorn.

Sie verstand sich meisterhaft darauf, sein Temperament in Fahrt zu bringen und wieder zu beruhigen; beides gelang ihr mit Leichtigkeit. Ihre Kehrtwendungen kamen immer unerwartet. Diese Spontaneität machte sein Leben interessant und war einer der Gründe, warum er sich in sie verliebt hatte. Devons Unberechenbarkeit entsprach seinem eigenen sprunghaften Wesen.

Er liebte sie wahnsinnig, aber es brachte ihn auf die Palme, wenn sie recht hatte. In diesem Fall war es so.

»War ziemlich mies von mir, das zu sagen, wie?«

»Hm«, erwiderte sie. Das war noch etwas, was er an ihr mochte – sie ritt nie darauf herum, wenn sie recht behalten hatte. »Er ist nach Hause gekommen, Lucky.«

»Unter Zwang.«

»Aber es kann trotzdem nicht leicht für ihn gewesen sein.«

»Er kam nicht gerade mit eingezogenem Schwanz angeschlichen.«

»Findest du? Ich hatte den Eindruck, mit all dem Knurren und Brummen wollte er nur verbergen, wie peinlich es ihm war, zu zeigen, daß es ihn eigentlich sehr glücklich macht, wieder zu Hause zu sein, bei den Menschen, die ihn lieben.«

»Vielleicht«, räumte Lucky ein.

»Er war heute morgen im Büro und hat Interesse für die Firma gezeigt.«

»Könnte auch ein geheucheltes Interesse sein.«

»Mag sein. Aber das glaube ich nicht.« Devon legte die Bürste beiseite und griff nach einem Tiegel Nachtcreme. Sorgsam verteilte sie die duftende Creme auf ihrem ausgestreckten Arm. »Ich finde, wir sollten auch bei Chase im Zweifel für den Angeklagten sein. Vielleicht ist er allmählich auf dem Weg zur Besserung.«

»Hoffentlich.«

Lucky nahm ihr den Cremetiegel aus der Hand, tupfte etwas Creme auf seine Fingerspitzen und begann sie an den Stellen aufzutragen, wo Devon aufgehört hatte. Er schob den Morgenmantel von ihren Schultern, streifte die Träger ihres Nachthemds beiseite und massierte die Creme in eine Haut, die so weich war, daß sie im Grunde keiner zusätzlichen Hilfsmittel bedurfte.

»Nun, Laurie hat es sehr ermutigt, daß er wieder nach Hause gekommen ist. Das allein macht mich schon glücklich.« Devon neigte den Kopf und schob ihr Haar beiseite, damit Lucky ihren Nacken einreiben konnte.

»Aber Mutter weiß nicht, daß er heute abend wieder auf Tour ist.«

»Du auch nicht. Er könnte sonstwo sein.«

»Es ist nicht gerade ein Abend, der zu langen Ausfahrten verlockt.«

»Selbst wenn er durch die Kneipen zieht, er ist ein erwachsener Mann und nur sich selbst verantwortlich.« Sie blinzelte durch ihre Wimpern sein Spiegelbild an. »Genauso wie du – früher.«

»Hm«, knurrte er.

Luckys Aufmerksamkeit war durch das verführerische Spiegelbild seiner Frau abgelenkt worden. Der Ausschnitt ihres Nachthemds war an den Spitzen ihrer Brust hängengeblieben. Eine einzige Bewegung seiner Hand ließ das Nachthemd in ihren Schoß gleiten und entblößte ihre Brüste.

Luckys Hände schoben sich nach vorn, um ihre Brüste zu liebkosen. Als seine Berührung Wirkung zeigte, spürte er Erregung in sich aufsteigen. »Was hat der Doktor heute gesagt?« fragte er mit gedämpfter Stimme.

»Dem Baby und mir geht's gut«, antwortete sie, während sich ihre Lippen zu einem lieblichen Madonnenlächeln verzogen. »Ich bin genau im fünften Monat.«

»Was meinst du, wie lange können wir es noch geheimhalten?« Seine Hände strichen über die sanfte Wölbung ihres Bauchs.

»Nicht mehr lange. Wenn Laurie sich nicht soviel Gedanken um Chase gemacht hätte, wäre ihr meine fülligere Taille bestimmt schon längst aufgefallen.«

»Sie und Sage werden fuchsteufelswild sein, daß wir ihnen nicht sofort Bescheid gesagt haben, als es sicher war.«

»Wahrscheinlich. Aber ich glaube immer noch, daß es besser so war. Für den Fall, daß etwas passiert wäre.«

»Gott sei Dank ist alles in Ordnung.« Er beugte sich vor und küßte sie auf die Schulter.

»Ich glaube, Laurie hätte den Verlust eines weiteren Enkelkinds nicht ertragen«, fuhr Devon fort. »Es war auf jeden Fall besser, ihr nichts zu sagen, bis ich das gefährliche erste Drittel hinter mir hatte.«

»Aber jetzt bist du im zweiten Drittel, und der Arzt sieht keinen Grund für Komplikationen.« Er fing ihren Blick im Spiegel auf und lächelte, während er seine Hand auf ihren Bauch legte. »Ich möchte es am liebsten von den Dächern schreien, daß ich Vater werde.«

»Vergiß eins nicht, Lucky«, sagte Devon, und ihr Lächeln verblaßte allmählich. »Chase ist jetzt zu Hause, und vielleicht sollten wir mit unserer großen Neuigkeit noch ein Weilchen warten.«

»Hm.« Seine Augenbrauen zogen sich zusammen. »Ich verstehe, was du meinst. Es wird ihn ziemlich hart treffen, daß wir als erste in der Familie Tyler für Nachwuchs sorgen.«

Devon nahm seine Hand und drückte einen Kuß in die Innenfläche. »Du weißt, wie sehr ich mich auf unser Kind freue. Aber es bedrückt mich einfach, wenn ich an das Kind denken muß, das mit Tanya gestorben ist.«

»Denk nicht daran«, murmelte Lucky.

Er zog sie hoch, drehte sie sanft zu sich herum und küßte sie, während er ihr Negligé abstreifte. Nachdem er rasch aus seinem Slip geschlüpft war, preßte er sie an sich und ließ sie die Stärke seiner Erregung fühlen. Sie stieß einen leisen Seufzer aus und verriet ihm damit, daß er keine Zeit mehr verschwenden sollte.

Er nahm sie in die Arme, ließ sie aufs Bett gleiten und teilte ihre Schenkel. Seine Lippen berührten die zarte Haut, seine Zungenspitze kostete ihre feuchte Wärme. Dann küßte er sich ihren Körper hinauf, verharrte kurz, um die leichte Rundung ihres Bauchs mit Küssen zu bedecken, und sog dann an den Spitzen ihrer Brüste, die durch die Schwangerschaft größer und dunkler geworden waren. Schließlich erreichte er die willkommene Hitze ihres Mundes und vertiefte seinen Kuß, während er in sie eindrang.

Die Ehe hatte ihre körperliche Leidenschaft nicht vermindert. Sie brannte heißer als je zuvor. Es dauerte nicht lange, bis sie köstlich gesättigt und befriedigt nebeneinander lagen.

Lucky zog sie eng an sich und streichelte liebevoll den Bereich ihres Körpers, in dem sein Kind geborgen lag. Er flüsterte: »Wenn ich mir vorstelle, was Chase verloren hat, kann ich ihm kaum Vorwürfe machen, nicht wahr?«

»Nein«, sagte sie und streichelte seine Hand. »Du kannst nur so lange Geduld haben, bis er seinen Schmerz irgendwie überwunden hat.«

»Falls das möglich ist.« Er klang nicht übermäßig optimistisch.

Devon bewegte sich ein wenig und sagte auf ihre eigensinnige

Art, die er so liebenswert fand: »Oh, ich muß einfach daran glauben, daß es möglich ist!«

Chase fand endlich seine Stimme wieder. Ungläubig starrte er seine Gastgeberin an. »Was?«

»Muß ich es denn unbedingt wiederholen?« fragte Marcie. »Also gut. Ich sagte, du könntest dein Unternehmen retten *und* als Familienbetrieb erhalten, wenn du mich heiratest. In diesem Fall würde nämlich alles, was mir gehört, auch dir gehören.«

Er legte seinen angebrochenen Keks auf den Teller zurück, strich die Krümel von seinen Fingern und stand auf. Nachdem er rasch seine Jacke geholt hatte, zog er sie an und wandte sich zur Tür.

»Findest du nicht, daß man zumindest darüber diskutieren sollte?« fragte Marcie, während sie ihm folgte.

»Nein.«

Sie holte ihn ein, bevor er die Eingangstür aufziehen konnte, und versperrte ihm den Weg. »Chase, bitte. Wenn ich schon genug Courage hatte, um dir diesen Vorschlag zu machen, könntest du wenigstens die Bereitschaft zeigen, darüber zu sprechen.«

»Warum sollten wir deine und meine Zeit verschwenden?«

»Ich habe nicht das Gefühl, daß ein Gespräch über meine Zukunft Zeitverschwendung wäre.«

Er schlug ungeduldig mit den Handschuhen auf seine Handfläche, während er sich verzweifelt überlegte, welchen Ausweg es aus dieser Situation gäbe, ohne daß er Marcie verletzte.

»Marcie, ich habe keine Ahnung, was dich veranlaßt hat, einen so abwegigen Vorschlag zu machen«, sagte er schließlich. »Ich kann mir nicht vorstellen, was du dir dabei gedacht hast. Am liebsten wäre mir, wir könnten das Ganze als Scherz abtun, okay?«

»Es war kein Scherz. Es war mein voller Ernst.«

»Dann läßt du mir keine andere Wahl, als ›Nein danke‹ zu sagen.«

»Ohne weitere Diskussion?«

»Ohne irgendwas. Es lohnt sich nicht, darüber zu sprechen.«

»Da bin ich anderer Meinung. Es gehört nicht zu meinen Gewohnheiten, dem Erstbesten aus heiterem Himmel einen Heiratsantrag zu machen. Wenn ich es nicht für eine annehmbare Lösung hielte, hätte ich es nie zur Sprache gebracht.«

»Es ist keine annehmbare Lösung.«

»Warum nicht?«

»Verdammt«, meinte er hörbar gereizt. »Du zwingst mich, unhöflich zu sein.«

»Falls du etwas zu sagen hast, brauchst du dir keine Gedanken um meine zartbesaiteten Gefühle zu machen. Ich habe dir bereits gestern gesagt, daß ich mir in puncto Beleidigung eine dicke Haut zugelegt habe. Sie prallen einfach an mir ab.«

»Okay.« Chase trat unruhig von einem Fuß auf den anderen, wandte den Blick aber nicht von ihr ab. »Ich werde ganz offen sein. Ich will nicht wieder heiraten. Nie wieder.«

»Warum nicht?«

»Weil ich eine Frau hatte. Und ein Kind. Ich habe beide verloren. Niemand kann Tanyas Platz einnehmen. Abgesehen davon liebe ich dich nicht.«

»Wie könnte ich je hoffen, Tanyas Platz einzunehmen? Ich würde es auch unter gar keinen Umständen wollen. Wir sind zwei völlig verschiedene Menschen. Und ich habe mir bestimmt nie eingebildet, daß du mich liebst, Chase. Aber die Menschen heiraten aus einer Vielzahl von Gründen, am seltensten aus Liebe, glaube ich.«

Er starrte sie fassungslos an. »Wie zum Teufel kannst du so etwas wollen? Wenn du weißt, daß ich dich nicht liebe, daß ich immer noch meine Frau liebe, wie kannst du mir dann so ein

Angebot machen?«

»Weil ich, wie du in den letzten Tagen selber mehrfach bemerkt hast, eine alte Jungfer bin. Und selbst heutzutage, so progressiv und aufgeklärt unsere Zeit auch sein mag, ist man als alleinstehende Frau immer das fünfte Rad am Wagen. Es ist immer noch eine Welt für Paare. Menschen gehen als Paare durchs Leben. Ich habe es satt, als Außenseiter mitzulaufen.«

»Das Argument zieht nicht, Marcie. Erst gestern hast du mir erzählt, daß du fast geheiratet hättest, aber in letzter Minute einen Rückzieher gemacht hast, weil du den Mann nicht geliebt hast.«

»Das stimmt. Aber die Sache liegt einige Jahre zurück. Damals war ich noch in den Zwanzigern.«

»Und?«

»Und jetzt bin ich fünfunddreißig. Eine alleinstehende Frau von fünfunddreißig, die entweder geschieden oder verwitwet ist, ist keine Seltenheit. Selbst ein fünfunddreißigjähriger Junggeselle erregt kaum Aufmerksamkeit. Aber eine Frau, die in diesem Alter noch unverheiratet ist, gilt als alte Jungfer, vor allem, wenn sie allein lebt und kaum ausgeht.« Sie senkte die Lider und fügte leise hinzu: »Vor allem wenn sie Goosey Johns ist.«

Chase stieß einen unterdrückten Fluch aus. Er bereute es, sie je so genannt zu haben. Er könnte jetzt damit argumentieren, daß der Spitzname überhaupt nicht mehr auf sie zutraf, aber sie würde nur denken, daß er nett sein wollte.

»Ich weiß, daß ich keine atemberaubende Schönheit bin, Chase«, fuhr Marcie fort. »Meine Figur ist nicht der Stoff, aus dem Träume und Pin-up-Fotos gemacht werden. Aber ich kann dir geben, was du am meisten brauchst.«

»Geld?« fragte er ätzend.

»Gesellschaft.«

»Leg dir einen Hund zu.«

»Ich bin allergisch gegen Hunde. Außerdem reden wir davon, was du brauchst, nicht davon, was ich brauche«, erwiderte sie. »Wir sind doch Freunde, oder? Wir sind immer gut miteinander ausgekommen. Ich glaube, wir würden ein gutes Team abgeben.«

»Wenn du Teil eines Teams sein willst, solltest du in einen Kegelverein eintreten.«

Sein Sarkasmus brachte sie nicht um die Fassung. »Du hast anderthalb Jahre Umherziehens hinter dir, und obwohl du es nicht zugibst, glaube ich, daß du es satt hast, wie ein Nomade zu leben. Ich kann dir Sicherheit geben. Ich habe ein Zuhause«, sagte sie, während sie die Arme ausbreitete. »Ich liebe es, aber es wäre viel schöner, es mit einem anderen zu teilen.«

»Such dir einen Mitbewohner.«

»Das versuche ich ja gerade.«

»Eine andere Frau, meine ich.«

»Ich würde es hassen, mit einer anderen Frau zusammenzuleben.« Sie lachte ohne Humor. »Außerdem, Gott weiß, was die Gerüchteküche von Milton Point ausbrüten würde, wenn eine andere Frau bei mir einziehen würde.«

Diesen Punkt gestand er ihr zu, weil sie recht hatte. Ganz allgemein waren die Leute in der Umgebung engstirnig und ständig begierig auf einen Skandal, auch wenn es gar keinen gab. Aber das war Marcies Problem, und er war nicht die Lösung.

Dennoch, seine angeborene Ritterlichkeit zwang ihn, es ihr so leicht wie möglich zu machen, die bittere Pille zu schlucken. Wenn schon nichts anderes, so brachte er ihr zumindest Achtung entgegen für den Mut, das Thema Ehe mit ihm zu besprechen. Es mußte ihr sehr schwer gefallen sein. Sie hatte höllisch viel von ihrem Stolz herunterschlucken müssen.

»Hör mal, Marcie...«

»Du sagst nein, oder?«

Er atmete tief aus. »Ja. Ich sage nein.«

Sie senkte den Kopf, hob ihn aber gleich wieder. Herausforderung lag in ihren Augen. »Denk drüber nach, Chase.«

»Es gibt nichts zu überlegen.«

»Tyler Drilling.«

Er stemmte die Hände in die Hüften und beugte sich vor. »Ist dir denn nicht klar, was du tust? Du versuchst, dir einen Ehemann zu kaufen!«

»Wenn ich mir deswegen keine Gedanken mache, warum sollte es dir etwas ausmachen? Ich habe viel Geld. Mehr, als ich brauche. Was soll ich damit anfangen? Wem soll ich es einmal hinterlassen? Was nützt es mir schon, hart zu arbeiten und Erfolg zu haben, wenn ich den Gewinn nicht mit jemandem teilen kann, der das Geld braucht?«

Er zog hastig seine Handschuhe an. »Es wird nicht sehr schwer sein, so jemanden zu finden. Ich bin überzeugt, daß es eine Menge Männer gibt, die sich liebend gern aushalten lassen.«

Sie legte eine Hand auf seinen Arm. »Ist es das, was du glaubst? Daß ich dich in meinem Haus halten will wie einen Schoßhund? Nie im Leben, Chase Tyler! Ich weiß, daß du genauso hart arbeiten würdest wie immer. Ich habe nicht vor, dir deine Männlichkeit oder deinen Stolz zu nehmen. Ich will nicht der Herr im Haus sein. Wenn es so wäre, würde ich alles so lassen, wie es ist.«

Sie senkte die Stimme. »Ich will nicht allein alt werden, Chase. Ich glaube, du willst es auch nicht. Und da du nicht aus Liebe heiraten kannst, kannst du es genausogut des Geldes wegen tun.«

Er betrachtete einen Moment lang ihr ernstes Gesicht, schüttelte dann aber den Kopf. »Ich bin nicht der richtige für dich, Marcie.«

»Doch, das bist du. Du bist genau das, was ich mir wünsche.«

»Ich? Ein gebrochener, geschlagener Mann? Reizbar? Unglücklich? Warum solltest du mich brauchen? Ich würde dir nur das Leben zur Hölle machen. Und dich unglücklich.«

»Heute abend hast du mich nicht unglücklich gemacht. Ich fand es schön, mit dir zusammenzusein.«

Sie wollte also nicht zulassen, daß er sich mit Anstand aus der Affäre zog. Die einzige Alternative, die sie ihm ließ, war, unverblümt nein zu sagen und möglichst schnell von hier zu verschwinden. »Tut mir leid, Marcie. Die Antwort ist nein.«

Er riß die Tür auf und ging in den Sturm hinaus. Nach dem stundenlangen Stehen in der Kälte zeigte der Wagen noch weniger Bereitschaft als vorher, anzuspringen. Endlich gab der Motor Lebenszeichen von sich, und Chase konnte nach Hause fahren. Seine Wohnung war dunkel und kalt.

Chase zog sich aus, putzte sich die Zähne, nahm eine Schmerztablette und kletterte unter kalte Bettdecken. »Goosey Johns heiraten!« murmelte er, während er sein Kopfkissen zurechtknuffte. Es war der idiotischste Vorschlag, den er je gehört hatte, eine absolut lachhafte Idee.

Und warum überschlug er sich dann nicht vor Lachen?

Knapp nach Tagesanbruch tauchte sein Bruder in seiner Wohnung auf. »Hi. Alles in Ordnung? Bist du okay?«

»Warum sollte ich nicht?« gab Chase mürrisch zurück.

»Ach, nur so. Ich wollte bloß wissen, wie es deinen Rippen heute morgen geht.«

»Besser. Willst du reinkommen?«

»Danke.«

Lucky trat ein. Chase schloß die Tür. Er merkte, daß er genau beobachtet wurde, auch wenn Lucky versuchte, sich nichts anmerken zu lassen. Chase weigerte sich hartnäckig, seinem Bruder entgegenzukommen. Nach längerem Schweigen rückte Lucky schließlich mit dem Grund für seinen frühen Besuch heraus.

»Ich habe gestern abend ein paarmal angerufen, kam aber nie durch.«

»Spionierst du mir etwa nach?«

Lucky machte ein gequältes Gesicht.

»Ich war aus«, sagte Chase kurz.

»Das hatte ich mir schon gedacht.«

»Ich war auswärts zum Abendessen.«

»Oh, Abendessen.«

Chase riß der Geduldsfaden. Wie lange wollte Lucky noch um den heißen Brei herumreden? »Warum hörst du nicht endlich auf damit und fragst mich direkt, Lucky?«

»Okay, wo warst du?«

»Bei Marcie.«

»Marcie?«

»Ich bin zu ihr rausgefahren, um ihr das Geld für die Krankenhausrechnung zurückzugeben, und sie hat mich zum Abendessen eingeladen.«

»Na schön, wenn das alles war, warum hast du es nicht gleich gesagt?« wollte Lucky wissen.

»Weil es dich einen Dreck angeht!«

»Wir haben uns Sorgen gemacht, weil du gestern so lange weg warst.«

»Ich brauche keinen Aufpasser!«

»Ach nein?«

Mittlerweile brüllten sie beide. In puncto Temperament standen sich die zwei Brüder in nichts nach. Einander anzuschreien war nichts Neues. Es war auch nicht ungewöhnlich, sich genauso schnell wieder zu vertragen.

Chase schüttelte den Kopf und grinste. »Vielleicht brauche ich ja doch einen Aufpasser.«

»Früher vielleicht. Jetzt nicht mehr.«

»Setz dich.«

Lucky ließ sich in einen Sessel fallen und brachte das Gespräch sofort auf ihre gemeinsamen Probleme. »Wie ist gestern die Besprechung in der Bank gelaufen?«

»George Young ist ein verdammter Hurensohn.«

»Ist dir das jetzt erst klargeworden?« fragte Lucky.

»Ich mache ihm oder der Bank keinen Vorwurf, daß sie ihr Geld zurückhaben wollen. Es ist die geheuchelte Teilnahme in seiner bigotten Visage, die ich zum Kotzen finde. Ich glaube, er weidet sich direkt an unserer Misere.«

Lucky nickte. »Ich weiß, was du meinst. Er setzt diese bedauernde, ›Es-tut-mir-ja-so-leid‹-Miene auf, aber insgeheim lacht er sich ins Fäustchen.«

»Weißt du, was ich gern täte?« Chase beugte sich vor. »Am liebsten würde ich einen großen Sack voll Geld nehmen und ihm die ganze Summe auf seinen Schreibtisch knallen.«

»Verdammt, ich auch.« Lucky schnalzte kläglich mit den Lippen. »Wenn Schweine fliegen, was?«

Chase trommelte nervös mit den Fingern gegeneinander. »Du hast gestern gesagt, es müsse ein Wunder geschehen, damit wir aus dieser Klemme kommen.«

»Direkt vom Himmel.«

»Nun, äh . . .« Chase räusperte sich hörbar. »Was, wenn nun der hilfreiche Engel die Gestalt von, äh, Marcie Johns annehmen würde?« Lucky sagte nichts. Schließlich blickte Chase argwöhnisch zu seinem Bruder. »Hast du mich nicht gehört?«

»Doch, ich habe dich gehört. Was meinst du damit?«

»Sag mal, möchtest du vielleicht einen Kaffee?« Chase hob sich halb aus seinem Sessel.

»Nein.«

Chase sackte zurück.

»Was hat Marcie mit unserer Notlage zu tun?« wollte Lucky wissen.

»Nichts. Es ist nur so ...« Chase zwang sich zu einem Lachen. »Sie hat uns ihre Hilfe angeboten.«

»Du lieber Gott, Chase, das letzte, was wir brauchen, ist ein weiterer Kredit, den wir zurückzahlen müssen.«

»Sie ... äh, sie hat nicht direkt einen Kredit angeboten. Eher so etwas wie eine Investition.«

»Du meinst, sie möchte Anteile an unserem Unternehmen kaufen? Partner werden?« Lucky stand auf und begann, hin und her zu gehen. »Wir wollen aber keine Partner, stimmt's? In diesem Punkt hast du deine Meinung doch nicht geändert, oder?«

»Nein.«

»Gott sei Dank, ich nämlich auch nicht. Granddad und Dad wollten, daß das Geschäft in der Familie bleibt. Es überrascht mich, daß Marcie überhaupt mit dem Gedanken gespielt hat, und ich weiß ihr Interesse zu schätzen, aber du hast ihr hoffentlich erklärt, daß wir keine Außenstehenden in unserem Unternehmen haben wollen.«

»Ja, hab' ich, aber ...«

»Moment mal!« Lucky fuhr jäh herum. »Sie denkt doch nicht etwa an eine feindliche Übernahme, oder? Daß sie die Bankschulden übernimmt und dann damit rechnet, bei uns einzusteigen, ob wir es nun wollen oder nicht. Verdammt, daran habe ich nie gedacht!«

»Marcie auch nicht. Zumindest glaube ich es nicht«, sagte Chase. »Das war es nicht, was sie vorgeschlagen hat.«

Lucky stemmte die Hände in die Hüften und fixierte seinen Bruder. »Was genau hat sie vorgeschlagen?«

Es ließ sich nicht umgehen, Lucky jetzt eine offene Antwort zu geben. Chase sagte sich, wenn Marcie ungeniert darüber reden konnte, dann konnte er es auch. »Heirat.«

»Wie bitte?«

»Heirat.«

»Mit wem?«

»Mit mir«, antwortete Chase gereizt. »Was zum Teufel hast du denn gedacht?«

»Ich weiß nicht, was ich sagen soll.«

»Na ja, sie hat mir den Vorschlag gemacht. Einen Heiratsantrag sozusagen.«

»Marcie Johns hat dir einen Heiratsantrag gemacht?«

»Habe ich das nicht gerade gesagt?« schnauzte Chase ihn an.

»Das glaube ich einfach nicht!«

»Glaub's ruhig.«

Lucky starrte seinen Bruder entgeistert an. Plötzlich zogen sich seine Augen argwöhnisch zusammen. »Moment mal. Wo wart ihr zu der Zeit? Was habt ihr gerade gemacht?«

»Nicht, was du denkst. Wir haben Kaffee getrunken und Plätzchen gegessen.«

»Du hast nicht . . .«

»Nein!«

Lucky ließ sich wieder in den Sessel sinken. Längeres Schweigen folgte, während Lucky Chase anstarrte und Chase versuchte, seinem Blick auszuweichen. Schließlich fragte Lucky: »War es ihr ernst damit?«

»Scheint so.«

»Da soll mich doch . . .« murmelte Lucky, offensichtlich immer noch erschüttert.

»Sie hatte ihre Argumente alle parat. Freundschaft, Sicherheit, solche Sachen. Und natürlich, äh, das Geld.«

Lucky schüttelte wie betäubt den Kopf, brach dann aber plötzlich in Gelächter aus. »Nicht zu fassen. Sie hat dir tatsächlich gesagt, sie würde dir ihr Geld überlassen, wenn du sie heiratest?«

»Na ja, so ähnlich. Darauf lief es hinaus.«

»Nicht zu fassen«, wiederholte Lucky. »Ich habe gehört, daß sie beinhart ist, wenn's ums Geschäft geht, aber wer hätte gedacht, daß sie so etwas tun würde? Was hast du ihr gesagt? Ich meine« – er machte eine Pause und zwinkerte seinem Bruder zu – »ich nehme an, du hast nein gesagt?«

»Genau das, ja.«

Diesmal war es Chase, der aufstand und ruhelos hin und her ging. Aus irgendeinem undefinierbaren Grund irritierte ihn Luckys Gelächter. Er verspürte plötzlich den Drang, Marcies Vorschlag zu verteidigen und zu rechtfertigen.

»Du solltest dich nicht über sie lustig machen«, sagte er scharf. »Vor mir einen Striptease zu machen hätte sie nicht mehr Überwindung kosten können, als diesen Vorschlag zu machen.«

Lucky packte seinen Bruder am Arm und zog sich hoch. »Chase, du kannst unmöglich denken, was ich gerade denke.«

Chase begegnete dem ungläubigen Blick seines Bruders und hörte sich zu seiner eigenen Überraschung sagen: »Es wäre ein Ausweg aus unserem Dilemma.«

Lucky starrte ihn einen Moment sprachlos an, bevor er auf die für ihn charakteristische aufbrausende Art reagierte. Er trat dicht an Chase heran und sah seinen Bruder drohend an.

»Hast du völlig den Verstand verloren? Hat dir der viele Whiskey, den du in den letzten Monaten konsumiert hast, das Gehirn vernebelt? Oder hat der Tritt von diesem Bullen deinen grauen Zellen den Rest gegeben?«

»Soll das ein Quiz sein?«

»Ich mache keine Witze!«

»Ich auch nicht!« Chase schüttelte die Hand seines Bruders ab und wich zornig zurück. »Denk drüber nach. Sag mir eine einzige produktive Sache, die ich seit Tanyas Tod gemacht habe. Du kannst es nicht. Niemand kann es. Praktisch hast du mir genau das ins Gesicht gesagt. Mein Mangel an Initiative hat das Familienunternehmen an den Rand des Bankrotts gebracht.«

»Diese Krise hat nichts mit deinem Privatleben zu tun«, schrie Lucky ihn an. »Oder mit deinem Mangel an Initiative oder irgend etwas anderem als einem zusammengebrochenen Ölmarkt.«

»Aber ich bin nach wie vor der älteste Sohn«, entgegnete Chase und tippte sich mit dem Zeigefinger auf die Brust. »Ich bin derjenige, der die Verantwortung trägt, Lucky. Und wenn Tyler Drilling vor die Hunde geht, wird es mir für den Rest meines Lebens auf der Seele liegen. Ich muß alles tun, was ich kann, um diese Katastrophe zu verhindern.«

»Sogar eine Frau heiraten, die du nicht liebst?«

»Ja. Sogar das.«

»Noch vor zwei Jahren wolltest du nichts davon wissen, daß ich Susan Young heirate, um uns vor dem Ruin zu bewahren. Bildest du dir etwa ein, ich würde zulassen, daß du so eine Dummheit machst?«

»Ich glaube kaum, daß du in dieser Angelegenheit etwas zu sagen hast.«

Plötzlich wurde Chase bewußt, daß er sich vehement für Marcies Plan einsetzte. Warum war es zu diesem Umschwung gekommen? Sein Unterbewußtsein mußte sich die ganze Nacht mit diesem Problem auseinandergesetzt haben. Irgendwann, bevor er aufgewacht war, hatte er für sich entschieden, daß ihre Idee letzten Endes doch nicht so abwegig war.

Lucky stieß einen Schwall von Flüchen aus. »Du bist immer noch nicht über Tanyas Tod hinweg, Chase. Wie kannst du auch nur mit dem Gedanken spielen, eine Beziehung zu einer anderen Frau anzufangen? Dich an eine andere zu binden?«

»Ich habe nicht vor, mich zu binden. Nicht gefühlsmäßig jedenfalls. Marcie weiß das. Sie weiß, daß ich Tanya immer noch liebe, und sie ist bereit, sich mit einer Partnerschaft zufriedenzugeben.«

»Quatsch. Keine Frau gibt sich damit zufrieden.«

»Marcie schon. Sie ist nicht der romantische Typ.«

»Na gut, und warum ist das so? Ich werde dir sagen, warum. Weil sie eine alte Jungfer ist, die sich als letzte Ausflucht einen Ehemann kaufen will.«

»Sie ist keine alte Jungfer.« Es machte Chase wütend, von seinem Bruder laut ausgesprochen zu hören, was er noch vor vierundzwanzig Stunden selbst gedacht hatte. »Für eine Frau, die so erfolgreich ist wie Marcie, ist es nicht leicht, einen Mann zu finden, der sich von ihrem Erfolg nicht einschüchtern läßt.« Dieses Argument war ihm spontan eingefallen, und er war ausgesprochen zufrieden damit.

»Okay, vergiß das fürs erste«, sagte Lucky, »und laß dir mal folgendes durch den Kopf gehen. Wahrscheinlich versucht sie auch, sich ein reines Gewissen zu erkaufen. Denk daran, sie saß am Steuer, als deine Frau ums Leben kam.«

Chase' Gesicht wurde weiß vor Zorn. Seine grauen Augen nahmen den kalten Glanz von Stahl an. »Der Unfall war nicht Marcies Schuld.«

»Das weiß ich, Chase«, sagte Lucky geduldig. »Und du weißt es auch. Jeder weiß es. Aber was ist mit Marcie? Hat sie sich schon damit abgefunden? Versucht sie, etwas Gutes zu tun, um ihre Schuld abzubüßen – selbst wenn sie sich diese Schuld selbst auferlegt hat?«

Chase überlegte eine Weile, bevor er darauf antwortete. »Na und? Selbst wenn es so wäre, würden wir beide von dieser Heirat profitieren. Jeder von uns würde bekommen, was er will. Tyler Drilling kommt wieder in die schwarzen Zahlen, und Marcie bekommt einen Ehemann und ein reines Gewissen.«

Lucky warf beide Hände in einer Geste der Ungeduld hoch und ließ sie mit einem lauten Klatschen auf seine Schenkel zurückfallen. »Magst du diese Frau überhaupt, Chase?«

»Ja, sehr sogar«, antwortete er aufrichtig. »Wir waren immer gute Kumpel.«

»Kumpel. Großartig.« Luckys Widerwillen war nicht zu verkennen. »Willst du mit ihr schlafen?«

»Darüber habe ich mir noch keine Gedanken gemacht.«

»Dann solltest du es schleunigst tun. Ich wette, sie hat daran gedacht. Und ich bin mir ganz sicher, daß Sex in diesem Handel inbegriffen ist.« Lucky nutzte Chase' kurzfristiges Schweigen, um seine Meinung zu verdeutlichen. »Mit irgendeinem leichten Mädchen ins Bett zu gehen und am nächsten Morgen weiterzuziehen ist etwas ganz anderes, als mit einer Frau zu schlafen, der du jeden Morgen beim Frühstück gegenüber sitzt.«

»Danke für die Lektion in bezug auf Frauen, kleiner Bruder«, sagte Chase gehässig. »Ich werde mir im Geist eine Notiz machen für den Fall, daß ich je deinen Rat brauchen sollte.«

»Verdammt, Chase, ich will dich doch nur dazu bringen, dir das Ganze gründlich zu überlegen. Den Bankkredit hast du sofort abgezahlt, aber an Marcie bleibst du für den Rest deines Lebens gebunden. Falls du nicht vorhast, sie fallenzulassen, sobald sie ihren Teil des Handels erfüllt hat.«

»Das würde ich nie tun!«

»Aber du hast gesagt, daß du immer noch Tanya liebst.«

»Ja.«

»Und jedesmal, wenn du mit Marcie ins Bett gehst, wird es aus Pflichtgefühl sein, oder, schlimmer noch, aus Mitleid. Es wird ein Akt der Barmherzigkeit sein ...«

»Wenn du diesen Satz beendest, schlage ich dir sämtliche Knochen im Leib kaputt.« Chase' Zeigefinger war kerzengerade auf den Mund seines Bruders gerichtet. »Du hast kein Recht, so über sie zu sprechen.«

Lucky trat einen Schritt zurück und starrte seinen Bruder ungläubig an. »Du nimmst sie in Schutz, Chase. Das bedeutet, du hast dich bereits entschieden, stimmt's?«

Sein Bruder hatte recht, das war Chase in diesem Moment klar.

7

»Danke, daß du gekommen bist, Pat.«

Laurie Tyler ließ Sheriff Pat Bush in ihre Küche eintreten. Pat war ein ›Hintertür-Freund‹. Es hätte sie gekränkt, wenn er zur Vordertür gegangen wäre und geläutet hätte. Ihre ganze Ehezeit hindurch war Pat mit ihr und Bud eng befreundet gewesen. Bud war vor einigen Jahren an Krebs gestorben, aber Pat war der zuverlässige Freund der Familie geblieben. In Zeiten der Not konnte man sich auf ihn verlassen. Wie jetzt.

»Was ist los? Du hast am Telefon ja so aufgeregt geklungen.« Er legte seinen braunen Stetson auf den Küchentisch, schlüpfte aus seiner Uniformjacke und hängte sie über die Rückenlehne seines Stuhls, bevor er sich setzte. Laurie brachte ihm eine Tasse Kaffee. »Danke. Was ist los, Laurie?«

»Chase wird heiraten.«

Der Rand der Tasse berührte bereits Pats Lippen. Lauries erstaunliche Neuigkeit versetzte ihm einen Schock. Er verbrannte sich die Zunge an dem heißen Kaffee. »Heiraten?« wiederholte er ungläubig.

»So ist es. Pat, ich bin so durcheinander, daß ich nicht mehr weiß, was ich tun soll.«

»Wen heiratet er? Eine Abenteuerin, die behauptet, daß er ihr ein Kind angehängt hat oder so etwas?«

»Nein, nein, nichts dergleichen«, antwortete Laurie und schüttelte bekümmert den Kopf.

Ihr Haar war sehr hell, kurz geschnitten und modisch frisiert. Man konnte sie ohne weiteres für zehn Jahre jünger halten, als sie war. Um ihre schlanke Figur wurde sie von gleichaltrigen Frauen beneidet, und ihre blauen Augen waren ausdrucksvoll und lebendig. Jetzt allerdings spiegelte sich die Sorge um ihr ältestes Kind darin.

»Er heiratet Marcie Johns.«

Die sensationellen Enthüllungen folgten so rasch aufeinander, daß es allmählich riskant wurde, heißen Kaffee zu trinken. Pat stellte seine Tasse auf den Tisch. »Marcie Johns«, flüsterte er. »Teufel noch mal. Das nenne ich Ironie des Schicksals.«

»Ja, nicht wahr?«

»Wie ist es dazu gekommen?«

Laurie erzählte ihm, was sie wußte, angefangen damit, daß Marcie Chase nach seinem Unfall von Fort Worth nach Hause brachte, bis zu einer wörtlichen Wiedergabe des Anrufs, den sie früher am Nachmittag von ihrem Sohn erhalten hatte.

»Er sagt, sie hätten beschlossen, übermorgen im Büro von Richter Walker zu heiraten«, berichtete sie. »Er schlug vor, Sage sollte in der Stadt bleiben, falls sie dabeisein wollte und sie es sich leisten könnte, ihre Vorlesungen zu versäumen. Er sagt, Marcie möchte, daß ihre Eltern aus Houston hierherkommen, um der Zeremonie beizuwohnen. Sie machen sich Sorgen, ob die Straßen in Ordnung sein werden.«

»Straßen?« brach es aus Pat heraus. »Chase hat die Absicht, nach einer zweijährigen Sauftour zu heiraten, und er macht sich Gedanken um den Zustand der Straßen?«

»Das ist es ja.« Lauries Stimme brach. »Ich glaube, er weiß nicht, was er tut.«

Pat fuhr sich mit seiner großen, schwieligen Hand über das Gesicht. Es war ein breites Gesicht und ziemlich wettergegerbt, aber im allgemeinen hielt man ihn für einen gutaussehenden Mann. Er hatte immer noch volles Haar, obwohl das Braun inzwischen ziemlich stark mit Grau durchsetzt war.

Im Lauf der Jahre hatten ihm Dutzende Frauen in Milton Point schöne Augen gemacht. Gelegentlich war er mit der einen oder anderen ausgegangen, aber die Art seiner Arbeit und der ständige Einsatz, den sie erforderte, waren schuld daran, daß er Junggeselle geblieben war. Die Tyler-Kinder hatte er mehr oder weniger adoptiert. Deshalb teilte er jetzt auch Lauries Sorgen um Chase. Er erinnerte sich, wie sehr der junge Mann unter dem Tod seiner Frau gelitten hatte.

»Möchtest du, daß ich mit ihm rede, Laurie?«

»Das würde nichts nützen«, sagte sie bedrückt. »Lucky hat heute morgen versucht, ihm Vernunft beizubringen. Er sagt, je mehr Gründe er gegen eine überstürzte Heirat vorgebracht hätte, desto eigensinniger hätte Chase darauf beharrt, daß es genau das Richtige wäre.« Sie schwieg einen Moment. »Sage hatte natürlich auch einiges zu dem Thema zu sagen, als ich ihr davon erzählte. Ich mußte ihr drohen, daß es ihr ernstlich an den Kragen gehen würde, wenn sie auch nur ein Wort davon Chase gegenüber verlauten ließe. Der liebe Himmel weiß, was ihr alles einfallen könnte. Niemand ist begeistert von dieser Heirat«, fuhr sie fort, »aber ich will nicht, daß es deswegen zu Spannungen in der Familie kommt, gerade jetzt, wo Chase wieder bei uns ist. Er könnte Türen vor uns schließen, die sich nicht mehr öffnen lassen.« Tränen begannen in ihren Augen zu schimmern.

Pat langte über den Tisch und legte tröstend seine Hand auf ihre. »Ich wußte gar nicht, daß Chase Miss Johns so gut kennt.«

Laurie betupfte sich die Augen mit einem Taschentuch. »Sie sind zusammen zur Schule gegangen. Nach der High-School haben sie sich aus den Augen verloren, weil Marcies Eltern nach Houston zogen. Sie haben sich erst wiedergesehen, als Tanya sich auf die Suche nach einem Haus machte, kurz bevor sie ums Leben kam.«

»Versteh mich nicht falsch, Pat. Es ist nicht Marcie, gegen die ich Einwände habe. Ich finde sie bezaubernd. Sie ist eine bildschöne Frau geworden, und sie war schon immer hochintelligent.« Laurie runzelte die Stirn. »Gerade deshalb kann ich nicht verstehen, warum sie sich auf so etwas einlassen sollte.«

»Entschuldige, ich komme nicht ganz mit.«

»Nun ja, Lucky zufolge, der mich gleich anrief, nachdem ich mit Chase gesprochen hatte, hat Marcie Chase gebeten, sie zu heiraten, nicht umgekehrt.«

»Was du nicht sagst.«

Laurie wiederholte alles, was Lucky ihr erzählt hatte.

»Er heiratet sie also des Geldes wegen«, stellte Pat fest, nachdem sie fertig war. »Er tut es, um Tyler Drilling zu retten.«

»So sieht es aus. Darum bin ich ja so beunruhigt. Ob bewußt oder nicht, Bud und ich haben Chase dieses Gefühl von Verantwortung eingeprägt. Er nimmt sich alles zu Herzen, will alle Last auf sich nehmen.«

»Das ist nicht ungewöhnlich bei dem ältesten Kind, Laurie.«

»Ich weiß, aber Chase schießt übers Ziel hinaus. Nach Tanyas Unfall hat er sich Vorwürfe gemacht, weil er sie an diesem Nachmittag nicht begleitet hat. Er glaubt, wenn er bei ihr gewesen wäre, wäre sie nicht gestorben.«

»Das ist doch verrückt!«

»Ja, aber so ist er nun mal. Immer lädt er sich die Probleme anderer auf. Vermutlich fühlt er sich schuldig, weil er in den letzten achtzehn Monaten seine Verpflichtungen der Firma gegenüber vernachlässigt hat. Auf diese Art will er das wiedergutmachen. Ich hatte gehofft, seine Heimkehr wäre das Signal für einen Neubeginn. Ich hatte nicht erwartet, daß dieser Neubeginn so aussähe.

Er nimmt Jahre voller Unglück auf sich, nur um Tyler Drilling zu retten. Und er verurteilt auch Marcie zu einem unglücklichen Leben. Ich habe keine Ahnung, welches Marcies Motive sind. Aber ich weiß ohne den geringsten Zweifel, daß Chase immer noch Tanya liebt. Genauso war es bei Bud und mir. Ich habe nicht aufgehört, ihn zu lieben, als er starb.«

Unauffällig zog Pat seine Hand von ihrer weg. Er saß ruhig bei ihr und ließ sie ein bißchen weinen, bevor er sie fragte: »Was kann ich für dich tun, Laurie?«

Sie hob den Kopf und schenkte ihm ein wäßriges Lächeln. »Genau das, was du gerade tust. Zuhören. Ich mußte einfach mit jemandem sprechen. Devon geht es in letzter Zeit gar nicht gut – noch etwas, das mir Sorgen macht. Lucky platzt sofort der Kragen, wenn es um diese Heirat geht. Er wird wütend, stampft herum, flucht ununterbrochen und schlägt sich mit der Faust in die Hand. Sage redet ohne Punkt und Komma und sagt Dinge, die mich nur noch mehr aufregen. Ich brauchte eine breite Schulter zum Ausweinen.«

Pat strich sich mit einem reumütigen Lächeln über den Bauchansatz. »Tja, leider sind nicht nur meine Schultern in die Breite gegangen. Trotzdem, ich bin froh, wenn ich dir helfen kann. Du weißt, ich habe Bud vor seinem Tod versprochen, mich um seine Kinder zu kümmern. Ich habe gute Lust, Chase am Kragen zu packen und ihm eine ordentliche Tracht Prügel zu geben, nachdem ich ihn wieder ein bißchen zu Verstand gebracht habe. Wenn schon aus keinem anderen Grund als dafür, was du seinetwegen in den letzten Monaten durchgemacht hast.«

»Vermutlich würde er zurückschlagen.« Sie brachte ein zittriges kleines Lächeln zustande. »Sie sind keine Kinder mehr, Pat. Sie sind erwachsen. Sie treffen ihre eigenen Entscheidungen, und es gibt wenig oder nichts, was ich daran ändern könnte, auch wenn ich der Meinung bin, daß sie einen schrecklichen Fehler machen.«

Ihr Lächeln verschwand, als sie ihrem guten Freund ins Gesicht sah. »O Pat, was hat sich Chase nur dabei gedacht?«

Chase, der vor Richter Walkers Büro wartete, fragte sich, was er sich nur dabei gedacht hatte.

Die letzten zwei Tage waren so hektisch verlaufen, daß er kaum Zeit gehabt hatte, noch einmal über alles nachzudenken. Vielleicht hatte er unbewußt diese Hektik verursacht, um sich nicht mit der Wahrheit auseinandersetzen zu müssen.

Marcie hatte seinen Entschluß mit mehr Gelassenheit aufgenommen, als er erwartet hatte. Kurz nach seiner Auseinandersetzung mit Lucky war er zu Marcies Immobilienbüro gefahren. Esme – an diesem Tag in grünem Kleid und lila Strumpfhosen – hatte ihn angemeldet. Marcie war in ihrem Büro gewesen und hatte in den Listen der zum Verkauf stehenden Häuser geblättert.

Nachdem Esme sich zurückgezogen hatte, hatte Chase gesagt: »Ich glaube, das war gestern abend eine gute Idee von dir, Marcie. Laß uns heiraten.«

Er hatte wahrlich nicht erwartet, daß sie ihm um den Hals fallen, sein Gesicht mit heißen Küssen bedecken und mit tränenüberströmtem Gesicht »Danke« stammeln würde. Er hatte auch nicht erwartet, daß sie sich ihm zu Füßen werfen und ihm ewige Treue geloben würde.

Aber er hatte doch etwas mehr als nur einen Händedruck erwartet.

»Bevor wir uns darauf die Hand geben«, hatte er gesagt, »habe ich noch eine Bedingung.« Sie schien rasch Luft zu holen und den Atem anzuhalten, aber vielleicht hatte er sich das nur eingebildet, denn ihr Gesicht blieb völlig ruhig. »Ich werde dir jeden Cent zurückzahlen, den du in Tyler Drilling investierst.«

»Das ist nicht nötig.«

»Für mich schon. Und auch für den Fall, daß diese Heirat stattfinden soll. Wenn du nicht einverstanden bist, ist die Sache gestorben. Vielleicht dauert es Jahre, bis ich es geschafft habe, aber du wirst dein Geld zurückbekommen.«

»Es wird unser Geld sein, Chase, aber wenn du so darüber denkst, bin ich natürlich einverstanden.«

Sie hatten ihre Vereinbarung mit einem sehr unromantischen, geschäftsmäßigen Handschlag besiegelt. Von da an hatten sich die Ereignisse überschlagen. Sie hatten ihre Familien verständigt und einen Termin auf dem Standesamt festgelegt.

Obwohl er es auf einen günstigeren Zeitpunkt hätte verschieben können, stellte Chase die Wohnung, in der er mit Tanya gelebt hatte, vom Tag seiner zweiten Eheschließung an zur Verfügung. Ein paar Wochen nach Tanyas Tod war ihre Familie gekommen und hatte die Sachen geholt, die er nicht behalten wollte, so daß es ihm erspart blieb, sich jetzt darum zu kümmern.

Es hatte ihn nicht viel Zeit gekostet, seine Habseligkeiten zusammenzupacken und in Marcies Haus zu bringen. Im Grunde hatte dieser Schritt jede Fluchtmöglichkeit vereitelt – vielleicht war das auch der Grund, warum er es getan hatte. Es gab kein Zurück mehr.

Während des Umzugs war es zu einem peinlichen Moment gekommen.

»Das ist mein Schlafzimmer«, hatte Marcie zu ihm gesagt und

eine Tür geöffnet, die in einen großen, anheimelnden Raum führte. Die Wand hinter dem Bett war mit einem Stoff verkleidet, der zu der Überdecke und den Vorhängen paßte. Eine Chaiselongue in der Ecke war mit einem ähnlichen Stoff bezogen. Ihr Schlafzimmer war nicht so schlicht und zeitgerecht wie der Rest der Hauseinrichtung. Es wirkte feminin, ohne verspielt und überladen zu sein, eine angenehme Mischung aus Wärme und Geräumigkeit.

Sein Blick fiel auf das Bett, und er fühlte sich sofort unbehaglich. »Wo ist mein Schlafzimmer?«

»Dort.«

Sie hatte auf eine geschlossene Tür auf der gegenüberliegenden Seite der Galerie gedeutet. Dieser Raum war es, in dem Chase seine Sachen unterbrachte. Marcie hatte ihn nicht ausdrücklich aufgefordert, ihr Schlafzimmer mit ihr zu teilen. Er war erleichtert darüber. So blieb es ihm erspart, nein zu sagen.

Seit Lucky zur Sprache gebracht hatte, ob er mit Marcie schlafen würde, ließ Chase dieser Gedanke nicht mehr los. Sie hatte es nicht direkt ausgesprochen, aber offensichtlich erwartete sie, daß sie auch eine sexuelle Beziehung haben würden. Zuerst konnte er sich nicht vorstellen, sich nackt mit Goosey Johns im Bett zu tummeln, aber nachdem er sich erst einmal an die Vorstellung gewöhnt hatte, redete er sich ein, daß es gar nicht so schlimm werden würde.

Sie war eine attraktive Frau. Er war ein Mann mit gesunden sexuellen Bedürfnissen. Von einem rein pragmatischen Standpunkt betrachtet, fand er, daß es ihm vermutlich keine größeren Probleme bereiten würde, gelegentlich mit ihr zu schlafen.

Ein gemeinsames Schlafzimmer zu bewohnen hingegen war eine Intimität, die nur seiner Frau vorbehalten blieb. Er würde zwar diesen Titel gesetzmäßig an Marcie weitergeben, aber in seinem Herzen würde immer Tanya seine Ehefrau bleiben. Vielleicht würde er hin und wieder mit Marcie das Bett teilen, aber schlafen würde er in einem anderen Zimmer.

Abgesehen von dem Umzug in Marcies Haus, mußten Blutuntersuchungen gemacht und eine Heiratserlaubnis erworben werden. Er mußte mit seinem Bruder streiten, seine Mutter beruhigen, sich zurückhalten, seine Schwester zu erwürgen, falls sie noch ein einziges Mal ihre große Klappe aufriß und Überlegungen über seinen Geisteszustand anstellte, und er mußte sich einen neuen dunklen Anzug kaufen.

Dank des Wetterumschwungs waren seine zukünftigen Schwiegereltern am Vorabend eingetroffen und hatten Marcie, ihn und seine gesamte Familie zum Dinner in den Milton Point Country Club eingeladen. Das Ehepaar war selig, daß ihre einzige Tochter endlich unter die Haube kam. Sie schienen so erleichtert darüber zu sein, daß sie nicht als alte Jungfer sitzenblieb, daß es Chase Marcies wegen fast peinlich war. Ihre Gesichter waren die einzig glücklichen am Tisch.

Gerechterweise mußte gesagt werden, daß Laurie alles getan hatte, um das angespannte Zusammentreffen zu einem Erfolg zu machen. Pat Bush hatte sie begleitet, um sie moralisch zu unterstützen. Auch Devon hatte den Gesprächsfluß aufrechterhalten, wenn er drohte, ins Stocken zu geraten, aber ihre Nervosität durch ihren enormen Appetit verraten, der zur Zielscheibe etlicher Scherze wurde.

Nur weil er ihr angedroht hatte, sie sonst umzubringen, hatte Sage ihre Ansichten für sich behalten. Als sie am Ende des Abends ihre zukünftige Schwägerin umarmte und ihr eine gute Nacht wünschte, hätte man annehmen können, daß es sich bei Marcie um eine Frau handelt, die zum Galgen verurteilt war, statt um eine Braut, die vor den Friedensrichter sollte.

Lucky hatte eine höfliche Art bewahrt, aber jedem seine Meinung durch seine düstere Miene deutlich klargemacht. Es war nicht zu übersehen, daß er überzeugt war, daß sein Bruder einen schrecklichen Fehler beging.

Chase fragte sich insgeheim, ob Lucky nicht recht hatte, als er zu der Frau hinüberblickte, die jetzt neben ihm stand. Rein äußerlich war an Marcie nichts auszusetzen. Im Gegenteil, sie sah wunderschön aus. Sie trug ein weißes Wollkostüm, das trotz des strengen Schnitts weich und fraulich wirkte. Ihr Haar war hochgesteckt, und auf ihrem Kopf saß ein kleiner Hut mit einem Schleier, der bis zu ihrer Nase reichte. Hinter dem Schleier funkelten und lächelten ihre blauen Augen.

»Nervös?« fragte sie ihn.

»Unbequem«, antwortete er. »Ich hatte keine Zeit, das Jackett vom Anzug ändern zu lassen. Es ist zu eng.«

Sie hob eine Hand und strich über seine Schultern. »Das ist der Preis, den du für so breite Schultern zahlen mußt.«

Chase zuckte unwillkürlich zusammen, aber er war sich nicht sicher, ob es an Marcies unerwarteter und sehr weiblicher Geste lag oder daran, daß ein Beamter diesen Moment wählte, um ihnen mitzuteilen, daß der Richter sie erwartete.

Sie betraten nacheinander den stillen, holzgetäfelten Raum – das Brautpaar, Marcies Eltern, sämtliche Tylers und Pat Bush. Es war eine feierliche Versammlung.

Chase' Gedanken wanderten in die Vergangenheit und verharrten bei der Erinnerung an die schöne, von Kerzen erleuchtete Kirche, in der er und Tanya geheiratet hatten. Ihre große Familie hatte die ersten paar Sitzreihen gefüllt. Es war ein freudiges Ereignis gewesen, obwohl beide Mütter ein wenig in die zarten Spitzentaschentücher geweint hatten, die Tanya eigenhändig eingefaßt und ihnen geschenkt hatte.

Keiner der Anwesenden hatte an ihrer Liebe zueinander zweifeln können. Tanya hatte atemberaubend schön ausgesehen, als sie in ihrem weißen Brautkleid vor den Altar getreten war. Sie hatten einander Liebe und Treue bis in den Tod geschworen ...

»Willst du, Chase, Marcia Elaine Johns zu deinem rechtmäßig angetrauten Weib nehmen? Willst du sie lieben und ehren, sie schützen und erhalten, solange ihr lebt?«

Die Frage riß Chase aus seiner verklärten Träumerei und stieß ihn brutal in die Gegenwart zurück. Er starrte den Richter an, der seinen Blick etwas verwirrt erwiderte. Dann sah er in Marcies erwartungsvolles Gesicht.

»Ja, ich will.«

Der Richter stellte Marcie dieselben Fragen. Sie antwortete mit leiser, ernster Stimme. Sie tauschten die schlichten Goldringe aus, die sie am Vortag gemeinsam gekauft hatten. Der Richter erklärte sie für Mann und Frau und sagte dann zu Chase: »Sie dürfen die Braut jetzt küssen.«

Chase' Herz machte einen Satz.

Er hatte seit Tanyas Tod mit unzähligen Frauen geschlafen, aber er hatte keine einzige von ihnen geküßt. Irgendwie schien ihm ein Kuß intimer und persönlicher zu sein als der sexuelle Höhepunkt. Küssen erfolgte von Angesicht zu Angesicht, von Auge zu Auge, und es erforderte einen gewissen Grad an Beteiligung von beiden Parteien.

Er wandte sich zu seiner Braut um und legte ihr die Hände auf die Schultern. Dann senkte er leicht den Kopf. Er verharrte. Die kleine Gästeschar schien einhellig den Atem anzuhalten.

Er konnte Marcie nicht in die Augen schauen, weil er Angst hatte, in ihnen Angst oder Ablehnung zu sehen. Daher konzentrierte er sich auf ihre Lippen. Schön geformte Lippen. In der Farbe von Pfirsichen, wenn sie reif zum Pflücken waren. Sie wirkten weich, und sie bebten ein wenig.

Er neigte sich vor und berührte sie mit seinem Mund. Sie waren nachgiebig genug, um ihn neugierig zu machen, und verlockend genug, um ihn vorsichtig zu machen. Er gab dem ersten Gefühl nach und preßte seine Lippen etwas stärker auf ihre.

Dann zog er sich rasch zurück. Marcie lächelte. Er auch. Aber sein Lächeln kam ihm hölzern vor.

Zum Glück wurde er im nächsten Moment überschwenglich von Marcies Mutter umarmt. Mr. Johns schüttelte ihm freudig die Hand und hieß ihn in ihrer kleinen Familie willkommen. Während er irgend etwas Passendes zu seiner neuen Schwiegermutter sagte, fuhr er sich automatisch mit der Zunge über die Lippen... und war schockiert über die Feststellung, daß sie nach Marcie schmeckten.

8

»Was haben deine Eltern noch gesagt, wann sie nach Houston zurückfahren wollten?«

»Morgen früh.«

Chase half Marcie aus ihrer Pelzjacke und hängte sie auf den Garderobenständer gleich neben der Eingangstür . . . ihrer Eingangstür. »Wozu die Eile? Warum bleiben sie nicht noch ein paar Tage hier?«

»Seit sie in Pension sind, tun sie nichts anderes mehr als Golfspielen«, erklärte Marcie. »Sie haben es nicht gern, wenn sie ihre Golfverabredungen platzen lassen müssen. Außerdem haben sie das Gefühl, es würde uns die Flitterwochen verderben, wenn sie in der Stadt blieben.«

»Oh.« Er schlüpfte aus seiner Anzugjacke. Erleichtert streckte er die Arme, ließ die Schultern kreisen und lockerte dann den

Knoten seiner Krawatte. »Sollen wir den Champagner aufmachen?«

»Warum nicht?« Ihre Fröhlichkeit klang erzwungen. Sie nahm ihren Hut ab, legte ihn auf ein Tischchen und ging die Gläser holen. »Es war sehr nett von Devon und Lucky, ihn uns zu schenken. Vor allem, wenn man bedenkt, wie sehr er gegen unsere Heirat ist.«

»Wie kommst du denn darauf?« Er drückte den Korken aus der Flasche und goß den Champagner in die Sektflöten, die Marcie ihm hinhielt.

»Soll das ein Witz sein?« fragte sie zurück. »Ich müßte schon blind sein, um seine Ablehnung zu übersehen. Er macht jedesmal ein finsteres Gesicht, wenn er mich anschaut.«

»Seine finstere Miene gilt nicht dir, sondern mir. Seine Vorbehalte haben mit dir nichts zu tun. Er hat Angst, daß ich uns beide unglücklich machen werde.«

»Und? Wirst du das?«

Ihre Blicke begegneten sich. Obwohl ihr Mund zu einem leichten Lächeln verzogen war, wußte er, daß ihre Frage weder kokett noch spielerisch gemeint war. »Ich werde alles versuchen, um es nicht zu tun, Marcie.«

»Das reicht mir.« Sie stieß mit ihm an. Ohne den Blick voneinander zu wenden, nippten sie an dem kalten, erfrischenden Champagner. »Hungrig?« fragte Marcie dann.

»Ein bißchen.« Sie drehte sich um und ging in die Küche. Während sie sich von ihm fort bewegte, fiel Chase auf, daß sich ihr schmaler Rock eng an ihren Po schmiegte. Die Beine waren auch nicht übel. Er lockerte seine Krawatte noch etwas mehr und fragte sich, warum ihm auf einmal so warm war.

Um sich von seinem wachsenden Unbehagen abzulenken, sagte er: »Außerdem finde ich, Lucky hat ganz schön Nerven, mich wegen meiner Ehe zu kritisieren. Devon war noch verheiratet, als sie sich kennenlernten.«

Marcie nickte. »Ich kann mich erinnern. Das war damals ein ganz schöner Skandal. Sein Alibi für die Brandstiftung war eine verheiratete Frau, mit der er die Nacht verbracht hatte.«

»Dafür gab es mildernde Umstände«, bemerkte Chase.

»Ja, ich weiß. Wenn man sie jetzt zusammen sieht, kann man überhaupt nicht mehr bezweifeln, daß sie wie füreinander geschaffen sind.« Marcie öffnete den Kühlschrank und stieß einen kleinen Freudenschrei aus. »Oh! Sieh nur, Chase!« Sie hielt einen großen, mit Zellophan umwickelten Korb hoch, der mit frischem Obst, verschiedenen Käsesorten, einer Schachtel Pralinen und sogar einer kleinen Dose Schinken gefüllt war.

»Da ist auch eine Karte!« Sie öffnete den weißen Umschlag und las laut vor: »›Mit den besten Wünschen für Euer Glück. Alles Liebe‹. Es ist von deiner Mutter und Sage. Ist das nicht lieb?«

Er trat zu ihr an die Bar, wo sie gerade die Zellophanhülle aufmachte. »Das ist es wirklich.«

Er fühlte sich seiner Schwester gegenüber ungewöhnlich milde gestimmt, weil sie ihn davor bewahrt hatte, einen unverzeihlichen Fauxpas zu begehen. Früher am Tag hatte sie ihn gefragt, welche Art Blumenstrauß er für Marcie bestellt hatte. Schamrot hatte er ihr gestanden, daß ihn der Gedanke an einen Strauß nicht einmal gestreift hätte.

Eine panische Sage hatte versichert, daß sie sich darum kümmern würde. Zwei Stunden später – gerade noch rechtzeitig – war sie mit einem Brautbukett aus weißen Rosen, weißem Flieder und Anemonen zurückgekehrt. Es lag jetzt auf der Bar neben dem Geschenkkorb.

Offensichtlich war der Weg zum Floristen nicht die einzige Besorgung gewesen, die Sage erledigt hatte. Die Freude auf Marcies Gesicht zu sehen, als sie die Leckerbissen auspackte, erfüllte Chase mit Dankbarkeit für seine Mutter und Schwester, die an diese liebevolle Geste gedacht hatten.

»Sie müssen es gebracht haben, als meine Eltern hier waren. Ich war noch beim Friseur. Hier, magst du etwas Käse?« Sie hielt ihm einen winzigen Würfel Schweizer Käse hin, und er aß ihn von ihren Fingern. Sein Magen schlug einen Salto, als er die flüchtige Berührung an seinem Mund spürte.

»Danke.«

»Nichts zu danken. Frischvermählte machen das normalerweise mit dem Hochzeitskuchen.«

»Wir hätten einen bestellen sollen.«

»Das macht doch nichts. Ich habe es gern, wenn alles ein bißchen unkonventionell ist.« Sie lächelte, aber er hörte einen Anflug von Trauer aus ihrer Stimme heraus. Er war rasch wieder verschwunden. Sie stieß sogar ein leises Lachen aus. »Du wirst hungrig bleiben, wenn ich dich häppchenweise füttere. Warum machst du nicht ein Feuer im Kamin, während ich uns eine Platte zubereite? Ich war zu nervös, um beim Lunch viel zu essen.«

Als ein fröhliches Feuer im Kamin brannte, kam Marcie zu ihm ins Wohnzimmer, in jeder Hand einen Teller mit Kräckern, Käse, Apfel- und Birnenstücken und Schinkenscheiben.

Sie schlüpfte aus ihren Schuhen und zog ihre Kostümjacke aus, bevor sie es sich in dem Ledersessel bequem machte, in dem sie vor genau zweiundsiebzig Stunden gesessen hatte, als sie ihm ihren Heiratsantrag machte.

Chase hoffte, es wäre ein gutes Omen, daß an diesem Nachmittag zum erstenmal seit Tagen die Sonne herausgekommen war. Inzwischen war sie allerdings am Horizont versunken, und der Himmel hinter der Fensterwand hatte die Farbe dunklen Lavendels. Der Mond war aufgegangen, aber das Licht, das er gab, wirkte schwach und kalt.

Im Haus hingegen, umfangen vom Schein des offenen Feuers, war es warm und behaglich. Während Chase methodisch den Teller leeraß, den sie für ihn zubereitet hatte, fiel Chase auf, daß Marcie ebenso strahlte wie das Feuer. Ihr Rock und die Bluse hatten fast dieselbe Elfenbeintönung wie das Leder, an das sie sich kuschelte. Der blasse Hintergrund betonte die leuchtende Farbe ihres Haars. Ihre Bluse war aus Seide, vermutete er, und wirkte sehr weich. Sie schmiegte sich verführerisch und doch zurückhaltend an ihren Körper.

»Chase?«

Ihre zögernde Stimme riß ihn aus seiner Betrachtung, und er hob den Blick von ihren Brüsten. »Ja?«

»Überlegst du gerade, wie ich ohne meine Sachen aussehe?«

Sein Mund klappte auf und blieb ein paar Augenblicke offenstehen. Dann schloß er ihn und lächelte verlegen. »Unbewußt vermutlich ja. Bewußt habe ich gerade gedacht, wie hübsch du im Licht des Feuers aussiehst. Deine Farben passen dazu. Sogar deine Augen. Sie haben dieselbe Farbe wie das Blau in den Flammen.«

»Ich war nicht auf Komplimente aus.«

»Ich weiß.«

Sie stellte ihren Teller beiseite und griff nach ihrem Champagnerglas, das Chase bereits nachgefüllt hatte. Sie starrte in den prickelnden Sekt und fragte: »Hast du dich schon jemals gefragt, wie ich ohne Kleider aussehen würde?« Bevor er Gelegenheit zum Antworten hatte, fügte sie hastig hinzu: »Vergiß es. Ich weiß, daß du das nie getan hast.« Sie nahm schnell einen Schluck Champagner.

»Genaugenommen habe ich es doch getan«, sagte Chase.

»Wirklich?«

»Ja.«

»Wann?«

»Als wir in der elften Klasse waren, glaube ich. Es war am Ende des Schuljahrs. Der Tag der Preisverleihungen. Du bist in der Aula über die Bühne gegangen, um einen deiner vielen Preise entgegenzunehmen. Als Klassensprecher saß ich vorn auf der Bühne. Du bist genau durch das Licht des Scheinwerfers vom anderen Ende der Aula gegangen. Einen Augenblick wurde deine Silhouette vom Licht festgehalten, und mein Blick fiel auf dein Profil. Jetzt erinnere ich mich, daß ich damals, wie es Siebzehnjährige nun mal tun, überlegt habe, wie du nackt aussehen würdest.«

Sie lachte ein leises, kehliges Lachen. »Ich habe mich gefragt, ob es dir auffallen würde.« Sein verwirrter Gesichtsausdruck brachte sie erneut zum Lachen. »Ich wußte genau, wo du sitzt. Als ich vorbeiging, habe ich absichtlich die Brust rausgestreckt.«

»Im Ernst?« Sie nickte. »Warum?«

»Ich nehme an, ich wollte einfach deine Aufmerksamkeit erregen. Viel genützt hat es nicht«, bemerkte sie, während sie einen unsichtbaren Krümel von ihrem Rock strich. »Deine Neugier war nicht groß genug, als daß du versucht hättest herauszufinden, wie ich nackt aussehe.«

»Na ja, ich bin damals fest mit einem Mädchen gegangen. Ich glaube, es war Linda ...«

»Nein. Debbie Aldrich.«

»Ach ja, stimmt, Debbie. Wir haben uns im selben Sommer getrennt, kurz vor dem Senior-Jahr.«

»Und dann hast du angefangen, mit Lorna Fitzwilliams auszugehen.«

Er schüttelte den Kopf. »Wieso kannst du dich daran noch erinnern?«

»Ich weiß es eben«, sagte sie leise. Nachdem sie ihren Champagner ausgetrunken hatte, stand sie auf. »Möchtest du noch etwas Schokolade, oder sollen wir sie für morgen aufheben?«

»Für morgen. Ich bin satt.«

Sie lächelte. »Okay. Dann haben wir etwas, worauf wir uns freuen können.« Sie ließ Jacke und Schuhe liegen, wo sie sie abgelegt hatte, und ging auf die Treppe zu. »Ich geh' schon mal nach oben.«

»Okay.«

»Bis gleich, ja?« Der fragende Unterton war nicht zu überhören.

»Klar. Ich, äh, kümmere mich nur noch um das Feuer.«

Marcie stieg die Treppe hinauf. Als sie die Tür zu ihrem Schlafzimmer erreicht hatte, sah sie von der Galerie zu Chase hinunter und lächelte ihn zärtlich an, bevor sie durch die Schlafzimmertür verschwand und sie hinter sich schloß.

Chase rieb sich die Handflächen an den Beinen seiner Anzughosen ab. Dann nahm er die Teller und trug sie in die Küche. Gewissenhaft stellte er den Geschenkkorb in den Kühlschrank zurück. Sorgfältig überprüfte er alle Türen, um sich zu vergewissern, daß sie abgeschlossen waren. Dann stellte er die Alarmanlage ein und streute Asche auf das Feuer.

Als es schließlich nichts mehr zu tun gab, machte er sich auf den Weg ins obere Stockwerk. Ungefähr auf halbem Weg änderte er seine Meinung. Er lief die Treppe wieder hinunter, nahm sich eine Flasche Whiskey aus der Hausbar und ging dann erst in sein Zimmer.

Im anschließenden Badezimmer füllte er den Zahnbecher mit Whiskey und kippte ihn in einem Zug herunter. Der scharfe Alkohol brachte seine Augen zum Tränen und brannte ihm in der Kehle, verbreitete aber auch eine wohltuende Wärme in seinem Inneren. Es half allerdings kaum, seine Ängste zu überwinden.

Verdammt, wie sollte er das durchstehen?

Zum Teufel mit seinem Bruder! Entweder hatte Lucky genau ins Schwarze getroffen, oder er hatte allein durch seine Anspielungen auf Sex in der Ehe Chase' Selbstbewußtsein ins Wanken gebracht. Wie auch immer, eine schnelle Nummer war tatsächlich etwas ganz anderes als eine Hochzeitsnacht.

Die Frau, die im Nebenzimmer auf ihn wartete, war nicht nur ein anonymer warmer Körper. Sie war eine Persönlichkeit, ein Lächeln, ein Herz, das es nicht verdiente, gebrochen zu werden. Aber er hatte nicht allzuviel zu geben, und er fürchtete, es könnte nicht genug sein.

Verdammt, sie hatte es gewußt.

Sie hatte es so haben wollen.

Sie hatte gesagt, daß sie nehmen würde, was er zu geben hatte, und nie mehr erwarten würde.

Mit diesem Gedanken im Kopf zog er sein Hemd aus, ließ aber die Hosen an. Der Verband um seine Brust hob sich sehr weiß von seiner gebräunten Haut und den dunklen Hosen ab. Er zog Schuhe und Strümpfe aus. Er fuhr sich mit einer Bürste durchs Haar. Er putzte sich die Zähne. Er verwendete Eau de Cologne. Und sicherheitshalber nahm er noch einen Schluck Whiskey.

Dann setzte er sich auf die Bettkante und starrte auf die Tür. Es war wie früher in der Kindheit, wenn er wußte, daß er eine Spritze bekommen sollte und beim Arzt im Warteraum saß. Die Angst davor war das Schlimmste an der ganzen Sache. Wenn der Magen sich zusammenkrampfte und die Handflächen schweißnaß wurden. Je länger er es hinausschob, desto schlimmer wurde es. Am besten brachte er es möglichst schnell hinter sich. Er stand auf, verließ sein Zimmer und ging die Galerie hinunter. Er klopfte an die geschlossene Tür.

»Komm rein, Chase.«

Überall im Raum verteilt standen brennende Kerzen und Vasen mit frischen Blumen. Das Duftgemisch war wundervoll und fast so betäubend wie der Whiskey.

Sein Blick wanderte rasch durch den Raum, bevor er abrupt bei Marcie innehielt. Wie ein Traumbild stand sie neben dem großen Bett, das bereits aufgeschlagen war und Satinbettwäsche in einer zarten Muschelfarbe enthüllte.

Ihr Negligé war blaß und seidig. Die Konturen ihres Körpers zeichneten sich deutlich darunter ab. Durch den dünnen Stoff konnte er mühelos ihre Brustspitzen und das Dreieck zwischen ihren Schenkeln erkennen. Sie hatte ihr Haar gelöst. Von Kerzenlicht durchschimmert wirkte es wie ein Heiligenschein, der ihren Kopf umgab. Aber der Blick in ihren Augen war nicht unschuldig. Ganz und gar nicht.

Innerlich stöhnte Chase auf. Sie bemühte sich, etwas Besonderes daraus zu machen, eine typische Hochzeitsnacht für ein Liebespaar.

»Ich dachte, du magst vielleicht noch etwas Champagner.« Sie deutete auf den silbernen Eiskübel, der auf ihrem Nachttisch stand. Er enthielt eine zugekorkte Flasche, die sie anscheinend schon vorher nach oben gebracht hatte. Neben dem Eisbehälter standen zwei hohe, tulpenförmige Kristallgläser.

»Nein, danke«, sagte er schroff.

»Wie du willst.«

Es bestand kein Zweifel, daß es jetzt Sache des Bräutigams war, die Initiative zu ergreifen. Chase stakste etwas steifbeinig durch den Raum, bis er vor Marcie stand. Er wußte, daß von ihm jetzt erwartet wurde, irgend etwas Nettes zu sagen. »Mir gefällt es ... dieses Ding.« Er deutete auf ihr Nachthemd.

»Danke. Ich hatte gehofft, daß es dir gefallen würde.«

Ein Kuß war jetzt vermutlich angebracht. Na schön. Das würde ihn nicht überfordern. Er küßte bereits seit Jahrzehnten Mädchen.

Er legte die Arme um sie, zog sie näher – aber nicht ganz nah – an sich heran und küßte erst ihre Stirn, dann ihre Wange und schließlich ihren Mund.

Ihre Lippen teilten sich einladend. Ihr Atem war rein und süß. Leichte Neugier regte sich in ihm. Sollte er die Einladung annehmen, ihren Wunsch befriedigen? Sollte er den Kuß intensiver werden lassen? In dieser Situation wäre es nur passend gewesen.

Nein, lieber nicht. Es hatte keinen Sinn, diese Sache weiter ausarten zu lassen, als unbedingt erforderlich war. Er ließ seine Lippen fest geschlossen und hob nach ein paar Sekunden den Kopf. Das war so ungefähr der sterilste und unpersönlichste Kuß gewesen, den man sich vorstellen konnte. Dennoch klopfte sein Herz heftig.

Dieses beunruhigende Herzklopfen zwang ihn, sich einzugestehen, was ihn davon abgehalten hatte, Marcie richtig zu küssen – Angst, kalte, nackte Angst, daß er nicht mehr würde aufhören können, wenn er erst einmal angefangen hatte. Schon einmal hatte er heute den Geschmack ihrer Lippen gekostet, und noch Stunden später schien er ihn gespürt zu haben. Wenn er jetzt diesem plötzlichen Verlangen nachgab . . .

Plötzlich kam ihm ein anderer Gedanke, der ihn noch mehr erschreckte. Wenn er nun keine Erektion bekam? Selbst wenn er volltrunken gewesen war, hatte er im Bett nie versagt. Keine der Frauen, mit denen er geschlafen hatte, konnte ihm diesen Vorwurf machen. Daß Marcie für ihn eher ein guter Freund war, könnte einen großen Unterschied machen.

Lieber Gott, hoffentlich nicht. Die Angst vor einem Versagen lähmte ihn förmlich.

Marcie schien zu spüren, daß er mit irgendeinem Problem zu kämpfen hatte. Mit einem zögernden Lächeln verschränkte sie die Arme über der Brust, streifte langsam die dünnen Träger ihres Nachthemds von den Schultern und zog sie über die Arme, bis sie bis zu ihrer schmalen Taille nackt war.

Ihre Brüste waren hochangesetzt und rund und sehr hell. Sie hatte vermutlich die rosigsten Brustspitzen, die er je gesehen hatte. Und die sensibelsten. Als sie ihr Nachthemd abstreifte und ein Luftzug ihre Brustwarzen berührte, zogen sie sich zusammen und verdunkelten sich zu einem noch tieferen Rosaton. Sie wurden sehr hart.

Chase' Mund wurde trocken. Er schluckte mühsam. Sein

Körper spannte sich an, und er empfand tiefe Erleichterung.

Marcie ließ ihr Nachthemd zu Boden gleiten. Anmutig trat sie aus dem bauschigen Stoff und blieb nackt vor ihm stehen. Ihre Füße waren zierlich und hatten einen hohen Rist. Ihre langen Beine waren schlank wie die eines Füllens, aber gut geformt. Ihre Hüften waren leicht gerundet, aber nicht ausladend.

Aber was seine Augen magnetisch anzog, war das Gekräusel rotblonder Locken zwischen ihren Schenkeln. Es war ein erregender, sehr weiblicher Anblick. Chase berührte das Haar mit seinen Fingern. Federnd. Lebendig. Verlockend.

Nacktes Verlangen schoß durch seine Venen. Blut strömte in seinen Unterleib. Und in diesem Augenblick wurde ihm klar, daß er sich nicht viel Zeit lassen durfte, um nicht der Versuchung zu erliegen, jeden Zentimeter ihrer Porzellanhaut zu erforschen, ihre Brustspitzen in den Mund zu nehmen, sich zwischen ihren Schenkeln zu verlieren. Bestimmt würde er sich nur zum Narren machen.

»Leg dich hin, Marcie«, flüsterte er mit belegter Stimme.

Hastig ging er durchs Zimmer und blies die Kerzen aus, denn wenn er es bei Licht versuchte, würde es vielleicht nicht funktionieren – und in diesem Moment wünschte er sich verzweifelt, daß es funktionierte.

Er zog im Dunkeln seine Sachen aus und streifte hastig ein Kondom über. Als er sich neben Marcie legte, glitt sie bereitwillig in seine Arme. Sie fühlte sich unglaublich zart und zerbrechlich an, als er sich über sie schob und ihre Schenkel spreizte.

Er drang so schnell und hart in sie ein, daß er Angst hatte, er hätte ihr weh getan, aber sie gab keinen Laut von sich außer einem langen, zittrigen Seufzer, als er sich in ihr zu bewegen begann.

Nein, verdammt, nein! Es darf mir keinen Spaß machen!

Er durfte es nicht mögen. Durfte es nicht genießen. Durfte nicht darin schwelgen. Er mußte sich beeilen. Mußte es hinter sich bringen, bevor es den Wunsch nach mehr in ihm erweckte. Bevor er es die ganze Nacht tun wollte. Bevor er es für den Rest seines Lebens jede Nacht tun wollte.

Seine Stöße waren heftig, fieberhaft. Er schnappte nach Luft und senkte den Kopf. Seine Wange streifte versehentlich eine ihrer aufgerichteten Brustwarzen. Chase wandte leicht den Kopf – nur um die Sache zu beschleunigen – und fuhr mit der Zunge darüber.

Das reichte. Es war vorbei.

Sowie sein Kopf sich geklärt hatte und er wieder zu Atem kam, stand er auf und tastete nach seinen Sachen. Er hob sie auf und ging zur Tür.

»Chase?« Er hörte das Rascheln von Satin und wußte, daß sie sich aufgesetzt hatte.

»Mir tun die Rippen weh. Wahrscheinlich werfe ich mich die ganze Nacht hin und her. Ich will dich nicht stören«, murmelte er.

Mit gesenktem Kopf schlich er hinaus und zog hinter sich die Tür zu. Er fühlte sich, als wäre er der tödlichsten, köstlichsten Folter entronnen, die ein Mann ertragen kann.

9

Marcie hob den Kopf vom Waschbecken, nachdem sie sich das Gesicht mit kaltem Wasser abgespült hatte, und starrte auf ihr Spiegelbild. Es war ein entmutigender Anblick. Nachdem sie fast die ganze Nacht in sich hineingeweint hate, waren ihre Augen rot und verschwollen. Ohne kosmetische Hilfsmittel wirkte ihre Haut verwaschen und fahl. Man sah ihr jeden Tag ihrer fünfunddreißig Jahre an.

Sie fragte ihr Spiegelbild, wie sie je hatte hoffen können, einem attraktiven Mann wie Chase zu gefallen, der jede Frau haben konnte, die er wollte. Selbst die kleine Schlampe, die ihn im Krankenhaus besucht hatte, hatte bei ihm größere Chancen gehabt als die magere, sommersprossige Goosey Johns.

Wieder stiegen ihr Tränen in den Augen, aber sie weigerte sich, dieser Schwäche nachzugeben. Sie tauchte ihren Körper in das heiße Bad, das sie sich eingelassen hatte. Das warme Wasser linderte das leichte Wundsein zwischen ihren Schenkeln. Der Liebesakt mit Chase war kurz gewesen, aber auch hart und intensiv.

Während sie ihren Körper mit Seife einschäumte, unterzog sie ihn einer kritischen Musterung. Ihre Hände umschlossen beide Brüste und hoben sie, und sie wünschte sich, sie wären schwerer und runder. Sie spielte sogar mit dem Gedanken, sie operativ vergrößern zu lassen, gab die Idee aber ebenso schnell auf, wie sie ihr gekommen war. Ein großer Busen würde nicht bewirken, daß Chase Tyler sie liebte.

Sie fragte sich, ob irgend etwas das bewirken könnte. Langsam verzweifelte sie an dieser Liebe.

Es war eine tiefsitzende Verzweiflung, mit der sie lebte, fast so lange sie denken konnte.

Sie stieg aus der Wanne, trocknete sich ab und begann sich anzuziehen.

Seit der Grundschule war Chase ihr Idol gewesen, mit dem sich kein anderer vergleichen ließ. Wie alle anderen hatte er sie Goosey genannt, aber irgendwie schien es aus seinem Mund nicht so grausam zu klingen. Sie hatte sich immer eingebildet, daß er diesen Spitznamen fast liebevoll aussprach.

Natürlich war sie nicht der Typ Mädchen, mit dem er je ausgegangen wäre. Es war ein ungeschriebenes Gesetz, daß die Stars der Klasse sich nie mit Außenseitern verabredeten. Das hätte bedeutet, Freundlichkeit und ein paar nette Worte zu weit zu treiben.

Nach dem Abschluß an der Milton Point High-School, als ihre Liebe noch immer nicht erwidert wurde, war sie mit der Hoffnung aufs College gegangen, unter ihren Mitschülern einen Jungen zu finden, der Chase Tyler gleichkam oder sogar übertraf. Sie hatte viele Verabredungen – College-Studenten schienen nicht so erpicht darauf zu sein, nur mit Schönheitsköniginnen auszugehen, wie die Jungen auf der High-School –, aber als sie anschließend die Hochschule besuchte, hatte sie immer noch niemanden gefunden, der Chase in ihrem Herzen oder in ihren Gedanken hätte ersetzen können.

Im Grunde war es eine Erleichterung, als ihre Eltern Milton Point verließen und in eine Wohnanlage in der Nähe von Houston zogen. Jetzt brauchte sie nicht länger Kurzbesuche zu Hause machen, wo sie unweigerlich die romantischen Eskapaden von Chase und seinem Bruder aufgetischt bekam oder ihn selbst in der Stadt sah, immer in Begleitung einer schönen Frau.

Als man ihr erzählte, daß er geheiratet hätte, weinte sie zwei volle Tage lang. Dann riß sie sich zusammen und stellte energisch einen Plan für den restlichen Verlauf ihres Lebens auf. Eine heimliche Liebe zu haben, war eine Sache, entschied sie, Besessenheit hingegen eine ganz andere. Es beeinträchtigte das Denken und schadete der Psyche, für einen Mann zu schwärmen, der nicht einmal wußte oder daran interessiert war, daß sie lebte.

Kurz nachdem sie diese wichtige Entscheidung getroffen hatte, startete sie ihre Karriere auf dem Immobilienmarkt. In ihrem ersten Jahr hatte sie das drittbeste Verkaufsergebnis im Stadtbereich von Houston. Im darauffolgenden Jahr stieg sie zur Nummer eins auf und hielt diese Position während zwei weiterer Jahre.

Sie lernte den Mann kennen, mit dem sie sich später verloben sollte. Nach diesem Debakel beschloß sie, ihre eigene Agentur aufzubauen, und zur Bestürzung ihrer Eltern und Freunde entschied sie sich, dieses Unternehmen in Milton Point zu gründen, wo ihre einzige echte Konkurrenz aus einem Familienbetrieb bestand, der schon so lange im Geschäft war, daß auf aggressive Praktiken verzichtet wurde.

Sie war bereits wieder zwei Jahre in Milton Point, als Chase' Frau zu ihr kam und sie um ihre Hilfe bat. Tanya McDaniel Tyler war bezaubernd gewesen, vom Aussehen her genauso wie von ihrem Wesen. Marcie hatte es aufrichtig gefreut, sie kennenzulernen. Sie fühlte sich besser, seit sie wußte, daß Chase mit einer Frau verheiratet war, die ihn offensichtlich vergötterte.

Zusammen hatte sie die beiden allerdings nie gesehen. Noch nie im Leben war ihr etwas so schwergefallen, wie an jenem Nachmittag in das Büro von Tyler Drilling zu gehen und Chase die Hand zu schütteln, als wäre er nicht mehr als irgendein Mitschüler, den sie lange nicht gesehen hatte.

Er hatte sie in den Arm genommen und an sich gedrückt. Sie hatte ihn berührt, seinen Geruch wahrgenommen, und ihr Herz wäre fast zersprungen. Er schien sich ehrlich zu freuen, sie wiederzusehen. Aber dann hatte er seine Frau geküßt und liebevoll im Arm gehalten, während Marcie das Herz brach.

Und Tanya war auf dem Beifahrersitz ihres Wagens ums Leben gekommen. Während Marcie verletzt im Krankenhaus lag, hatte sie zu Gott um eine Erklärung gebetet. Warum hatte er ihr das angetan? Warum hatte er ihr Gewissen mit dem Tod der Frau belastet, deren Mann sie liebte und begehrte.

Damals hatte sie sich geschworen, daß sie Chase irgendwie für diesen Verlust entschädigen würde.

Und jetzt, als sie die Treppe hinunterging, gab sie sich dieses Versprechen noch einmal. Sie würde alles tun, was in ihrer Macht stand, um aus Chase wieder den lebensfrohen Mann zu machen, der er vor dem Unfall gewesen war, auch wenn es bedeutete, mit ihm schlafen zu müssen, obwohl sie wußte, daß nur sein Körper beteiligt war, nicht sein Geist und ganz sicher nicht sein Herz.

Er drehte sich zu ihr um, als sie die Küche betrat. »Morgen.« Sein Blick ruhte höchstens eine Tausendstelsekunde auf ihr, bevor er weiterflackerte.

»Guten Morgen, Chase. Hast du gut geschlafen?«

»Sehr gut.«

»Du bist früh auf.«

»Gewohnheit.«

»Wenn ich das gewußt hätte, wäre ich früher nach unten gekommen.«

»Ist schon okay. Ich habe den Kaffee schon hingestellt. In ein paar Minuten sollte er fertig sein.«

»Wie geht's deinen Rippen?«

»Meinen was?« Er drehte sich um.

Sie wies mit einer Kopfbewegung auf den Verband, der seine bloße Brust bedeckte. Er trug nur ein Paar alte, verwaschene Levi's-Jeans, und der Anblick machte ihr wacklige Knie. Der weiche Stoff schmiegte sich an seinen Körper. »Deine Rippen. Du hast gestern nacht gesagt, daß sie dir weh täten.«

»Ach ja, stimmt.« Er wandte ihr wieder den Rücken zu und öffnete mehrere Schranktüren, bis er Tassen und Untertassen gefunden hatte. »Heute morgen ist es schon besser.«

Seine Entschuldigung, warum er nicht bei ihr bleiben wollte, war also ein Vorwand gewesen. Er hatte einfach nicht bei ihr schlafen wollen. Obwohl er seine Sachen im zweiten Schlafzimmer untergebracht hatte, hatte sie gehofft, daß sie, wenn sie erst einmal miteinander geschlafen hätten . . .

Sie verdrängte den Schmerz, den sie bei diesem Gedanken fühlte, und fragte: »Was möchtest du zum Frühstück haben?«

»Kaffee.«

»Es macht mir nichts aus, dir etwas zuzubereiten. Du brauchst mir nur zu sagen, was du willst.«

»Gar nichts, wirklich. Nur Kaffee.«

»Setz dich. Ich werde ihn einschenken.«

Er ließ sich auf einen Barhocker sinken. Kurz darauf setzte sich Marcie zu ihm. Schweigend nippte sie an ihrem Kaffee. Einmal trafen sich kurz ihre Blicke.

Würde es von nun an immer so sein? Würden sie im selben Haus leben, dieselben Räume teilen, dieselbe Luft atmen, gelegentlich miteinander schlafen, aber ein Leben in dieser stillen Verzweiflung führen?

»Die Sonne kommt heute wieder raus«, bemerkte Marcie schließlich.

»Vielleicht wird es wärmer.«

»Vielleicht.« Nach einem weiteren bedrückenden Schweigen fragte sie: »Was für Pläne hast du für heute?«

»Ich habe Lucky gesagt, daß ich ihn gegen Mittag im Büro treffen würde. Er hat gemeint, ich bräuchte nicht zu kommen, weil es doch der Tag ... na ja, der Tag nach unserer Hochzeit wäre, aber ich habe ihm gesagt, das würde nichts ausmachen ... Oder macht es dir etwas aus?« fügte er nach einer kurzen Pause hinzu.

»Nein, nein, natürlich nicht.« Sie hoffte, er würde nicht merken, wie zittrig ihr Lächeln war. »Ich hatte auch vor, ins Büro zu gehen.«

»Gut, dann ziehe ich mich jetzt wohl besser an und mache mich auf die Socken.« Er stellte seine Kaffeetasse ab und stand auf.

»Vielleicht solltest du heute zu einem Arzt gehen, damit er sich deine Rippen ansieht«, schlug Marcie vor.

Er berührte den Verband. »Vielleicht. Dieses Ding nervt mich. Wird Zeit, daß es runterkommt.«

Während er oben war, starrte Marcie in ihren kalt gewordenen Kaffee und bemühte sich, nicht vor Frustration und Enttäuschung zu weinen. Sie hatte gehofft, sie würden den Tag miteinander verbringen, nicht zwingend im Bett, wie es sonst bei Frischverheirateten üblich war, sondern nur, um einander besser kennenzulernen.

Sie hatte sich in ihrer Phantasie ausgemalt, daß er von ihr so hingerissen sein würde, daß er sich nicht von ihr trennen konnte. Daß sie den ganzen Tag nackt im Bett liegen würden, um ihre Körper mit Augen und Händen und Lippen zu erforschen, lange Zeit ohne Essen und Trinken auskämen, um einen Appetit ganz anderer Art zu befriedigen.

Phantasiegebilde, mehr nicht. Chase ging zur Arbeit. Wie an jedem anderen gewöhnlichen Tag. In seinen Augen war sein Teil der Abmachung erfüllt worden. Als sie sich daran erinnerte, stand sie auf und ging in das Zimmer, das sie als Büro benutzte.

Als Chase wieder nach unten kam, wartete sie am Fuß der Treppe auf ihn. Sie hielt ihm seine Lammfelljacke hin, und er fuhr mit den Armen hinein.

»Um welche Zeit kommst du nach Hause?« fragte sie ihn, während sie den flauschigen Kragen glattstrich.

»Gegen fünf.«

»Abendessen um sechs, ist das okay?«

»Ja, ist gut.«

Sie schob eine Hand unter seine Jacke und steckte einen weißen Umschlag in die Brusttasche seines Hemds. Ihre Hand blieb auf seiner Brust liegen, als sie sich auf die Zehenspitzen reckte und ihn rasch auf die Lippen küßte. »Bis nachher.«

Er nickte kurz. »Ja, bis nachher.« Er stürzte zur Tür, als würde das Haus in Flammen stehen.

Da sie nie so früh am Tag ins Büro fuhr, kniete sich Marcie vor den Kamin und stocherte mit dem Schürhaken in den glosenden Kohlen unter der kalten Asche. Nachdem sie sie sorgsam mit Feuerholz belegt hatte, loderten die Flammen wieder auf.

Marcie beobachtete, wie die neuen Flammen das Holz verzehrten, und wünschte sich, sie könnte ebenso schnell und leicht die Leidenschaft ihres Ehemannes entfachen. Momentan schien es hoffnungslos zu sein, aber falls es eine Möglichkeit gab, würde sie sie finden, dazu war sie fest entschlossen. Sie hatte die – meist unbeabsichtigten – Grausamkeiten ihrer Kindheit überwunden. Ihr beruflicher Erfolg hatte ihr den

Respekt ihrer Kollegen und ein Vermögen eingebracht. Sie war nicht mehr die unscheinbare Goosey Johns.

Aber all diese Ziele verblaßten im Vergleich zu ihrem Wunsch, Chase' Liebe zu gewinnen. Das Geld, das sie eingesetzt hatte, war unwichtig. Sie hatte viel mehr aufs Spiel gesetzt – ihren Stolz, ihre Selbstachtung, ihr künftiges Glück. Bei einem so hohen Einsatz mußte sie einfach dafür sorgen, daß ihr Wunsch in Erfüllung ging.

Chase klopfte ein paarmal mit dem weißen Umschlag auf seine Handfläche, bevor er den Umschlag öffnete. Der Scheck war auf sein Privatkonto ausgeschrieben, auf ihn persönlich ausgestellt. Marcie hatte den Takt bewiesen, ihn nicht direkt für die Bank auszustellen, und ihm dadurch seinen Stolz gelassen. Er hätte sich denken können, daß sie die Angelegenheit handhaben würde, ohne daß er sein Gesicht verlor. Die Summe auf dem Scheck war großzügig, mehr, als er brauchte. Der Überschuß würde die Firma für ein paar Monate mit Betriebskapital versorgen.

Mit einem Anflug von Gereiztheit schleuderte er den Scheck auf den Schreibtisch und trat ans Fenster. Blicklos starrte er durch das beschlagene Glas.

Er fühlte sich wie ein Stück Dreck. Er *war* ein Stück Dreck.

Sie hatte kein Wort der Klage oder des Vorwurfs geäußert, aber er wußte, daß er ihr in der letzten Nacht weh getan hatte, seelisch ganz sicher und vielleicht sogar körperlich.

Ohne sich dessen bewußt zu sein, hatte sie leicht das Gesicht verzogen, als sie sich auf den Barhocker setzte. Er hatte sie grob behandelt, ihr möglicherweise Schmerzen zugefügt, und das gab ihm das Gefühl, sich wie ein Schwein verhalten zu haben. Es hatte ihm auf der Zunge gelegen, sich bei ihr zu entschuldigen, aber er hatte das Gespräch nicht auf ihre Hochzeitsnacht bringen wollen. Unter keinen Umständen.

Wenn sie über ihre körperlichen Schmerzen gesprochen hätten, hätten sie vielleicht auch ihre seelische Qual berührt, und das hätte er nicht ertragen können. Er konnte ihr versprechen, ihr nie wieder körperlich weh zu tun. Aber seelisch?

Es war nicht zu übersehen, daß sie fest damit gerechnet hatte, daß sie den Tag zusammen zu Hause verbringen würden. Sie hatte zwar behauptet, sie hätte vor, in ihr Büro zu gehen, aber seit wann trug sie bei der Arbeit einen seidenen Hausanzug und Ballettsliper?

Er konnte nicht den ganzen Tag bei ihr bleiben und sich dabei von ihrem Schlafzimmer fernhalten. Das war einfach unmöglich. Deshalb hatte er sie wie ein gewissenloser Feigling mit ihrem Kummer allein gelassen. Sie hatte ja keine Ahnung, daß er am vergangenen Abend nicht weggelaufen war, weil es so schlecht gewesen war, sondern weil es so verdammt gut gewesen war.

Ja, Marcie dachte vermutlich, er hätte gestern abend ihr Bett verlassen, weil er sich von ihr abgestoßen fühlte. Genau das Gegenteil war der Fall.

Chase fuhr sich mit den Händen durchs Haar und fluchte. Bis gestern abend hatte er wegen dieser Heirat kein schlechtes Gewissen gehabt. Jetzt fühlte er sich schuldig wie nie zuvor.

»Gib's zu«, sagte er laut, »du wolltest gestern gar nicht aus ihrem Bett.« Deshalb hatte er sich nicht getraut, zu Hause zu bleiben. Sie war so eng gewesen, so ... Gott im Himmel. Er hatte sich gesehnt, ein zweites Mal mit ihr zu schlafen. Ein drittes Mal. Das war ihm seit Tanya nicht mehr passiert.

Er preßte die Stirn an die kalte Fensterscheibe und kniff die Augen zusammen, um die Erinnerung auszulöschen, wie Marcie ausgesehen hatte, als sie von nichts mehr umgeben war als dem schwankenden goldenen Schimmer des Kerzenlichts. Porzellan und Feuer.

Er war so in dieses Bild versunken, daß er Luckys Mustang

nicht bemerkte, als er um die Straßenecke kam und vor der Firma stehenblieb. Chase zuckte zusammen, als sein Bruder ins Büro gestürmt kam.

Lucky starrte seinen Bruder verdattert an. »Was machst du denn hier?«

»Ich arbeite hier.«

»Spiel nicht den Dummen. Was hast du heute hier verloren? Wo ist deine Frau?«

»Inzwischen vermutlich in ihrem Büro.«

»Ziemlich kurze Flitterwochen, was?«

Chase runzelte drohend die Stirn, in der Hoffnung, dadurch alle weiteren Fragen im Keim zu ersticken. Lucky hatte sich jedoch noch nie von der finsteren Miene seines Bruders einschüchtern lassen. »Wie ist es gelaufen?«

»Was?«

»Bist du taub?« schrie Lucky und stemmte die Hände in die Hüften. »Gestern nacht. Wie war's?«

»Was erwartest du? Heiße Details?«

Ein breites Grinsen trat auf Luckys Gesicht. »Gibt es die?«

»Das geht dich einen Dreck an.«

Lucky lachte kurz auf und zog seine eigenen Schlüsse. Der Scheck auf dem Schreibtisch fiel ihm ins Auge. Er hob ihn auf, las die Summe und stieß einen Pfiff aus. »Was du auch getan hast, es scheint der Lady gefallen zu haben.«

»Das ist nicht komisch.« Chase schnappte seinem Bruder den Scheck aus der Hand. »Steck deine Nase gefälligst nicht in meine Privatangelegenheiten. Und verkneif dir deine schmierigen Kommentare über meine Frau!«

Noch immer in sich hineinlachend, ging Lucky zur Warmhalteplatte und schenkte sich eine Tasse Kaffee ein. »Immer mit der Ruhe, großer Bruder. Ich habe allmählich den Eindruck, daß all die Vernunftgründe, die du aufgeführt hast, um deine Heirat mit Marcie zu rechtfertigen, ein Haufen Blödsinn waren.«

»Geh zur Hölle.« Chase trat hinter den Schreibtisch und setzte sich. »Wenn du mit diesem Quatsch fertig bist, lies das hier.«

Er hatte einen Artikel im Wirtschaftsteil der Morgenzeitung angekreuzt. Als Lucky ihn durchgelesen hatte, sah Chase ihn an. »Was meinst du?« fragte er.

»Ich weiß nicht.« Lucky zog die Augenbrauen zusammen. »Sie sind nicht aus diesem Staat. Sie kennen uns nicht.«

»Sie kennen keine der ansässigen Firmen. Deshalb machen sie eine öffentliche Ausschreibung für Bohrfirmen und technisches Know-how.«

»Das heißt, daß sie mit einem Minimum an Budget arbeiten.«

»Ein Minimum ist besser als nichts. Dank Marcies, äh, Kredit können wir mit einem niedrigen Angebot aufwarten. Vielleicht streichen wir keinen großen Gewinn ein, aber es wäre ein Anfang.«

Zum erstenmal seit zwei Jahren spürte Chase wieder so etwas wie Begeisterung für seine Arbeit. Es gab einen Hoffnungsschimmer am Horizont. Ein Vertrag, irgendein Vertrag, würde sein Ego wieder aufrichten. Und seine Aufregung schien ansteckend zu sein.

Lucky grinste. »Zum Teufel, warum nicht? Wir haben sowieso nichts Besseres zu tun. Machen wir's.«

10

Chase, der darauf brannte, zu Hause sofort mit Marcie über die Chance eines Auftrags für Tyler Drilling zu sprechen, stürzte kurz vor fünf ins Haus und rief laut ihren Namen.

»Ach, da bist du ja«, sagte er, als er feststellte, daß sie im Flur beim Telefontisch stand. Er hängte seine Jacke auf. »Weißt du was? Heute habe ich in der Zeitung etwas gelesen . . .« Sein Blick fiel zum erstenmal auf ihr Gesicht, und er brach ab. »Was ist los?«

»Nichts.« Sie wandte sich abrupt ab. »Du scheinst ja ganz aus dem Häuschen zu sein. Komm mit in die Küche und erzähl mir, worum es geht.«

Zunächst verwirrte ihn ihr seltsames Verhalten. Dann fiel ihm das Telefon auf dem Tisch auf. Der Hörer lag neben dem Apparat. »Hat er wieder angerufen?« Sie ignorierte seine Frage, deshalb packte er sie am Arm und drehte sie zu sich herum, ehe er die Frage wiederholte. »Hat er wieder angerufen?« Marcie schluckte mühsam und nickte. »Was hat er gesagt?«

Die Augen auf seinen offenen Hemdkragen geheftet, zuckte sie mit den Achseln. »Das übliche. Eindeutige Angebote. Schmierige Phantasien.«

»Warum hast du nicht einfach aufgelegt?«

»Ich dachte, wenn ich zuhöre, würde ich vielleicht seine Stimme erkennen.«

»Und?«

»Nein. Sie kommt mir nicht bekannt vor.«

»Das ist noch nicht alles, oder?« Er neigte den Kopf, bis er ihr in die Augen sehen konnte. »Komm schon, Marcie. Was noch?«

»Er . . . er hat gesagt, es würde keinen Unterschied machen, daß ich geheiratet hätte. Er hat vor, mich auch weiterhin anzurufen.«

»Du hast ihm erzählt, daß du geheiratet hast?« fragte Chase ungläubig.

»Natürlich nicht. Er wußte es schon.«

»Jesus.« Jetzt war ihm klar, warum dieser Anruf sie so beunruhigt hatte. »Das heißt, dieser Typ läßt dich nicht aus den Augen. Er weiß, was du tust und wann.«

»Es bedeutet nichts dergleichen. Es bedeutet höchstens, daß er die Zeitung liest. Unsere Hochzeitsannonce war in der Morgenausgabe.« Sie warf ihm ein zittriges Lächeln zu. »Komm, wir wollen uns nicht von ihm den Rest des Tages verderben lassen. Ich mache dir einen Drink, und du erzählst mir deine Neuigkeiten.«

Er folgte ihr in die Küche. »Ich werde Pat anrufen und ihn bitten, eine Fangschaltung in deine Leitung installieren zu lassen.«

»Das möchte ich lieber nicht, Chase.«

»Warum nicht?«

»Weil ich nicht will, daß unsere sämtlichen Telefongespräche mit angehört werden. Meine Kunden sprechen oft mit mir über ihre Privatangelegenheiten und ihre finanzielle Situation. Das sind vertrauliche Informationen, die nur für meine Ohren bestimmt sind. Früher oder später muß der Anrufer die Sache einfach satt kriegen und aufgeben.«

»Und inzwischen ängstigst du dich bei jedem Anruf zu Tode.«

»Ich bin nicht verängstigt. Nur verärgert.«

»Marcie, ich habe dein Gesicht gesehen. Ich kenne den Unterschied zwischen Angst und Ärger. Du warst völlig verschreckt.«

Einem Impuls folgend, zog er sie in seine Arme. Wieder einmal fiel ihm auf, wie zerbrechlich sie sich anfühlte. Er legte das Kinn auf ihren Scheitel, während sich seine Arme um ihre Taille schoben.

»Die Vorstellung, daß sich irgendein perverser Spinner daran aufgeilt, dir Schweinereien zu sagen, macht mich ganz krank.«

Ein Schauer überlief sie. Sie wandte den Kopf, so daß ihre Wange an seiner Brust lag. Die Hände legte sie leicht um seine Mitte. »Lieb von dir, daß du dir meinetwegen solche Sorgen machst.«

Sie blieben eine Weile so stehen. Marcie im Arm zu halten, war ein so schönes Gefühl, daß Chase mit sich kämpfte, ob er sie nicht einfach hochheben und in ihr Schlafzimmer tragen sollte.

Sie brauchte Trost. War nicht das wenigste, was ein Mann für seine Frau tun konnte, sie zu trösten, wenn sie das Gefühl brauchte, beschützt zu werden und in Sicherheit zu sein?

Das einzige, was ihn abhielt, war der nagende Verdacht, daß sein Beschützerinstinkt möglicherweise nicht das einzige Motiv für seinen Wunsch war, sie ins Bett zu bringen. Er hatte ernste Zweifel, ob sie lange ihre Kleider anbehalten würden, wenn sie erst einmal nebeneinander lagen, oder ob seine Liebkosungen völlig selbstlos sein würden.

Gott sei Dank nahm Marcie es ihm ab, eine Entscheidung zu treffen. Sie trat ein wenig zurück und fuhr mit den Händen behutsam über seinen Oberkörper.

»Der Verband ist weg.«

»Ich war heute beim Arzt. Er hat den Verband abgenommen, mich untersucht und für gesund erklärt.«

»Hat es weh getan?«

»Angenehm war es nicht gerade. Aber es wäre viel schlimmer gewesen, wenn sie mich vor dem Verbinden nicht rasiert hätten.«

Sie wand sich. »Autsch! Das kann ich mir vorstellen.«

»Ach, wirklich?« fragte er lachend. »Haare auf der Brust habe ich gestern nacht keine bei dir gesehen.«

Bei der unabsichtlichen Erinnerung an die vergangene Nacht wanderte sein Blick unwillkürlich zu ihren Brüsten. Sie trug einen dicken Pullover, aber sein Gedächtnis drang wie ein Röntgenblick durch ihre Kleidung.

Vor seinem geistigen Auge stand das Bild der milchigen Rundungen ihrer Brüste und ihrer zarten rosa Spitzen, die leichte Vertiefung, die ihren Rippenkorb in zwei perfekte Hälften teilte, die glatte Wölbung ihres Bauchs und das verführerische daunenweiche Dreieck zwischen ihren Schenkeln.

Er verwandelte sein Aufstöhnen hastig in ein lautes, unnatürlich klingendes Husten. Marcie ging zur Bar und mixte für jeden einen Drink. Nachdem sie ihm einen Whiskey mit Wasser gereicht hatte, sagte sie: »Du warst vorhin ja so aufgeregt. Setz dich und erzähl mir, was los ist.«

Er bezweifelte, daß sie es wirklich wissen wollte. Oder vielleicht wußte sie es bereits? Sie hatten sehr nah beieinander gestanden. War es möglich, daß sie seine Erregung nicht gespürt hatte?

Er beobachtete sie, als sie begann, das Abendessen zuzubereiten. Ihre Wangen wirkten unnatürlich gerötet, aber das mochte an den brutzelnden Töpfen auf dem Herd liegen. Feuchter Dampf stieg vor ihrem Gesicht auf und ringelte ihr Haar zu feinen Löckchen.

Chase unterdrückte mühsam sein unangebrachtes Verlangen nach ihr und erzählte ihr von der Aussicht auf einen Vertrag für Bohrungsarbeiten. »Lucky und ich haben den ganzen Nachmittag damit verbracht, einen Kostenvoranschlag zu erarbeiten. Wir sind ziemlich sicher, damit auch das niedrigste Angebot zu unterbieten. Jetzt können wir nur noch abwarten.«

»Ich drücke euch die Daumen.« Sie goß die gekochten Nudeln in ein Sieb in der Spüle.

»Hast du heute irgendwelche Häuser verkauft?«

»So leicht geht das auch nicht, weißt du«, sagte sie über die Schulter zu ihm.

»Hast du welche vorgeführt?«

»Leider ja.«

»Leider?« wiederholte Chase erstaunt.

»Ich arbeite schon seit Monaten für dieses Ehepaar. Die Harrisons. Sie haben sich immer noch nicht zu einer Entscheidung durchgerungen. Ungefähr der einzige Punkt, in dem sie übereinstimmen, ist ihre Neigung zu widersprechen. Ich bezweifle, ob sie je einen Vertrag für ein Haus unterschreiben werden. Ach ja, ich habe mit Sage gesprochen«, fügte sie hinzu. »Sie wollte sich noch verabschieden, bevor sie nach Austin fährt.«

»Ein Glück, daß wir sie los sind.«

»Chase! Sie vergöttert ihren großen Bruder.«

»Sie ist eine Nervensäge.«

Ihr Gesichtsausdruck verriet ihm, daß sie ihn nicht ernst nahm. »Laurie kam auch ans Telefon. Sie hat uns für Sonntag zum Lunch eingeladen. Ich habe angenommen.«

»Gut.«

»Sie hat außerdem gesagt, daß sie sich freuen würde, wenn wir mit ihr zur Kirche gehen.« Sie hatte ihm den Rücken zugekehrt, da sie gerade eine würzige Sauce über die Platte mit Nudeln goß. Als Chase nicht reagierte, drehte sie sich um. »Chase?«

»Ich hab's gehört«, sagte er knapp. »Aber ich habe einfach keine Lust, in die Kirche zu gehen. Ich war in keiner mehr, seit Tan ... seit der Beerdigung.«

Marcies Körper verspannte sich. Einen Augenblick war sie still. Dann drehte sie sich um.

»Es liegt bei dir, wie du mit deinem Zorn auf Gott fertig wirst, Chase. Aber eins muß ich sagen. Der Name deiner ersten Frau war Tanya. Sie ist ein Bestandteil unseres Lebens. Wir können nicht ständig vermeiden, ihren Namen zu nennen. Ich werde nicht in Ohnmacht fallen und kreidebleich werden, jedesmal, wenn er ausgesprochen wird.«

»Aber ich vielleicht.«

Marcie zuckte zurück, als ob er sie geschlagen hätte. Und jetzt wurde sie kreidebleich. Selbst aus ihren Lippen wich alle Farbe. Sie fuhr herum und lehnte sich an die Anrichte, als ob sie ohne diesen Halt zusammenbrechen würde.

Chase, der sofort bereute, was er gesagt hatte, stand auf und stellte sich hinter sie. »Tut mir leid, Marcie«, sagte er rauh.

Er hob die Hände und spielte mit dem Gedanken, sie auf Marcies Schultern zu legen, aber er konnte sich nicht dazu überwinden. Er dachte daran, ihr zur Versöhnung einen Kuß in den Nacken zu geben, auf die Stelle, wo sich ein paar Strähnen aus ihrem Pferdeschwanz gelöst hatten. Aber auch das wagte er nicht.

Unbeholfen fügte er hinzu: »Das hätte ich nicht sagen sollen.«

Sie wandte sich zu ihm um. Er hatte erwartet, daß sie weinen würde. Statt dessen blitzten ihre Augen vor Zorn. »Es gefällt mir nicht, mich in meinem Haus wie auf rohen Eiern zu bewegen. Ich habe keine Lust, alles abzuwägen, bevor ich es ausspreche, weil ich nicht weiß, wie du darauf reagieren wirst.«

Ihr Zorn brachte sein eigenes Temperament in Wallung. »Du weißt, was ich für Tanya empfinde.«

»Wie sollte ich es nicht wissen?«

»Okay, dann weißt du ja auch, daß die Wunde noch offen ist.«

»Ja«, meinte sie und hob ihr Kinn. »Das hast du alles absolut klargemacht, bevor wir geheiratet haben. Selbst wenn du es nicht getan hättest, die letzte Nacht hätte ganz sicher jeden Zweifel in mir beseitigt.«

Sie versuchte, an ihm vorbeizugehen, aber er verstellte ihr den Weg. »Letzte Nacht? Was ist damit?«

»Nichts. Vergiß es. Wenn du Platz machst, kann ich jetzt das Abendessen auftragen.«

»Zum Teufel mit dem Abendessen!« Er nahm ihr Kinn zwischen seine Finger und zwang sie, den Kopf zu heben. Ihre Blicke prallten aufeinander. »Was hat nicht gestimmt letzte Nacht?«

Sie entzog sich seinem Griff. »Was dich betrifft, war wahrscheinlich alles in Ordnung«, gab sie eisig zurück. »Für mich war es allerdings alles andere als ein Vergnügen.«

Er wich zurück. »Wie bitte? Ach, schon kapiert. Ich habe deine Gefühle verletzt, und du zahlst es mir heim, indem du mich kastrierst, stimmt's?«

Sie verdrehte die Augen. »Erspare mir diesen Macho-Blödsinn. Glaub, was du willst.« Sie schob sich an ihm vorbei, aber statt den Tisch zu decken, ging sie zur Treppe. »Da du anscheinend keine Lust aufs Abendessen hast, gehe ich jetzt in mein Zimmer. Wenn du etwas von mir willst, weißt du, wo du mich findest. Es dürfte dir nicht allzu schwer fallen«, fügte sie zuckersüß hinzu. »Gestern nacht hast du mich ja sogar im Dunkeln gefunden.«

»Weißt du was«, schrie er ihr nach. »Ich wollte es überhaupt nicht! Ich habe dir nur einen Gefallen getan.«

Sie blieb abrupt stehen, drehte sich um und starrte ihn an. Eine ihrer Augenbrauen hob sich leicht. »Nur zu Ihrer Information, Mr. Tyler, auf diese Art Gefälligkeit kann ich gut verzichten.«

»Toll. Dann kann ich mir diese Mühe jedenfalls sparen. Außer natürlich, du pochst auf deine Rechte als Ehefrau.«

»Und bekomme eine weitere Rums-bums-danke-Ma'am-Nummer?« Sie lachte verächtlich. »Viel werde ich sicher nicht versäumen, oder?«

Ihm war so heiß vor Wut, daß es ihn nicht gewundert hätte, wenn Rauch aus seinen Ohren gequollen wäre. Am liebsten hätte er sich auf Marcie gestürzt, ihr die Sachen vom Leib gerissen und ihr gezeigt, was sie alles versäumen würde.

Aber er wollte verdammt sein, wenn er den ersten Schritt machte, nicht nach ihrer vernichtenden Darstellung ihres ersten Liebesakts. Eher würde die Hölle zu Eis gefrieren.

»Na schön«, knurrte er. »Diese Ehe wird es also nur dem Namen nach geben.«

»Fein.« Sie drehte sich auf dem Absatz um und marschierte die Treppe hinauf.

Nachdem sie ihr Zimmer betreten hatte, knallte sie die Tür hinter sich zu.

Fünf Stunden später klopfte sie an Chase' Schlafzimmertür. Er lag im Bett, aber das Licht war an, und er war noch wach. Die Decken schlangen sich unordentlich um seine ruhelosen Beine. Sein Kopf lehnte an den Kissen. Er starrte an die Decke und knirschte mit den Zähnen.

Bei dem unerwarteten Klopfen blieb ihm ein paar Sekunden lang das Herz stehen. Seine Augen wanderten erwartungsvoll zur Tür. Aber sein Tonfall war alles andere als herzlich, als er knurrte: »Was ist?«

Marcie öffnete die Tür einen Spalt weit und spähte hinein. »Darf ich reinkommen?«

»Wozu?«

»Ich finde, wir sollten miteinander reden.«

Er zuckte gleichgültig mit den Schultern, und sie kam herein. Sein bißchen Selbstbewußtsein löste sich in Luft auf, als er sah, was sie anhatte. Es unterschied sich gewaltig von dem verführerischen Nachthemd, das sie in der vergangenen Nacht getragen hatte, aber auf seine Art war es genauso sexy.

Der Schlafanzug war aus rosagestreifter Baumwolle. Ein T-Shirt-artiges Oberteil und Boxershorts, in denen ihre Beine noch länger erschienen. Ihr Haar war immer noch zu einem Pferdeschwanz zusammengefaßt. Sie trug ihre Brille. Sie war barfuß. Sie wirkte wie ein Schulmädchen auf einer Pyjama-Party.

Abgesehen von ihren Brüsten. Sie hoben sich deutlich unter dem Oberteil ab und bebten leicht, als sie zum Bett ging und sich auf die Kante setzte.

»Chase, es tut mir leid, daß ich mich vorhin so kindisch benommen habe. Ich glaube, der Druck der letzten Tage hatte sich so aufgestaut, daß ich entweder Dampf ablassen oder platzen mußte.«

Da sie den Anfang gemacht hatte, konnte auch er großzügig sein, ohne sich etwas zu vergeben. »Ich glaube, ich war auch ziemlich mit den Nerven fertig«, brummte er.

»Ich habe dein männliches Ego aufs Korn genommen, und das war nicht richtig von mir. Obwohl es gelogen wäre, zu behaupten, die letzte Nacht wäre ein Hochgenuß für mich gewesen.«

Sie warf ihm einen scheuen Blick zu und sah gleich wieder weg. »Weißt du, Chase, ich hatte etwas mehr Rücksicht erwartet. Ich glaube nicht, daß du mir mehr Beachtung geschenkt hast als dem Kondom, das du benutzt hast. Nicht einmal viel mehr Zeit.«

Seine Kiefermuskeln verspannten sich. Er war zwar geladen, aber er hatte auch ein schlechtes Gewissen. Und das machte ihn noch wütender.

»Ich habe mehr ... mehr ... Ich glaube, das Wort ist Anteilnahme. Ich wollte mehr Anteilnahme deinerseits.«

»Du wolltest einen Orgasmus«, sagte er bewußt grob. Bei Gott, wenn sie seine Männlichkeit in Frage stellte, brauchte er auch nicht jedes Wort auf die Waagschale zu legen.

»Das auch, ja«, gab sie ruhig zu. »Aber vor allem wollte ich mehr Aufmerksamkeit und Zuwendung.«

»Dann hättest du dir einen Gigolo besorgen sollen, statt dir einen Ehemann zu kaufen. Du hättest ihn pro Stunde oder meinetwegen auch pro Orgasmus bezahlen können, statt eine so kostspielige Investition zu machen.«

Es hätte ihn nicht überrascht, wenn sie ausgeholt und ihm ins Gesicht geschlagen hätte. Insgeheim fand er, daß er es verdient hätte. Wenn ein Mann es gewagt hätte, so mit Sage zu sprechen, wäre sie mit der Heckenschere auf ihn losgegangen. Devon ebenfalls. Marcies Antwort hingegen war ruhig und gelassen. »Nachdem ich stundenlang in meinem Zimmer geschmollt habe, bin ich zu demselben Schluß gekommen.«

Ihre bedingungslose Aufrichtigkeit entwaffnete ihn. Statt sich daran zu weiden, sie schockiert zu haben, fühlte er sich noch mieser als vorher. Sie war verdammt viel cleverer als Devon oder seine Schwester. Ihre Taktik war friedfertiger, aber mindestens genauso wirkungsvoll.

Sie holte tief Atem und lenkte damit seine Aufmerksamkeit wieder auf diese verdammten kleinen Brustspitzen. »Hätte ich mir Herzen und Blumen gewünscht, hätte ich tatsächlich einen Gigolo engagieren sollen. Aber ich bereue die Entscheidung nicht, die ich getroffen habe«, fuhr sie fort. »Du bist jetzt mein gesetzmäßiger Ehemann, und ich werde versuchen, dir eine gute Frau zu sein.« Sie hob den Blick zu ihm. »Wenn du mich also heute nacht willst ...«

»Nein, danke.« Es wurmte ihn, daß sie kein Anzeichen von Enttäuschung erkennen ließ.

»Habe ich dein Ego so tief verwundet?«

»Ich werd's überleben.«

»Ich nehme an, wenn du Jahre beim Rodeo überlebt hast, wirst du auch mich überleben. Juckt das?« Überraschend ließ sie ihre Finger über seine Brust wandern, wo die Haare nachzuwachsen begannen.

Er zog heftig den Atem ein. »Nein. Noch nicht.«

»Aber wahrscheinlich bald.«

»Ich werde dich auf dem laufenden halten.«

»Du, Chase, der Thermostat für das ganze Obergeschoß ist in diesem Zimmer. In meinem Zimmer ist es kalt. Stört es dich, wenn ich die Heizung ein bißchen höher einstelle?« Sie war bereits aufgestanden und ging auf den Thermostat zu, der an der gegenüberliegenden Wand hing.

»Ehrlich gesagt, ja«, antwortete er gereizt. »Mir ist heiß.«

Er schob die Bettdecke ein Stück hinunter, bis das dichte Haar auf seinem Unterleib zu sehen war. Er streckte ein Bein unter der Decke vor. Nur noch ein kleines Stück Stoff bedeckte seine Blöße. Er war schlecht gelaunt und wünschte sich nichts sehnlicher, als Marcie in Verlegenheit zu bringen.

Sie zuckte mit keiner Wimper. »Na schön, ich will natürlich nicht, daß du dich unwohl fühlst. Ich nehme mir einfach noch eine zweite Decke mit. Es liegen ein paar in diesem Schrank.«

Sie zog die Jalousientür des Extraschranks in seinem Zimmer auf, stellte sich auf die Zehenspitzen und griff ins oberste Regal, wo mehrere zusammengefaltete Decken lagen.

Bei diesem Anblick wurde Chase der Mund trocken. Ihre

Haltung betonte jeden einzelnen Muskel ihrer langen Beine. Ihr Oberteil hob sich und entblößte ein gutes Stück nackter Haut. Die Shorts rutschten an ihrem Po hoch, den er nur zu gern mit beiden Händen umschlossen hätte.

Aus Angst, sich selbst in Verlegenheit zu bringen, griff er hastig nach der Bettdecke und zog sie bis zur Taille hoch.

Marcie nahm sich eine Decke aus dem Regal und drückte sie mit beiden Armen an sich. »So, das sollte reichen.«

Er hätte schwören können, daß die Bemerkung zweideutig gemeint war. Todsicher spielte sie darauf an, ihn erregt zu haben. Ihre Bemerkung hatte nichts mit zusätzlichen Decken zu tun. Andererseits war es möglich, daß seine übersteigerte Phantasie mehr in ihr Lächeln hineinlegte, als beabsichtigt war.

»Gute Nacht, Chase«, sagte sie in aller Unschuld. »Schlaf gut.«

Er traute sich nicht, darauf eine Antwort zu geben.

11

Chase hatte in dem ganzen Monat, der folgte, sehr wenig zu sagen.

Kaum jemand brachte den Mut auf, ihn in ein Gespräch zu verwickeln. Seine unerträgliche Stimmung und seine finstere Miene schreckte fast jeden ab, der es sonst vielleicht versucht hätte. Die, die es riskierten, waren hinterher froh darüber, mit dem Leben davongekommen zu sein.

An einem Freitagabend, als er mit seinem Bruder an der Bar eines Lokals saß, das bei den Einheimischen schlicht und einfach ›The Place‹ hieß, schien er ebenfalls keine Lust zu haben, Konversation zu machen.

Eine halbe Stunde, nachdem er gekommen war, saß er immer noch bei seinem ersten Bourbon mit Wasser. Er hing über dem Drink wie ein knickriger Hund über seinem Knochen, den er eigentlich nicht wollte, aber auch keinem anderen Hund gönnte. Trübselig starrte er in den Whiskey, dessen Farbe das geschmolzene Eis in blasses Bernstein verwandelt hatte.

»Na ja, uns bleibt nichts anderes übrig, als abzuwarten.«

Luckys Bemerkung vertiefte nur die Runzeln auf Chase' Stirn. »Das sagen wir schon seit einem Monat.«

»Sie müssen bald eine Entscheidung treffen.«

»Als ich letzte Nacht anrief, sagte man mir, Ende dieser Woche würde der Vertrag vergeben werden. Diese Woche hieß es, daß es nächste Woche soweit wäre. Langsam habe ich das Gefühl, die wollen mich hinhalten«, knurrte Chase.

»Na ja, wenn es da unten Öl gibt, muß es irgendwie gefördert werden«, meinte Lucky philosophisch. »Wir müssen abwarten.«

Chase ließ seine Faust auf die Theke krachen. »Verdammt, du klingst wie eine gesprungene Schallplatte. Kannst du dir nicht mal was anderes einfallen lassen?«

»Doch, das kann ich«, gab Lucky verärgert zurück und ließ sich vom Barhocker gleiten. »Geh zum Teufel!«

»Warte!« Chase streckte die Hand aus und packte Lucky am Jackett. »Komm zurück. Laß uns noch einen Drink nehmen.«

Lucky schüttelte die Hand seines Bruders ab. »Ich will keinen Drink mehr.«

»Ich zahle.«

»Darum geht's nicht. Du gehst mir auf die Nerven. Ich habe Besseres zu tun, als hier rumzuhängen und deine schlechte Laune zu ertragen.«

»Zum Beispiel?«

»Zum Beispiel zu meiner Frau nach Hause zu fahren. Genau das solltest du auch machen. Das ist jetzt schon das dritte Mal in dieser Woche, daß du mir praktisch den Arm verrenkst, um mich hierher zu schleppen und nach der Arbeit einen zu trinken.«

»Na und? Darfst du nicht mehr ausgehen, seit du verheiratet bist?«

»Es macht mir nicht mehr soviel Spaß wie früher.«

»Und ein Drink ist erlaubt? Devon hat deine Trinkgewohnheiten ganz schön geändert, was?«

»Stimmt. Ich bin mit ihr so glücklich, daß ich keine anderen Anregungen mehr brauche.«

»Ach, wirklich? Macht es dich betrunken, mit ihr Sex zu haben?«

Luckys Hände ballten sich zu Fäusten. Seine tiefblauen Augen wurden eiskalt, seine Nasenflügel bebten. Vor zwei Jahren hätte er seinen Bruder jetzt schon am Kragen gehabt und ihm die Nase blutig geschlagen. Devon hatte ihm beigebracht, daß der Klügere nachgibt. Jetzt schlug er nicht mehr als erstes zu und dachte später nach. Er hatte gelernt, sich zu beherrschen, aber Chase legte es heute abend darauf an, daß ihm die Geduld riß.

Chase konnte die Zahlen fast auf Luckys Stirn sehen, als sein Bruder langsam bis zehn zählte, um nicht zu explodieren.

Chase stützte die Ellbogen auf die Theke und fuhr sich mit allen zehn Fingern durchs Haar. »Das hast du nicht verdient. Und Devon schon gar nicht.« Er hielt seinen Kopf in den Händen. »Tut mir leid. Vergiß, daß ich das gesagt habe.«

Er rechnete fest damit, daß sein Bruder gehen würde. Zu seiner Überraschung kehrte Lucky zu seinem Barhocker zurück und setzte sich. »Warum erzählst du mir nicht, was dich wirklich so belastet?«

»Wir brauchen diesen Auftrag.«

»Hm. Abgesehen davon. Irgendwas quält dich, Chase. Mutter und Devon ist es auch aufgefallen. Jeden Sonntag, wenn du mit Marcie bei uns zu Hause bist, wirkst du so angespannt wie ein Mann, der auf einem Pulverfaß sitzt. Die Zündschnur ist kurz und brandheiß. Was ist los?«

Chase schwenkte den Inhalt seines Glases hin und her. »Marcie«, murmelte er.

»Das hatte ich mir schon gedacht.«

Chase' Kopf fuhr hoch, und er sah seinen Bruder scharf an. »Wie kommst du darauf?«

»Marcie hat viel mit Devon gemeinsam. Sie hat ihr eigenes Leben gelebt, bevor du auf der Bildfläche erschienen bist. Sie war lange Zeit daran gewöhnt, auf eigenen Füßen zu stehen.« Lucky warf die Handvoll Erdnüsse zurück, die er aus der Schale auf der Theke genommen hatte. »Es überrascht mich nicht, daß sie mit ihrer neuen Rolle als Ehefrau noch nicht ganz zurechtkommt. Sie muß sich erst eingewöhnen, wie bei einem Paar neuer Schuhe.«

»Was, soll das ein Witz sein?« knurrte Chase mißmutig. »Sie macht ihre Sache als Ehefrau so verdammt gut, daß einem schlecht werden könnte.«

»Wie bitte?«

»Jeden Abend punkt sechs steht das Abendessen auf dem Tisch. Sie backt Plätzchen. Gott weiß, wann, sie hat nämlich ständig was zu tun. Das Haus ist blitzsauber und aufgeräumt. Wenn ich etwas verliere, weiß sie sofort, wo es zu finden ist.«

»Freut mich zu hören, daß es so gut läuft«, bemerkte Lucky lächelnd. »Du weißt ja, daß ich in dieser Beziehung meine Zweifel hatte. Aber anscheinend klappt es großartig mit euch beiden. Worüber hast du dich zu beschweren?«

Chase drehte sich um, um seinem Bruder ins Gesicht zu sehen. Jetzt, nachdem das Ventil einmal geöffnet war, gab es sehr vieles, was ihm auf der Seele lag und das er endlich loswerden mußte.

»Sie ist zu perfekt.« Lucky starrte ihn bloß an, als wäre er schwerhörig geworden. »Ich gebe dir ein Beispiel. Sie hat mir gesagt, daß sie ihre Sonntagszeitung gern methodisch durchgeht. Letzte Woche habe ich die Zeitung in sämtliche Einzelteile zerlegt und im Wohnzimmer verteilt, einen Teil gelesen und dann einfach fallenlassen.«

»Warum?«

»Einfach, um sie zu provozieren.«

Lucky schüttelte ratlos den Kopf. »Warum?«

Weil ich absolut verrückt nach ihr bin! Aber unbefriedigtes Verlangen war ein Zustand, den er nicht eingestehen konnte, schon gar nicht einem jüngeren Bruder, der seinen Spitznamen seinem Glück bei Frauen verdankte.

»Ich wollte sehen, ob ich sie reizen konnte«, antwortete Chase.

»Und? Ist es dir gelungen?«

»Nein. Sie hat kein Wort gesagt. Nicht mal ein böser Blick. Sie ist einfach durchs Wohnzimmer gegangen, hat die Zeitung aufgehoben und zusammengelegt, damit sie sie so lesen konnte, wie sie es gern hat.«

»Das ist mir zu hoch. Du beklagst dich über eine Frau, die offensichtlich die Geduld einer Heiligen hat?«

»Hast du je versucht, mit einer Heiligen zu leben?« fragte Chase zurück. »Mit einem Menschen, der so verdammt perfekt ist? Ich sage dir, sie ist einfach nicht normal. Warum geht sie nicht mal in die Luft?« Er atmete tief aus. »Es ist nervenzerfetzend. Ich bin ständig auf der Hut.«

»Hör mal, Chase, wenn das alles ist . . .«

»Ist es nicht. Sie lauert mir auf.«

Lucky lachte so schallend, daß er fast vom Stuhl gefallen wäre. »Lauert dir auf? Du meinst, wie wir es früher bei Sage gemacht haben? Versteckt Marcie sich auch in deinem Schrank und schreit ›Buh!‹, wenn du die Tür aufmachst?«

»Sei nicht albern.«

»Na schön, was meinst du dann?«

Chase wand sich innerlich. Er konnte Lucky nicht von dem Morgen erzählen, als er gerade vor seinem Badezimmerspiegel gestanden und sich rasiert hatte. Plötzlich hatte er Marcie im Spiegel gesehen und war so schnell herumgefahren, daß er sich ins Kinn geschnitten hatte.

»Tut mir leid, daß ich dich erschreckt habe, Chase. Ich habe geklopft, aber wahrscheinlich hast du mich nicht gehört.« Sie war hereingestürzt und hatte einen Stapel frischer Handtücher auf den Toilettendeckel gelegt. »Du blutest. Hier.«

Sie hatte ein Stück Toilettenpapier abgerissen und es an sein blutendes Kinn gepreßt ... und ihre Hand dort gelassen ... lange Zeit ... obwohl er splitternackt war und von der zarten Berührung ihrer Finger an seinem Gesicht hart wurde.

Und gerade als er glaubte, seine Erektion würde sie streifen, hatte sie geflüstert: »Wie fühlt sich das an?«

Sekundenlang hatte das Blut in seinen Venen gerauscht. Schließlich hatte er sich soweit zusammengerissen, daß er ein »Besser« herausbringen konnte. Er schnappte sich eins der Handtücher, die sie mitgebracht hatte, und schlang es so hastig um seine Mitte wie Adam, der gerade auf frischer Tat bei der Erbsünde ertappt worden war.

Nein, das konnte er Lucky nicht erzählen, Lucky würde von ihm wissen wollen, warum er nicht einfach mit seiner Frau ins Bett gegangen wäre und sie bis zur Besinnungslosigkeit geliebt hätte. Und darauf hätte Chase ihm keine Antwort geben können, weil er es selber nicht wußte.

Er ignorierte die Frage seines Bruders und sagte: »Man würde es nicht für möglich halten, wenn man sie so sieht, aber sie hat nicht einen Funken von Anstand. Sie ist unverfroren. Weißt du noch, wieviel Wert Grandma auf das Anstandsgefühl einer Frau gelegt hat?« Er lachte bitter. »Ein Glück, daß sie Marcie nie kennengelernt hat.«

»Wovon zum Teufel redest du?« Lucky beugte sich vor und starrte in die fiebrigen Augen seines Bruders. »Du hast doch nicht angefangen, irgendso ein komisches Zeug zu rauchen, oder?« Chase gab Lucky einen Schubs, doch Lucky lachte bloß. »Du spinnst. Marcie benimmt sich wie eine Lady.«

»Zu Hause nicht. Zu Hause paradiert sie splitterfasernackt herum, wie Gott sie geschaffen hat.«

Luckys Interesse war erwacht. Er legte den Kopf schief. »Ach ja?«

Chase fiel das belustigte Augenzwinkern seines Bruders nicht auf. Er dachte an den Vorfall vor ein paar Tagen, als er mit einem Hemd, an dem ein Knopf fehlte, zu Marcie gegangen war.

Sie hatte sein höfliches Anklopfen mit einem »Herein« beantwortet.

Er hatte die Tür aufgemacht und das Zimmer betreten, wäre aber beinahe über seine eigenen Füße gestolpert, als er sich ihrem hübschen, nackten, rosigen Körper gegenübersah.

Sie war gerade dabei, ihr Haar hochzustecken. Mit erhobenen Armen stand sie vor der Kommode, so daß er im Spiegel ihre Rückansicht sehen konnte.

Ihre blauen Augen forderten ihn heraus, irgend etwas zu tun oder zu sagen. Am liebsten hätte er sich auf sie gestürzt, um ihre köstliche Haut zu spüren, aber darauf wollte er sich nicht einlassen. Wenn sie so unbefangen mit ihrer Nacktheit umging, würde er es bei Gott auch noch schaffen.

Mit rasendem Puls, die Augen auf einen Punkt über ihrem Kopf geheftet, fragte er: »Hast du Nähzeug?«

»Ich mache das gern für dich.«

»Es ist nur ein Knopf. Das schaffe ich schon. Hast du nun Nadel und Faden oder nicht?«

»Sicher. Gleich hier.«

Sie senkte die Arme. Ihr Haar fiel auf ihre glatten, hellen Schultern. Die kleine Truhe, in der sie ihr Nähzeug aufbewahrte, stand hinter ihm. Sie hätte um ihn herumgehen können. Sie hätte sich entschuldigen und ihn zur Seite schieben können. Statt dessen ging sie praktisch durch ihn hindurch, als sie sich an ihm vorbei schob. Jede Faser seines Körpers wurde zu einer züngelnden Flamme des Begehrens.

Allein der Gedanke daran erweckte in ihm den Wunsch, ihre aufreizenden kleinen Brüste zu berühren und ihre schimmernde Haut zu streicheln und die Geheimnisse ihres wundervollen Körpers zu erforschen.

Lucky wedelte mit der Hand vor seinem Gesicht herum. Chase kam in die Gegenwart zurück und brummte mürrisch: »Ich glaube, sie war zu lange eine alte Jungfer. Das hat sie zur Exhibitionistin gemacht. Wie klingt das für dich?«

»Wie eine Männerphantasie, die ich mal im Playboy gelesen habe.«

»Verdammt, Lucky, ich mein's ernst. Sie ist wie eine Nymphomanin oder so was.«

»Schlimm, mit einer verheiratet zu sein, was? Ich spreche aus Erfahrung.« Lucky zwinkerte ihm zu.

Chase entging sowohl Luckys Sarkasmus wie seine Geste. Er war immer noch tief in Gedanken versunken. »Ständig reibt sie sich irgendwie an mir. Erinnerst du dich noch an die Katze, die wir hatten, die sich immer an unsere Beine geschmiegt hat, wenn kein Kater in der Nähe war? Marcie ist genauso. Sie kann nicht an mir vorbeigehen, ohne mich zu streifen. Als ob sie läufig wäre.«

»Vielleicht ist sie's.«

Luckys forsche Bemerkung riß Chase aus seiner erotischen Trance. »Was?«

Lucky kaute eine Handvoll Erdnüsse und schluckte sie. »Ich sagte, vielleicht ist sie's. Devon glaubt, daß eine Frau schwanger wird, wenn sie es sich wünscht, wenn sie sich im Unterbewußtsein dazu entschlossen hat.«

»Schwanger?« wiederholte Chase verdattert. Dann schüttelte er entschieden den Kopf. »Sie wird bestimmt nicht schwanger. Zumindest nicht, wenn es nach mir geht. Ich will nichts von einem Baby wissen. Ich will nicht mal über eins sprechen, geschweige denn an eins denken.«

Luckys Grinsen verschwand. Unsicher starrte er seinem Bruder über die Schulter. Auf einmal klärte sich sein Blick. »Wo wir gerade von deiner Frau sprechen, sie ist da.«

»Was?«

Chase folgte Luckys Blick und entdeckte Marcie. Sie stand direkt in der Tür der lauten, verrauchten Kneipe und überflog die lärmenden Besucher. Als sie Chase entdeckte, wirkte sie erleichtert.

So unauffällig wie möglich bahnte sie sich einen Weg durch das hauptsächlich männliche Publikum, bis sie das Ende der Bar erreichte, wo die beiden Brüder saßen. »Da bist du ja.« Sie lächelte Chase atemlos an. »Ich dachte mir doch, daß es dein Wagen ist, der vor der Tür steht.« Sie wandte sich an seinen Bruder. »Hi, Lucky.«

»Hi. Ich nehme an, Devon ist nicht bei dir. Das Lokal gehört nicht gerade zu ihren Lieblingsplätzen.«

Marcie lachte. »Das habe ich schon gehört. Und mit gutem Grund. Aber keine Sorge, soweit ich weiß, haben einige der dauerhaftesten Liebesgeschichten denkbar ungünstig angefangen.«

»In unserem Fall trifft das bestimmt zu. Mit einer Prügelei in diesem Loch fing es an, und was hat es uns gebracht? Eine Ehe, die im Himmel geschlossen wurde.« Er grinste breit. »Möchtest du einen Drink?«

»Nein, danke.«

»Was machst du hier?«

Chase' abrupte Frage durchschnitt ihr unbefangenes Geplauder wie ein stählerner Dolch. Er klang anklagend, und Marcie war sofort in der Defensive.

»Erinnerst du dich noch an das Ehepaar aus Massachusetts? Sie sind heute in der Stadt. Ich habe ihnen ein Haus am See gezeigt und bin auf dem Rückweg in die Stadt hier vorbeigekommen. Wie gesagt habe ich draußen zufällig deinen Wagen gesehen.«

»Du wolltest mich kontrollieren«, sagte Chase. »Kann ich nicht mal ein paar Minuten später nach Hause kommen, ohne daß du mir im Nacken sitzt?«

»He, Chase, reg dich ab.«

Er ignorierte seinen Bruder. »Oder traust du mir nicht zu, daß ich nur bei einem Drink bleibe? Hast du gedacht, ich wäre wieder zum Rodeo abgehauen?«

»Wie zum Teufel führst du dich bloß auf?« stieß Lucky zwischen zusammengebissenen Zähnen hervor, bewußt leise, um keine Aufmerksamkeit zu erregen.

»Er versucht, mich zu demütigen«, sagte Marcie unumwunden. »Leider schafft er es nur, selber als Idiot dazustehen.«

Mit diesen Worten kehrte sie ihnen den Rücken zu. Die Schultern gestrafft, den Kopf hocherhoben, ging sie zur Tür.

Bevor Lucky die Kritik äußern konnte, die ihm auf der Zunge brannte, wandte Chase sich zu ihm um und sagte drohend: »Halt den Mund. Ich brauche keine guten Ratschläge von dir.« Er fischte ein paar Münzen aus der Hosentasche und warf sie auf die Theke.

Er stieß mit den Ellbogen andere Gäste beiseite, als er Marcie zur Tür folgte. Ein grinsendes, betrunkenes Gesicht versperrte ihm den Weg und wich selbst dann nicht von der Stelle, als Chase versuchte, ihn zur Seite zu drängen.

»Schnapp sie dir lieber, Tyler. Ein tolles Weib.«

»Chase knurrt so was wie ›Das ist meine Frau, du Mistkerl‹. Entschuldigung, Dekan. Dann knallt er dem Typ die Faust ins Gesicht und schlägt ihm die Nase krumm. Der nächste Schlag landet mitten auf dem Mund. Das Gebiß von dem Kerl flog sofort raus. Ich konnte es von der Theke aus sehen. Bei Gott – Pardon, Dekan –, so war es. Die Zähne wurden im allgemeinen Getümmel zermalmt. Alle hatten es verdammt – noch mal

Pardon, Dekan – eilig, Chase aus dem Weg zu gehen. Er hat sich wie ein Wahnsinniger aufgeführt.«

Nachdem Lucky seinen Bericht über die Ereignisse, die vor zwei Tagen im ›Place‹ stattgefunden hatten, beendet hatte, herrschte im Speisesaal der Tyler-Ranch ein paar Sekunden lang andächtiges Schweigen.

Marcie hielt den Blick auf ihren Teller gesenkt. Es war ihr immer noch peinlich, unwissentlich der Anlaß für eine Kneipenrauferei gewesen zu sein. Jetzt teilte sie Devons Abneigung gegen das Lokal.

Anscheinend bereitete auch Chase der Bericht über den unausgewogenen Kampf Unbehagen. Er hatte brütendes Schweigen bewahrt und mit seiner Gabel kleine Täler in sein Kartoffelpüree gezogen.

Laurie, fiel Marcie auf, spielte nervös mit ihrer Perlenkette, vermutlich weil Lucky trotz der Anwesenheit eines zusätzlichen Gastes beim traditionellen Sonntagsessen seine Ausdrucksweise nicht zensiert hatte.

»Ich wünschte, ihr beide würdet nicht mehr in dieses Lokal gehen«, sagte Laurie schließlich. »Das einzig Gute, was sich je dort ereignet hat, war, daß Lucky Devon kennengelernt hat.«

»Danke, Laurie«, erwiderte Marcies Schwägerin. »Soll ich abräumen, damit wir den Nachtisch holen können?«

»Das wäre sehr lieb von dir. Seid ihr alle fertig? Jess?«

Jess Sawyer tupfte sich den Mund mit derselben peinlich genauen Präzision ab, mit der er seinen Tee gesüßt, sein Fleisch geschnitten und sein Brötchen mit Butter bestrichen hatte. Er war ein kleiner, adretter Mann in einem steifen weißen Hemd und einem gut gebügelten braunen Anzug. Er hatte dünnes braunes Haar und mattbraune Augen. Falls Charaktere Farben haben, war seine Braun.

»Es hat alles köstlich geschmeckt, Laurie«, sagte er höflich. »Herzlichen Dank für die Einladung.«

Mit Luckys Hilfe begann Devon, die leeren Teller auf ein Tablett zu räumen. Als der Tisch leer war, hielt Devon ihrem Mann, der das Tablett trug, die Tür zur Küche auf. »Wir bringen gleich den Nachtisch und den Kaffee«, sagte sie, bevor sie Lucky folgte.

»Ich bin froh, daß ich Sie beim Verlassen der Kirche noch getroffen habe«, sagte Laurie zu Mr. Sawyer. »Ich finde es schrecklich, wenn jemand allein essen muß, aber am Sonntag allein zu essen, ist ein Sakrileg. Sie sind uns immer herzlich willkommen«, fügte sie mit einem Lächeln hinzu. »Pat, war dir das Roastbeef zu sehr durchgebraten?«

Pat Bush, seit Jahren Stammgast beim Sonntagsmahl der Tylers, rutschte auf seinem Stuhl hin und her. »Es war sehr gut.« Mit einem Seitenblick auf Mr. Sawyer fügte er hinzu: »Wie immer.«

»Du hast dir nichts nachgenommen.«

»Mein schwacher Appetit hatte nichts mit dem Essen zu tun, Laurie. Mir liegt immer noch dieser Krawall vom Freitag im Magen.« Er warf Chase einen vorwurfsvollen Blick zu.

Devon und Lucky kamen mit einer dreischichtigen Schokoladentorte und dem Kaffee zurück. »Ich teile die Sachen von der Anrichte aus, wenn es dir recht ist, Laurie.«

»Aber sicher, Liebes«, erwiderte Devons Schwiegermutter.

»Ihr scheint jedesmal Krach zu schlagen, wenn ihr im ›Place‹ seid«, sagte der Sheriff gerade zu Chase.

»Was hätte ich denn tun sollen, Pat?« verteidigte Chase sich. »Seelenruhig zuhören, wie der Kerl meine Frau beleidigt?«

»Meiner Meinung nach hatte Chase keine andere Wahl«, bemerkte Lucky, als er die Dessertteller herumreichte.

»Na ja, deine Ansichten über Schlägereien sind auch nicht viel wert, oder?« gab Pat verärgert zurück. »Du läßt dich ja genauso schnell provozieren.«

»Das war einmal. Jetzt bin ich Liebhaber, kein jugendlicher

Held mehr.« Er gab Devon einen Kuß auf die Wange, als sie an ihm vorbeiging.

Chase' Knie berührte unter dem Tisch wie zufällig Marcies Bein.

»Ich bin sicher, Chase hat getan, was er für richtig hielt«, brachte Laurie zur Verteidigung ihres Sohns vor. »Er hat den Schaden bezahlt, den er in der Bar angerichtet hat, und sich um die Arztrechnung dieses Mannes gekümmert. Trotzdem finde ich es nicht schön, daß es wieder einmal Zahn um Zahn ging. Wörtlich.«

Lucky prustete los, und gleich darauf brachen alle am Tisch in Gelächter aus. Alle außer Jess Sawyer, der die anderen mit offenem Mund anstarrte.

»Vielleicht ist er mir noch einmal dankbar«, meinte Chase, nachdem das Lachen abgeebbt war. »Das waren die fürchterlichsten falschen Zähne, die ich je . . .«

»Devon!«

Die Sorge in Luckys Stimme ließ Chase verstummen. Sein Bruder schoß aus dem Stuhl und stürzte zu seiner Frau, die sich über die Anrichte lehnte. Ihr Gesicht war blaß. Sie atmete kurz und stoßweise. Lucky legte rasch einen Arm um ihre Taille, um sie zu stützen. Mit der anderen Hand umfing er ihre Wange und hob ihren gesenkten Kopf.

»Devon, Liebling!«

»Mir geht's gut«, versicherte sie ihm mit einem schwachen Lächeln.

»Mir war nur ein bißchen schwindlig. Ich glaube, mir ist einfach ein bißchen warm. Vielleicht könnten wir die Heizung herunterstellen. Oder vielleicht habe ich etwas gegessen, was mir nicht bekommen ist.«

»Oh, um Himmels willen!« Laurie stand auf und ging zu dem Paar. »Warum laßt ihr nicht endlich diesen Unfug und sagt allen anderen, was ich schon seit Monaten weiß?« Ohne eine

Antwort abzuwarten, drehte sie sich zum Tisch um. »Devon erwartet ein Baby.«

»Oh!« Marcie war sich gar nicht bewußt, diesen Freudenruf ausgestoßen zu haben. Wie alle anderen – selbst Mr. Sawyer – freute sie sich mit dem Ehepaar, das vor Glück strahlte.

Marcie schloß Devon stürmisch in die Arme. Seit Marcies Heirat mit Chase waren die beiden Frauen gute Freundinnen geworden. Marcie bewunderte Devons Intelligenz und Schlagfertigkeit, zwei Eigenschaften, die Devon bei den Kolumnen, die sie für eine Tageszeitung in Dallas schrieb, sehr zugute kamen.

»Ich freue mich so für dich«, sagte Marcie aufrichtig. »Fühlst du dich wohl? Kann ich irgend etwas für dich tun?«

Devon drückte ihr die Hand. »Kennst du dich mit Babys aus?«

»Nein!« Marcie lachte.

»Dann wirst du eine große Hilfe sein.«

Die beiden Frauen lächelten einander mit echter Zuneigung an. Dann gab Marcie dem stolzen Vater einen Kuß auf die Wange. »Gratuliere, Lucky.«

»Danke. Endlich hat sich einer der kleinen Krabbler nach oben durchgekämpft.«

»James Laurence!« rief Laurie entrüstet. »Vergiß nicht, daß wir einen Gast haben. Diese Art Gerede dulde ich nicht. Ich will nicht, daß Jess denkt, meine Kinder wären eine unerzogene ...«

Das häßliche, schrille Scharren von Stuhlbeinen auf Parkett ließ alle herumfahren. Chase ließ seine Serviette auf den Tisch fallen und stampfte hinaus.

Bevor er durch den Torbogen ging, erhaschte Marcie einen Blick auf sein Gesicht. Es wirkte wie das Zerrbild in einem gesprungenen Spiegel.

Die Axt sauste mit einem Zischen durch die Luft, bevor sie sich in das Holzscheit bohrte. Knack! Das Stück Holz wurde in der Mitte gespalten. Chase bückte sich und warf die zwei Teile beiseite, hob dann ein anderes Scheit auf und stellte es senkrecht auf den Block.

»Was machst du denn?«

Knack!

»Einen Pullover stricken. Oder was hast du gedacht?«

»Das ist bestimmt nicht gut für deine Rippen.«

»Meine Rippen sind okay.«

Knack!

Lucky lehnte sich an den Zaun. »Weißt du, Chase, manchmal bist du der egozentrischste Mistkerl, der mir je über den Weg gelaufen ist.«

Knack!

Chase warf seinem Bruder einen finsteren Blick zu, bevor er das gespaltene Holzstück beiseite schleuderte und ein anderes aufhob. »Was erwartest du von mir? Daß ich Zigarren verteile?«

»Das wäre ein Anfang gewesen.«

»Tut mir leid, dich zu enttäuschen.«

Knack!

Lucky beugte sich vor und entwand seinem Bruder die Axt. Chase richtete sich mit wutverzerrtem Gesicht auf.

»Ich bin nicht enttäuscht«, sagte Lucky, »ich bin sauer. Unsere Mutter ist enttäuscht. Sie hat darauf gezählt, daß du durch deine Ehe wieder ins Gleis kommen würdest.«

»Jammerschade.«

»Da hast du verdammt recht, es ist jammerschade. Du hast nämlich eine wundervolle Frau, die aus Gründen, die ich nicht verstehe, in dich verliebt ist. Aber du bist zu blind, um es zu erkennen. Oder vielleicht nur zu dumm. Oder kannst du vor lauter Selbstmitleid nichts mehr sehen? Ich weiß wirklich nicht genau, wo dein Problem liegt.«

»Du bist sauer, weil ich kein großes Theater um dein Kind mache.«

»Ja, das finde ich wirklich kleinlich.«

»Warum hast du es mir nicht gesagt?« fuhr Chase ihn an. »Warum hast du ein Geheimnis daraus gemacht? Um die Spannung zu erhöhen?«

»Nein, um dich zu schützen.«

»Wovor?«

»Vor dem Schmerz, der dir genau in diesem Moment die Eingeweide zerfrißt.«

Chase baute sich kampflustig auf. Sein Atem ging stoßweise, aber nicht von der Anstrengung des Holzhackens. Er schlug seinen Bruder jedoch nicht, obwohl es danach ausgesehen hatte. Er kehrte ihm einfach den Rücken zu und ging in Richtung Haus.

Lucky rannte ihm nach, packte ihn am Ärmel und drückte ihn an den Geräteschuppen neben dem Holzstapel. Seinen Unterarm legte er wie einen Riegel über Chase' Brust.

»Ich habe dir nichts von unserem Baby gesagt, weil ich wußte, daß es dir weh tun würde, Chase. Ich hasse diesen Gedanken. Aber so ist es nun einmal, und es gibt nichts, was du oder ich oder sonst jemand daran ändern könnte.

Ich habe nicht darum gebeten, daß mein Kind das erste Enkelkind in unserer Familie wird. Ich wünschte, es wäre dein Kind gewesen, so wie es hätte sein sollen. Aber soll ich mich deshalb weniger über mein Baby freuen? Das kann ich nicht. Es tut mir leid. Ich bin begeistert. Ich könnte platzen vor Glück. Ich kann es kaum erwarten, bis das Kind da ist. Aber das bedeutet nicht«, fuhr er eindringlich fort, »daß Devon und ich nicht mehr um das Kind trauern, das mit Tanya gestorben ist. Wir alle tun es. Und so wird es immer sein. Aber das Leben geht weiter, Chase. Zumindest für uns.

Wenn du den Rest deines Lebens in einem Grab verbringen

willst, nur zu. Ich halte dich für dumm, ich halte dich für krank, aber wenn dich dein Elend glücklich macht, dann laß dich nicht aufhalten. Aber erwarte nicht von uns anderen, daß wir mit dir in dein Grab steigen und uns lebendig begraben lassen. Wir haben es alle satt bis obenhin, deine Launen zu ertragen.«

Mit einer abrupten Handbewegung ließ er Chase los und drehte sich um. Er hatte erst wenige Schritte gemacht, als eine schwere Hand auf seine Schulter fiel. Angriffsbereit fuhr er herum, da er mit einem Schlag rechnete.

Statt dessen streckte Chase die rechte Hand aus. Lucky sah die Tränen, die Chase' graue Augen glänzen ließen.

»Herzlichen Glückwunsch, kleiner Bruder. Ich freue mich für dich.«

Sie gaben sich die Hand. Sie fielen einander um den Hals. Und dann gingen sie zusammen zum Haus zurück.

12

»Du hattest keine Ahnung?«

»Wovon?«

»Daß Devon ein Kind erwartet.«

»Nein.«

»Ich dachte, Lucky hätte es dir vielleicht erzählt.«

»Nein.«

Chase' gemurmelte Antworten zerrten an Marcies Nerven. Und ihre Nerven waren ohnehin gereizt, wie immer nach einem der Sonntagsessen bei ihren neuen Verwandten.

Nicht, daß man sie überging oder ihr das Gefühl gab, nicht willkommen zu sein. Die Tylers hatten sie liebevoll in der Familie aufgenommen. Selbst Lucky, der die meisten Vorbehalte gegen ihre Ehe mit Chase gehabt hatte, alberte und lachte jetzt mit ihr, als ob sie schon lange zur Familie gehörte.

Chase' Familie hatte keine Schuld. Es war Chase selbst, der sie nervös und reizbar machte. Er war nie unfreundlich zu ihr. Das einzige Mal, daß er häßliche Bemerkungen gemacht hatte, war im ›Place‹ gewesen, und dafür hatte er sich bei ihr entschuldigt. Sie hatte seine Entschuldigung angenommen, da sie wußte, wie sehr er sich um die Zukunft von Tyler Drilling sorgte und sein unmögliches Verhalten darauf zurückführte.

Nein, an seinem Benehmen war nichts auszusetzen. Wenn sie bei seiner Familie waren, war er immer höflich und aufmerksam. Er kritisierte sie nicht. Er brachte sie nicht in Verlegenheit. Er behandelte sie nicht, als ob sie Luft wäre, wie es andere Ehemänner in der Öffentlichkeit anscheinend häufig machten, wenn sie den Klagen vieler Ehefrauen glauben durfte.

In ihrem Fall traf genau das Gegenteil zu.

»Du hast es auch nicht vermutet?«

Sie zuckte zusammen, überrumpelt von seiner abrupten Frage. »Was?«

»Frauen scheinen in dieser Beziehung eine Art sechsten Sinn zu haben«, erklärte er. »Ich dachte, vielleicht wäre dir an Devon etwas aufgefallen.«

»Nein. Obwohl ich wahrscheinlich etwas hätte merken sollen. Ich erinnere mich, daß sie bei unserem Hochzeitsessen aufgezogen wurde, weil sie zwei Desserts aß.«

»Ich dachte eigentlich nur, sie hätte ein bißchen zugenommen.«

Marcie lächelte. »Hat sie sicher auch.« Chase lächelte nicht. »Sie ist schon im sechsten Monat. Kaum zu glauben, daß sie es so lange geheimhalten konnte. Sicher, sie ist groß. Und Kleidung kann eine Menge tarnen. Aber, meine Güte, das Baby wird hier sein, bevor wir es uns versehen.«

»Hm.«

»Und wirst du dich immer noch so ekelhaft aufführen, wenn es einmal da ist?« Chase' Kopf fuhr herum. Er öffnete den

Mund, um etwas zu sagen, besann sich aber eines Besseren und machte zornig den Mund wieder zu. »Als du vorhin einfach aus dem Haus gestampft bist, Chase, hat es deiner Mutter das Herz gebrochen.«

»Mir hat es auch das Herz gebrochen.«

»O ja, das wissen wir alle. Du trägst deinen Kummer ja deutlich genug zur Schau. Na schön, wir wissen Bescheid, und ehrlich gesagt, langsam reicht's.«

»Ich habe mich bei Lucky entschuldigt, oder? Ich habe ihm gesagt, daß ich mich mit ihm freue.«

»Ich weiß, ich weiß. Ich habe sogar gesehen, daß du Devon pflichtgetreu umarmt hast. Das war auch das mindeste, was du tun konntest.«

»Wenn ich mich vor Begeisterung überschlagen hätte, wäre es Heuchelei gewesen.«

»Heuchelei? Merkwürdig, daß gerade du das sagst.«

»Was meinst du damit?«

Er blieb mit dem Wagen in ihrer Auffahrt stehen. Marcie stieg aus und eilte zur Haustür. Sie war bereits im Haus und zog ihren Mantel aus, als Chase sie einholte.

»Was wolltest du damit sagen?« fragte er zornig, während er seine Jacke in die allgemeine Richtung des Garderobenständers feuerte und ihn um eine Meile verfehlte.

Irgend etwas in Marcie hakte aus. Über einen Monat hatte sie ihn verwöhnt, seinen Launen nachgegeben und seine Provokationen übersehen, die, wie ihr sehr wohl bewußt war, beabsichtigt waren. Je mehr sie sich bemühte, ihm das Leben angenehm zu machen, desto mehr bemühte er sich, ein Ekel zu sein. Jetzt hatte sie genug. Zum Teufel mit der vorbildlichen Ehefrau. Es wurde Zeit, ihm kräftig Bescheid zu sagen.

Ihr rotes Haar knisterte, als sie sich vor ihm aufbaute. »Es heißt, Chase Tyler, daß du jeden einzelnen Sonntag, den wir bei deiner Familie verbringen, ein Heuchler bist. Es heißt, daß deine Glückwünsche für Devon und Lucky nicht aufrichtiger waren als deine vorgetäuschten Beweise von Zuneigung zu mir.«

Er schüttelte eigensinnig den Kopf. »Das ist nicht wahr. Ich freue mich wirklich für meinen Bru ... Moment mal. Was für vorgetäuschte Beweise von Zuneigung?«

»Komm schon, Chase«, fuhr sie ihn an. »Soll ich es dir etwa buchstabieren?«

»Allerdings, verdammt! Wovon redest du überhaupt?«

Sie warf die Schultern zurück und starrte ihn zornblitzend an. Ihre Wangen glühten. Jeder Muskel in ihrem Körper war angespannt.

»Ich rede über die Kniemassagen. Ich sitze auf dem Sofa, du sitzt auf dem Sofa. Ich schlage die Beine übereinander, du legst deine Hand auf mein Knie. Ich stehe auf, du legst den Arm um meine Schulter. Ich fröstele, du bietest mir deine Jacke an. Ich sehe dich an, du streichst mir übers Haar. Ich lache. Du lachst.«

Seine Kiefermuskeln arbeiteten, und sein Gesicht verzerrte sich. Marcie wußte, daß sie seine Wut herausforderte, aber sie konnte nicht aufhören. Einen Monat lang hatte sie mit einem Chamäleon gelebt. Jeden Sonntag erduldete sie mehrere Stunden lang seine liebevollen Gesten, von denen sie wußte, daß sie nichts bedeuteten, und kam aufgewühlt und erregt nach Hause. Und nie gab es eine Fortsetzung. Sobald sie zu Hause waren, wurde Chase wieder brütend und abweisend.

»Ich versuche nur, nett zu dir zu sein«, verteidigte er sich. »Aber wenn es dir nicht paßt, werde ich mir diese Aufmerksamkeiten ersparen.« Er drehte sich um und ging ins Wohnzimmer zum Kamin, wo er begann, das Feuer anzufachen. Seine Bewegungen waren abgehackt und wütend.

Marcie war noch nicht mit ihm fertig. Sie stellte sich neben ihn und hielt seinen Arm fest, als er den Schürhaken beiseite stellte. »Deine Familie beobachtet uns genau, um zu sehen, wie wir miteinander auskommen. Dank der oskarreifen Vorstellung, die du jeden Sonntag lieferst, sind sie sicher davon überzeugt, daß in unserer Ehe alles eitel Wonne ist. Sie haben ja keine Ahnung, daß wir wie im Zölibat leben.

O nein, weil ihnen bestimmt die glühenden Blicke aufgefallen sind, die du mir zuwirfst, wenn jemand hinschaut. Ich bin sicher, sie haben gesehen, wie du mit meinem Haar gespielt hast, als du dich mit Lucky über Baseball unterhalten hast. Und wie hätten sie übersehen sollen, daß du mit deinem Ellbogen meine Brust gestreift hast, als du nach deiner Kaffeetasse gelangt hast?«

»Mach mir nicht vor, daß es dir nicht gefällt, Marcie«, sagte er mit leiser, vibrierender Stimme. »Ich habe nämlich sogar durch mein Hemd gespürt, wie deine Brustwarzen darauf reagiert haben. Ich habe sogar dein winziges Luftschnappen gehört.« Er nutzte ihre momentane Sprachlosigkeit, um seinen eigenen Angriff einzuleiten. »Da wir gerade beim Thema sind, ich mag dein Vorspiel auch nicht . . .«

»Vorspiel?«

»Vorspiel. Oder wie nennst du es, wenn du deine Hand auf meinen Schenkel legst und rauf und runter streichelst? Sicher, du achtest darauf, daß alles ganz harmlos aussieht, aber du weißt genausogut wie ich, was sich zehn Zentimeter weiter oben abspielt.

Und wenn es dir nicht gefällt, meinen Arm auf deiner Schulter zu haben, solltest du dich nicht an mich schmiegen. Wenn du meine Jacke nicht willst, gib dir nicht solche Mühe, daß ich durch deine Bluse sehe, wie kalt dir ist. Als ich meine Hand auf deinem Knie hatte, hast du deinen Fuß an meinem Knöchel gerieben. Wenn das keine Einladung ist, was dann?«

Die züngelnden Flammen im Kamin spiegelten sich in ihren Augen wider, Funken von Leidenschaft und Zorn. »Mir ist nicht aufgefallen, daß du den Kopf weggezogen hast, als ich mit deinem Haar spielte. O nein! Statt dessen hast du meine Handfläche geküßt. Ich habe deine Zunge gespürt. Sie hat einen feuchten Fleck hinterlassen.

Also erzähl mir nicht, wie ich mich zu benehmen habe. Ich bin mehr als glücklich, mit dieser erotischen Scharade Schluß zu machen. Wenn es dich schon verrückt macht, kannst du dir vielleicht vorstellen, was es mit mir macht!«

Nach seinem Brüllen herrschte Stille im Raum. Marcie trat näher zu ihm und fragte leise: »Was macht es mit dir, Chase?«

Er packte grob ihre Hand und preßte sie an seinen Unterleib. »Das!«

Ihre Finger schlossen sich um seine harte Erektion. »Warum hörst du mit dem Vorspiel auf, Chase? Warum machst du nicht etwas damit?« Mit jeder langsamen Bewegung ihrer Hand wurde sein Atem lauter, tiefer. »Hast du Angst, es wird dir nicht gefallen? Oder hast du Angst, es könnte dir zu gut gefallen?«

Sie ließ ihn los, legte beide Hände an seinen Kopf und vergrub die Finger in seinem Haar. »Küß mich. Jetzt gleich.«

Ein animalischer Laut entrang sich seiner Kehle. Wild preßte er seine Lippen auf ihre. So brutal war sein Kuß, daß ihre Lippen wie betäubt waren. Allmählich aber war sie in der Lage, sie zu öffnen. Dann spürte sie das rasche und geschmeidige Eindringen seiner Zunge.

Wie sie vergrub er die Finger in der Fülle ihres Haars und hielt sie fest für den gierigen Beutezug seines Kusses. Er trank von ihr wie ein Verdurstender, als wollte er ihren ganzen Mund in sich aufsaugen. Er löste sich kurz, um Luft zu holen. Aber selbst dann streifte seine Zunge ihre Lippen, kostete sie. Hungrig forderte er mehr. Und mehr. Und mehr.

Marcie gab sich der erregenden Sinnlichkeit seines Kusses hin. Sie liebte das Gefühl seiner Zunge, seiner Lippen, seines Barts, der auf ihrer Haut kratzte. Ihre Sinne schwelgten in der

Freude, seine Haut zu riechen und sein Haar zu fühlen – Chase' Haut, Chase' Haar, Chase' Härte, die sich an sie preßte.

Zusammen ließen sie sich auf den weichen Teppich vor dem Kamin sinken. Noch immer erforschten ihre Münder gierig das Gesicht des anderen, bewegten sich ihre Lippen wahllos über Wangen, Kinn, Augenlider.

Und dann küßte Chase wieder ihre Lippen, ihren Mund. Seine Hände strichen über ihren Rücken, glitten zur Seite, liebkosten die Wölbung ihrer Brüste. Dann umklammerte er mit beiden Händen ihren Po und zog sie an sich.

Marcie dachte nicht einmal daran, Scheu zu zeigen. Sie ließ zu, daß er sich eng an sie preßte, genoß es, die unverkennbare Stärke seines Verlangens zu spüren und sich an ihn zu schmiegen.

Mit einem Stöhnen schlang er die Arme so fest um sie, daß sie sich nicht mehr bewegen konnte, und flüsterte: »Hör auf, sonst ist es vorbei.«

»Noch nicht. Noch nicht.«

Sie rückte ein wenig von ihm ab, um ihm den Pullover über den Kopf zu ziehen. Dann ging sie auf seine Hemdknöpfe los. Nachdem sie das Hemd beiseite geworfen hatte, wanderten ihre Fingerspitzen in einer Orgie des Entdeckens über ihn, wie eine Blinde, die zum erstenmal sieht.

Mit einem hungrigen Laut lehnte sie sich an seine Brust und preßte ihren offenen Mund darauf. Er legte seine Hände auf ihren Kopf, ließ aber zu, daß er sich hin und her bewegte. Ihre Lippen fanden seine Brustwarze in einem Kreis dunkler, gekräuselter Haare. Erst scheu, dann mutiger liebkoste sie sie mit ihrer Zunge.

Mit einem gequälten Aufstöhnen schob er sie von sich. »Zieh dich aus.«

»Tu du es«, murmelte sie heiser.

Sie starrten sich einen Moment an. Marcie hielt den Atem an, bis er nach ihrem Pullover griff. Er zog ihn ihr über den Kopf. Sein Blick heftete sich auf ihre Brüste. Marcie griff nach hinten und löste den Verschluß ihres BHs. Chase' Brust hob und senkte sich.

Mit einem leichten Druck auf ihre Schultern drängte er sie auf den Teppich zurück. Ohne sich länger aufzuhalten, machte er ihren Rock auf und schob ihn ihre Beine hinunter. Dann zog er ihr den Slip aus.

Seine Hand glitt zwischen ihre Schenkel. Sie stöhnten beide auf. Die Finger, die sie erforschten, waren kräftig, aber sanft. Sein Daumen fand zur sensibelsten Stelle ihres Körpers.

Er hatte sie erst ein paarmal gestreichelt, als das Blut in ihren Adern zu kochen begann und leuchtende Funken vor ihren Augen tanzten.

»Chase!«

Mehr Ermutigung brauchte er nicht. Er öffnete seinen Gürtel und schob sich die Hosen über die Hüften. Marcie starrte ihn unverhohlen an, aber nur eine Sekunde lang, bevor er ihre Körper vereinte.

Sie stieß einen scharfen, glücklichen Schrei aus. Chase murmelte etwas, einen Fluch oder ein Gebet. Einige spannungsgeladene Augenblicke verharrten sie so.

Dann stützte Chase sich auf, zog sich ein wenig aus ihr zurück und sah in ihr Gesicht hinunter. Ohne den Blick von ihr zu wenden, drang er langsam wieder in sie ein. Sie fühlte ihn tief in sich, so tief, daß das Ausmaß seiner Inbesitznahme sie mitriß, ihr den Atem raubte, ihr die Kontrolle über ihre Sinne nahm. Sein dunkles Haar hing ihm in die Stirn, unordentlich und wirr. Seine Augen glühten im Feuerschein und verstärkten den Eindruck animalischer Männlichkeit. Die Muskeln an seinen Armen und seiner Brust wölbten sich.

Sie wollte sich darauf konzentrieren, wie wundervoll er war, aber wieder zog er sich zurück und tauchte in sie ein. Eine

Hand umschloß ihre Brust und umkreiste mit dem Daumen ihre harte Spitze. Sie erschauerte. Unwillkürlich schloß sie die Augen. Er schob die andere Hand zwischen ihre Schenkel und streichelte sie, während er noch tiefer in sie eindrang.

Und ihre Liebe zu ihm, die so lange unerfüllt geblieben war, kulminierte schließlich in einem berauschenden, mitreißenden Höhepunkt.

Er ließ es sie auskosten, bis zum letzten Moment, selbst das strahlende Nachbeben, bevor er sich wieder in ihr bewegte. Aber Marcie überraschte sich und ihn, indem sie sich an ihn klammerte und ihre Hüften hob, um seine Stöße aufzufangen.

Als er den Höhepunkt erreichte, erlebte sie ihren zweiten. Sie klammerten sich aneinander wie Ertrinkende, die zusammen untergehen.

Marcie war insgeheim dankbar, als es am nächsten Morgen gegen elf Uhr an ihre Bürotür klopfte. Das Ehepaar, das Punkt zehn seinen Termin eingehalten hatte, brachte sie langsam an den Rand des Wahnsinns.

Allerdings war ihr inneres Gleichgewicht an diesem speziellen Vormittag nicht so ausgewogen wie gewöhnlich.

»Herein«, rief sie.

»Entschuldige die Störung, Marcie«, sagte Esme. »Mr. Tyler ist hier und würde dich gern sehen.«

Marcie stand automatisch auf. »Mr. Tyler? Welcher?«

»Der, mit dem du verheiratet bist. Der große, dunkle, hübsche.«

In diesem Moment sah Marcie ihn hinter ihrer Sekretärin auftauchen. »Kann ich eine Minute mit dir reden?«

Chase war der letzte Mensch, den sie heute morgen erwartet hätte. Ihre Knie wurden weich, und ihr Mund war so trocken, daß sie kaum ein Wort herausbrachte.

»Ja ... ja, natürlich. Ich bin sicher, es macht Mr. und Mrs. Harrison nichts aus, wenn ich sie kurz allein lasse. Sie können sich inzwischen die anderen Angebote anschauen«, schlug sie vor, während sie um ihren schwarzen Lackschreibtisch herumging.

Der Mann stand mit einem Seufzer auf und zupfte seine Hosen zurecht. »Wir sind sowieso schon fertig. Sie findet ja doch nichts, womit sie zufrieden ist.«

»Ich? Mir hat das Haus mit den vier Schlafzimmern in der Sunshine Lane gefallen«, gab seine Frau zurück. »Du hast gesagt, wir bräuchten nicht soviel Platz. Du hast gesagt, der Garten wäre zu groß. Du hast ein wundervolles Haus abgelehnt, weil du zu faul bist, den Rasen zu mähen. Aber wahrscheinlich ist es ohnehin besser so. Du würdest es ja doch nicht richtig machen.«

»Chase, das sind Mr. und Mrs. Harrison«, warf Marcie ein. »Ralph, Gladys, darf ich bekannt machen, mein Mann, Chase Tyler.«

»Sehr erfreut.« Ralph schüttelte ihm die Hand.

»Ebenfalls.«

»Na, komm schon, Ralph. Siehst du nicht, daß die beiden ungestört sein wollen?« Gladys schubste ihren Ehemann praktisch durch die Tür.

Esme, die die Augen verdrehte, folgte den beiden und schloß hinter sich die Tür. Chase und Marcie waren allein. Sie blieben befangen stehen, sahen einander aber nicht in die Augen.

»Sind das die Kunden, von denen du mir erzählt hast?« erkundigte sich Chase.

»Richtige Goldstücke, nicht wahr? Ich glaube, sie werden sich nie auf ein Haus einigen. Die Besichtigungen sind für sie schon so eine Art Hobby. Es verschafft ihnen eine Pause vom Streiten. Leider kostet es mich wertvolle Zeit und mehr Geduld, als ich aufbringen kann.«

»Hm. Äh ... die sind für dich.«

Er hielt ihr einen Strauß rosa Tulpen hin, und Marcie nahm sie etwas verwirrt an. Chase schien es eilig zu haben, die Blumen loszuwerden. Wenn Marcies Reflexe eine Spur langsamer gewesen wären, wäre der Strauß auf den Boden gefallen.

»Heute ist nicht mein Geburtstag.«

»Es gibt keinen speziellen Grund«, sagte Chase lakonisch. »Ich habe sie zufällig in einem Geschäft gesehen. Ich dachte, sie würden dir vielleicht gefallen.« Sie starrte ihn unsicher an. »Ja ... ja, sie sind wirklich schön. Danke.«

»Gern geschehen.« Seine Augen wanderten langsam durch den Raum. »Hübsches Büro. Schick. Ganz anders als bei Tyler Drilling.«

»Na ja, wir haben verschiedene Bedürfnisse.«

»Stimmt.«

»Hast du schon etwas von dem Vertrag gehört?«

»Nein.«

»Oh. Ich dachte, vielleicht sind die Blumen ein Teil vom Feiern.«

»Nein.«

»Oh.«

Er hustete. Sie schob eine verirrte Haarsträhne in ihren Knoten zurück. Er räusperte sich. Sie spielte mit der grünen Zellophanhülle, in die die Blumen gewickelt waren.

»Bist du hergekommen, um über Büros zu reden?« fragte sie schließlich nach längerem Schweigen.

»Nein.« Zum erstenmal an diesem Morgen trafen seine grauen Augen auf ihre. Er hatte, lange bevor sie aufstand, das Haus verlassen. »Wir müssen miteinander reden, Marcie.«

Ein scharfer Schmerz durchfuhr sie, den sie als Angst erkannte. Chase wirkte und klang so ernst. Er war noch nie in ihr Büro gekommen. Wenn es nicht unbedingt nötig war, rief er sie nicht einmal dort an.

Nur etwas äußerst Wichtiges konnte der Grund für diesen unvorhergesehenen Besuch sein. Das einzige, was ihr einfiel, war, daß er aus ihrer Abmachung aussteigen wollte.

»Setz dich doch, Chase.«

Sie deutete auf das schmale Sofa, auf dem vor kurzem noch die Harrisons gesessen hatten. Er sank auf die Kante der breit gestreiften Polster und starrte auf die glänzenden weißen Fliesen zwischen seinen Stiefeln.

Marcie setzte sich wieder hinter ihren Schreibtisch, mit dem Gefühl, eine gewisse Barriere zu brauchen, um den Schlag abzufangen, den er gleich austeilen würde. Sie legte die Tulpen auf die Tischplatte.

»Worüber willst du mit mir sprechen, Chase?«

»Über gestern abend.«

»Was ist damit?«

»Ich habe hinterher nicht viel gesagt.«

»Nein, aber was du gesagt hast, war sehr konkret. Du hast deinen Standpunkt absolut klargemacht. ›Okay, du bist zweimal gekommen, jetzt hast du also keinen Grund mehr, dich zu beschweren‹, waren deine Worte.«

»Ja«, meinte er und atmete langsam aus. »Genau das habe ich gesagt.«

Wieder senkte er den Kopf. Sein dunkles Haar kräuselte sich in dichten Locken um seinen Kopf. Am liebsten hätte sie es berührt, es gestreichelt. Aber ihn zu berühren erschien jetzt genauso unmöglich, wie es am vergangenen Abend ein unbefangenes Gespräch gewesen war.

Nachdem Chase diesen verletzenden Satz ausgesprochen hatte, war er aufgestanden, hatte seine Sachen aufgehoben und war in sein Zimmer gegangen. Etwas langsamer hatte Marcie ihre Kleidungsstücke zusammengesammelt und sich dann in ihr Zimmer zurückgezogen. Bis zu diesem Moment hatte sie ihn nicht wiedergesehen.

»Marcie, so können wir nicht weitermachen.«

Er hob den Kopf und machte eine Pause, als ob er eine Erwiderung von ihr erwartete. Sie blieb still. Sie wußte, wenn sie jetzt zu sprechen versuchte, würde sowohl ihre Selbstbeherrschung wie ihre Stimme versagen.

»Wir sind wie zwei Tiere im Käfig, ständig gereizt, ständig in Kampfstimmung«, fuhr Chase fort. »Das ist weder für dich noch für mich gut.«

»Erzähl mir bitte nicht, was gut für mich ist, Chase.«

Er fluchte. »Bitte, Marcie. Ich versuche, die Sache in aller Ruhe zu klären. Ich hatte geglaubt – gehofft –, wir könnten das besprechen, ohne gleich hochzugehen.«

Sie verschränkte ihre kalten Hände auf dem Schreibtisch. »Was willst du? Sag endlich, was du zu sagen hast.«

»Sex sollte nicht als Wettkampf betrachtet werden.« Ihre einzige Antwort war ein leichtes zustimmendes Nicken. »Unsere Hochzeitsnacht, die erste Nacht, in der wir uns geliebt haben –«

»Mit Liebe hatte das nichts zu tun. Es war unpersönlich. Wenn du mich auf der Stirn abgestempelt hättest, wäre es auch nicht offizieller gewesen.«

»Vielen Dank.«

»Du weißt, daß es wahr ist.«

Er fuhr sich mit den Fingern durchs Haar. »Ich dachte, du hättest versprochen, nicht auf mich loszugehen.«

»Ich habe nichts dergleichen versprochen.« Wenn er sie schon im Stich lassen und zum Gelächter einer ganzen Stadt machen wollte, die sich schon immer über Goosey Johns amüsiert hatte, sollte er endlich aufhören, um den heißen Brei herumzugehen.

»Könntest du nicht einfach zuhören?« fragte er gereizt. »Es fällt mir nicht leicht, weißt du.«

Er hatte wirklich Nerven. Er war hergekommen, um sich

irgendwie aus seiner Ehe herauszuwinden, und erwartete von ihr, daß sie es ihm leichter machte. »Sag es einfach, Chase.«

»In Ordnung.« Er öffnete den Mund. Machte ihn wieder zu. Starrte sie unverwandt an. Wandte den Blick ab. Nagte an seiner Unterlippe. Befeuchtete seine Lippen. »Als erstes finde ich, wir sollten zusammen schlafen.«

Hätte ihr Sessel sie plötzlich in den Hintern gebissen, hätte sie kaum fassungsloser sein können. Irgendwie gelang es ihr, sich ihre Überraschung nicht anmerken zu lassen. Aber sie hielt so lange den Atem an, daß ihr schwindlig wurde und sie sich heimlich an der Tischplatte festklammern mußte, um nicht zusammenzubrechen.

»Und ich meine es nicht im üblichen Sinn. Ich meine, ein Schlafzimmer teilen, wie ein richtiges Ehepaar leben.«

Er warf ihr einen unsicheren Blick zu, stand auf und begann, vor ihrem Schreibtisch auf und ab zu gehen. »Ich habe mir darüber letzte Nacht viel Gedanken gemacht, Marcie. Konnte kaum schlafen. Was ich dir gesagt habe, nachdem wir ... na ja, du weißt schon, war mies. Ich habe mich hinterher hundeelend gefühlt.

Mir ist aufgefallen, daß wir im Sex eine Art Spiel nach Punkten geführt haben. Uns jeden Sonntag nachmittag verrückt gemacht haben. Das ist blödsinnig. Und in unserer Hochzeitsnacht war ich wirklich rücksichtslos, das gebe ich zu. Ich glaube sogar, ich habe dir weh getan.« Er blieb stehen und sah sie an. »Stimmt das?«

Sie log, als sie verneinend den Kopf schüttelte.

»Gut, immerhin etwas. Aber ... wo war ich gerade? Ach ja. Als wir gestern abend nach Hause kamen, hast du mich verführt, schlicht und einfach. Du wolltest es haben, und ... und du hast es bekommen. Als du mich, äh ... berührt hast, konnte ich kaum verbergen, daß ich dich wollte. Und, Marcie, du warst ... na ja, du warst auch mehr als bereit.«

Er rieb seine Handfläche an den Hosenbeinen, als ob er den Schweiß abwischen wollte. »Wir haben uns immer verstanden. Wir waren in der Schule befreundet. Erst seit wir verheiratet sind, kreuzen wir die Klingen miteinander. Und heute früh, als ich nicht schlafen konnte, ist mir klar geworden, warum.«

Er stellte sich ans Fenster und schob die Hände in die Hosentaschen. »Da ist diese Chemie zwischen uns. Ich fühle es. Du fühlst es.« Er sah über die Schulter zu ihr. »Zumindest glaube ich, daß du es fühlst.«

Ihr Mund war wie ausgedörrt. Wieder nickte sie.

Er drehte sich um und starrte aus dem Fenster. »Deshalb habe ich mir überlegt, wie dumm es von uns ist, gegen diese Chemie anzukämpfen. Wir sind zwei erwachsene Menschen, gesetzmäßig verheiratet, leben im selben Haus und versagen uns den größten Vorteil, den eine Ehe bringt. Ich finde, wir sollten mit diesem Unsinn aufhören. Ich meine, warum nicht?

Okay, vor ein paar Wochen haben wir uns darauf geeinigt, diese Ehe nur dem Namen nach zu führen, ich weiß. Aber zum Teufel, es macht mich wahnsinnig, und wenn ich an gestern abend denke, hast du es auch nicht gerade genossen, ohne Sex auszukommen.«

Als er wieder vor ihren Schreibtisch trat, wich sie seinem Blick aus. Sie war froh, daß sie nicht zu sprechen brauchte, da sie immer noch nicht in der Lage dazu war. Anscheinend hatte Chase auswendig gelernt, was er zu sagen hatte, und beabsichtigte, alles loszuwerden, bevor er eine Antwort von ihr bekam.

»Du weißt, warum ich dich geheiratet habe, Marcie. Ich weiß, warum du mich geheiratet hast. Wir sind beide nicht dumm. Ich mag und respektiere dich. Ich glaube, du magst und respektierst mich. Gestern abend hatten wir ziemlich guten Sex.«

Sie hob die Augen zu ihm. Diesmal war er es, der den Blick abwandte.

»Okay, *sehr* guten Sex«, korrigierte er. »Ich bin seit langem sexuell aktiv. Sogar nach Tanyas Tod war ich es. Manchmal war es die einzige Möglichkeit, um zu vergessen . . .«

Er machte eine Pause, ließ den Kopf hängen, als ob er seine Gedanken neu sammeln müßte, und fing wieder an. »Auf jeden Fall will ich dir nicht weh tun, indem ich zu anderen Frauen gehe. Außerdem hat man mir beigebracht, daß es die schlimmste aller Sünden ist, seiner Frau untreu zu sein.« Er sah sie bittend an. »Aber ich halte es einfach nicht monatelang ohne Sex aus.«

Mit einem Nicken gab sie ihr Verständnis zu erkennen.

»Und ich will auch nicht, daß es zu einem Wettstreit wird, in dem wir Punkte gegeneinander sammeln. Unser Liebesleben könnte doch eine Erweiterung unserer Freundschaft sein, oder? Wenn wir uns im Bett verstehen, vertragen wir uns bestimmt auch in anderer Hinsicht besser. Wie es bis jetzt war, geht es jedenfalls nicht, das wissen wir beide. Vielleicht sollten wir es auf andere Art versuchen.«

Er wartete einen Moment und wandte ihr dann sein Gesicht zu. »Na? Was meinst du?«

13

»Hi.«

»Hi.«

Mit glänzenden Augen und einem scheuen Lächeln begrüßte Marcie Chase in der Eingangstür ihres Hauses. Sie konnte immer noch kaum an die unerwartete Wendung der Dinge glauben, die früher am Tag in ihrem Büro stattgefunden hatten. Ihre Arme hatten blaue Flecken, weil sie sich den ganzen Tag immer wieder gekniffen hatte, um sicherzugehen, daß sie das Ganze nicht geträumt hatte.

Offensichtlich nicht, da Chase sich jetzt vorbeugte und ihr einen Kuß gab. Es war ein befangener Kuß, eher das Zusammenprallen zweier Gesichter.

Nach seiner langen Ansprache hatten sie sich darauf geeinigt, die Ängste ihres ersten Ehemonats zu vergessen und einen neuen Anfang zu machen, nicht nur als Freunde, sondern auch als Liebespaar.

»Wie lange bist du schon zu Hause?« fragte er, als sie ihm aus seiner Jacke half.

»Eine ganze Weile. Regnet es noch?« Sie strich ein paar Wassertropfen von der Lammfelljacke, bevor sie sie aufhängte.

»Es nieselt. Was riecht hier denn so gut?«

»Enchiladas mit Hühnchen.«

»Mm. Hat der Spinner wieder angerufen?«

»Nein.«

»Und warum hast du den Hörer abgenommen?«

Ihre blauen Augen übersandten ihm eine stumme, aber beredte Botschaft.

Er schluckte. »Oh.«

»Möchtest du einen Drink?«

»Gern.«

Keiner von ihnen rührte sich.

»Hast du Hunger?« erkundigte sie sich.

»Und wie.«

»Willst du gleich essen?«

»Nein.«

Oben – wie sie hinaufgekommen waren, war ihnen selbst nicht klar – küßte er sie immer wieder, voller Freude und Leidenschaft. Seine Zunge war fordernd. Genießerisch erforschte er ihren Mund und kostete ihn aus.

Die Kleidungsstücke schienen wie von selbst von ihren Körpern zu fallen. Als sie beide nackt waren, hielten sie sich lange eng umschlungen, um das Gefühl zu genießen, Haut an Haut zu spüren, Körper an Körper.

Chase setzte sich auf die Bettkante und zog sie zwischen seine Knie. Allein sein Blick bewirkte, daß ihre Brustwarzen sich zusammenzogen. Ihre Brüste wölbten sich ihm entgegen. Sie verlangten danach, berührt zu werden. Er tat es nicht.

Aber mit einer Fingerspitze zog er die Schatten nach, die sie auf ihren Bauch warfen. Sorgsam folgte er den geschwungenen Konturen der Silhouette.

Marcie sah seinen Finger über ihre Haut gleiten und stöhnte auf. Sie lehnte sich vor und preßte ihre Brust an seine Lippen, die sich sofort um die Spitze schlossen. Das Gefühl seiner kreisenden Zunge war so köstlich erregend, daß es fast schon quälend war.

Seine Hand teilte ihre Schenkel und streichelte sie sanft. Marcie keuchte ekstatisch auf, als seine Finger in die feuchte Wärme glitten. Ihre Bauchmuskeln krampften sich zusammen, und ein Prickeln lief durch ihren Körper. Leise rief sie seinen Namen.

Er legte sich auf den Rücken und zog sie mit sich. In dem Moment, als er in sie eindrang, spürte er die sanften Kontraktionen, die Marcie mitrissen. Scheinbar endlos lang durchströmten sie diese Wogen, bevor sie spürte, daß auch Chase den Höhepunkt erreicht hatte.

Zufrieden und gesättigt lag sie an seiner Brust. Ihr Daumen strich träge über das Gewirr seiner Haare, während sie seinem heftigen Herzklopfen lauschte, das allmählich langsamer wurde. Dann erregte ein anderer Laut ihre Aufmerksamkeit – ein tiefes Grummeln aus seinem Magen.

Sie hob den Kopf und sah ihn fragend an.

»*Jetzt* will ich essen«, sagte er.

Und dann tat Chase etwas, das er schon seit zwei Jahren nicht mehr getan hatte, wenn er mit einer Frau im Bett gewesen war. Er lächelte.

Während der darauffolgenden Wochen ertappte sich Chase immer öfter dabei, daß er lächelte. An manchen Tagen vergaß er vollkommen, unglücklich und gebrochen zu sein. Er dachte immer noch mehrmals am Tag an Tanya, aber die Erinnerungen trafen ihn nicht mehr wie ein betäubender Schmerz. Sie waren eingebettet in seine allgemeine Zufriedenheit. Wenn das Leben auch nicht mehr so rosig und idyllisch wie früher einmal war, war es zumindest lebenswert.

Etwas mehr als lebenswert – angenehm.

Seine Zufriedenheit wurde manchmal durch Schuldgefühle beeinträchtigt, weil die Quelle dieser Zufriedenheit seine zweite Frau war. Jedesmal, wenn sein Gedächtnis Tanyas schönes Gesicht heraufbeschwor, fühlte er sich gedrängt, ihr zu versichern, daß er sie immer noch liebte. Nichts würde daran je etwas ändern.

Zu seiner Verteidigung erinnerte er sich daran, daß Tanya tot, er aber am Leben war, und da sie ihn so selbstlos geliebt hatte, würde sie weder wünschen noch erwarten, daß er sich die Freuden des Lebens versagte.

Marcie machte ihm das Leben zur Freude.

Sie war humorvoll und amüsant, intelligent und interessiert und hatte ständig neue Einfälle, was sie unternehmen könnten. Sie gingen einmal sogar zu einem Rodeo in einer Nachbarstadt. Es überraschte ihn, wie sehr sie es genoß, obwohl sie ihm beim Stierreiten eine Hand auf den Schenkel legte und ihm gestand, wie froh sie wäre, daß er nur Zuschauer, nicht Teilnehmer wäre.

»Es wäre jammerschade, wenn du deinen schönen Körper verunstalten würdest.«

Ihr einfaches Kompliment hatte ihm unerwartete Freude gemacht. Sie sagte immer solche Sachen zu ihm, Sachen, die ihn überraschten und freuten.

Sie war ein anerkanntes Mitglied seiner Familie geworden. Sie beide wurden als unverbrüchliche Einheit betrachtet. Jetzt hieß es ›Chase und Marcie‹ in einem Atemzug, nicht einfach Chase. Sage hatte sich angewöhnt, lange Telefonate von Austin zu führen, um sich in allen möglichen Angelegenheiten bei

Marcie Rat zu holen. Marcie veranstaltete eine Geschenkparty für Devon, einen sogenannten ›Baby shower‹. Sie ging mit Laurie einkaufen und half ihr dabei, ein neues Kleid auszusuchen. Lucky betonte immer häufiger, wie sehr er sich in bezug auf diese Ehe geirrt hatte.

»Ich bin froh, daß du nicht auf mich gehört hast«, hatte er erst vor kurzem bemerkt. »Es war richtig von dir, Marcie zu heiraten, Chase. Sie ist ein echter Gewinn. Intelligent, hübsch, ehrgeizig, sexy.« Ein unausgesprochenes Fragezeichen war dem letzten Wort gefolgt.

»Sexy.« Chase versuchte, das Grinsen zu unterdrücken, das auf seinen Lippen lag. Sehr erfolgreich war er nicht. Sein Bruder lachte laut auf.

»So sexy, hm?«

»So sexy.«

»Hab' ich mir gedacht. Diese Rothaarigen . . .« Lucky schüttelte nachdenklich den Kopf. »Irgendwie sind sie was Besonderes, stimmt's?«

Insgeheim gab Chase seinem Bruder recht. Marcie war unwahrscheinlich sexy, einfallsreich und unersättlich. Immer wieder überraschte sie ihn mit der Leidenschaft, die in ihr schlummerte.

Trotzdem lebte er jetzt lang genug mit ihr zusammen, um zu wissen, daß sie sich immer noch als dieselbe Goosey Johns ansah, die sie als unbeholfener Teenager gewesen war. Rein beruflich stand ihr Selbstvertrauen auf gesunden Beinen. Aber wenn es um ihr Aussehen ging, nagten immer noch die alten Unsicherheiten an ihr.

»Ich wünschte, ich wäre schön.«

Sie lagen gerade zusammen auf dem großen Doppelbett, das sie jetzt teilten. Im Gegensatz zu ihrer Hochzeitsnacht blieb inzwischen das Licht an, bis sie erschöpft und müde waren.

»Du bist schön, Marcie.«

Sie schüttelte den Kopf. »Nein. Aber ich wäre es gern.«

Und später, als seine Hände zu ihren Brüsten wanderten, stieß sie einen Seufzer aus. »Ich wünschte, sie wären größer.«

»Darauf kommt es nicht an. Sie sind so sensibel.« Die Berührung seiner Zunge unterstrich seine Worte.

»Aber nicht groß.«

Chase legte einen Finger auf ihre Lippen. »Groß genug. Und was das angeht, ich wünschte, ich hätte dreißig Zentimeter.«

Ihre Augen waren groß und kugelrund geworden. »Du meinst, soviel hast du nicht?«

Er hatte sie stürmisch an sich gepreßt, und sie hatten gelacht. Wenn sie miteinander im Bett lagen, konnte keiner einen Fehler am anderen entdecken.

Chase' Leben war um so vieles reicher geworden, daß er Lucky nicht mehr aufforderte, nach der Arbeit mit ihm trinken zu gehen. Er kam nie zu spät nach Hause, außer, wenn es sich nicht umgehen ließ. Und wenn Marcie nicht da war, weil sie noch einen Kundentermin hatte, ging er ungeduldig auf und ab, bis sie kam.

Er hatte ihr immer so vieles zu erzählen, schien es. Es dauerte immer eine volle Stunde, bis sie einander erzählt hatten, wie ihr Tag verlaufen war. Sie war eine überraschend gute Köchin, eine verständnisvolle Zuhörerin, mit der man sich über eine Vielzahl von Themen unterhalten konnte, und eine phantastische Geliebte. Jeden Abend freute er sich darauf, zu ihr nach Hause zu kommen.

Deshalb graute ihm auch an diesem Abend schon, als er beim Haus vorfuhr, vor einer Geschäftsreise nach Houston. Vielleicht konnte er Marcie überreden, ihre Agentur in Esmes fähigen Händen zu lassen und ihn zu begleiten. Sie könnten einen Besuch bei ihren Eltern machen. Einkaufen gehen. Ja, vielleicht würde sie mitkommen.

Er betrat das Haus und rief ihren Namen, obwohl ihr Wagen

nicht in der Einfahrt stand und sie höchstwahrscheinlich nicht daheim war. Er schaltete die Alarmanlage ab, überflog die Post und nahm die Zeitung herein.

Er war gerade auf dem Weg nach oben, um sich umzuziehen, als das Telefon klingelte. Rasch lief er zurück und nahm den Hörer ab.

»Hallo? Wer ist da? Wen wollen Sie sprechen?«

Marcies Anrufer hatte sich seit einigen Wochen nicht mehr gemeldet. Erst vor ein paar Tagen hatte sie sich dazu geäußert. »Ich habe es dir ja gesagt. Er hat aufgegeben und sich ein anderes Opfer gesucht. Eines, das keinen attraktiven Ehemann hat, der unwillkommene Verehrer verscheucht.«

Chase fragte sich jetzt, ob dies der Mann war. Hatte ihn eine männliche Stimme am Apparat so überrascht, daß er mit seiner Frage herausgeplatzt war?

»Ich wollte mit Mrs. Tyler sprechen«, erklärte der Anrufer.

»Hier ist Mr. Tyler. Kann ich Ihnen helfen?«

»Na ja, äh . . . ich bin mir nicht sicher. Ich habe nur mit Mrs. Tyler gesprochen.«

»Worum geht's?«

»Malerarbeiten.«

»Malerarbeiten?« wiederholte Chase verdutzt.

»Ich bin Maler und Anstreicher. Sie hat mich angerufen und um einen Kostenvoranschlag für Arbeiten im Haus gebeten.«

Chase entspannte sich. Das war nicht Marcies anonymer Anrufer. »Tut mir leid. Sie hat mir gegenüber nichts davon erwähnt.«

»Na ja, es ist schon ziemlich lange her. Zwei Jahre, um genau zu sein. Ich habe nicht mal mehr dran gedacht, bis ich heute zufällig bei Ihnen in der Gegend war. Sie hat nicht mehr zurückgerufen, aber ich hab' mich an Ihren Namen erinnert, weil sie erwähnte, daß Sie von Tyler Drilling sind. Ich hab' im Telefonbuch Ihre Nummer rausgesucht. Wahrscheinlich hat sie jemand anders genommen, aber falls Sie mich je brauchen sollten ...«

»Einen Moment, Mr. ... äh ...«

»Jackson.«

»Mr. Jackson, Sie sagen, Sie hätten vor zwei Jahren von meiner Frau gehört.«

»Stimmt.«

»Und sie hat wegen dieses Hauses hier angerufen?«

»Ja, sie sagte, es wäre das einzige Haus in der Woodbine Lane. Sie hatte es noch nicht gekauft, aber schon über neue Farben für ein Kinderzimmer nachgedacht.« Nach einer kurzen Pause sagte er: »Mr. Tyler? Sind Sie noch da?«

»Wir brauchen keine Malerarbeiten.«

Chase legte langsam den Hörer auf. Eine Weile blieb er wie erstarrt stehen und sah ins Leere. Dann drehte er sich auf dem Absatz um und betrachtete das große Wohnzimmerfenster mit dem schönen Blick auf den Wald. Er versuchte, den Raum mit anderen Augen zu sehen, Augen, die jetzt tot waren, für immer geschlossen.

Die Eingangstür flog hinter ihm auf, und er fuhr herum, als erwarte er, Tanyas Geist würde hereinschweben. Aber es war nur Marcie, die ihr vom Wind zerzaustes Haar mit einer Hand zusammenhielt.

»Hallo«, sagte sie atemlos. »Ich dachte, ich könnte noch vor dir zu Hause sein, aber wie ich sehe, ich hab's nicht geschafft. Ich habe uns was zum Essen vom Chinesen mitgebracht. Ich hoffe, es macht dir nichts aus. Heute wollte sich jeder Häuser anschauen«, fügte sie mit einem aufgeregten kleinen Lachen hinzu.

Sie stellte die Tüte mit den duftenden Speisen auf den Tisch neben das Telefon, zog ihre Jacke aus und schlüpfte aus ihren hochhackigen Schuhen.

»Im Frühjahr geht das Geschäft immer besonders gut. Ich

habe den Eindruck, manche Leute nehmen lieber einen Umzug als einen Hausputz auf sich. Jedenfalls . . .«

Ihr munteres Geplauder brach abrupt ab, als ihr auffiel, daß er unbeweglich neben dem Flurtisch stand und kein Wort sagte. Er schaute sie an, als hätte er sie noch nie gesehen.

»Chase?« Als er nicht reagierte, berührte sie seinen Arm. »Was ist los? Stimmt etwas nicht?«

Mit der freien Hand schob er Marcies Hand von seinem Arm. Seine Augen waren dunkel und unversöhnlich. »Chase, was ist denn los?« rief sie, unterschwellige Panik in der Stimme.

»Wie lange wohnst du schon in diesem Haus, Marcie?«

»Wie . . . wie lange?«

»Wie lange?«

»Ich, äh, ich kann mich nicht genau erinnern.« Sie hob die Tüte auf und ging in Richtung Küche.

»Quatsch!« Er riß ihr die Tüte aus der Hand und stellte sie auf den Tisch zurück. Seine Finger bohrten sich in Marcies Schultern.

»Du erinnerst dich an alles, Marcie. Du hast ein fotografisches Gedächtnis. Du warst die einzige in Miss Hodges' Geschichtsklasse, die alle Hauptstädte und alle Präsidenten der Reihe nach aufsagen konnte.« Seine Stimme hob sich. Er schüttelte sie leicht. »Wann hast du dieses Haus gekauft?«

»Letzten Sommer.«

»Warum?«

»Weil es mir gefällt.«

»Warum?«

»Weil es mir gefällt!«

»Wem hat es vorher gehört?«

»Chase«, sagte sie flehend, fast unhörbar.

Er hingegen brüllte. »Von wem hast du es gekauft, Marcie?«

Sie kämpfte mit den Tränen. Sie befeuchtete ihre Lippen. Ihre Lippen waren so trocken, daß sie die Worte kaum herausbrachte. »Von dir.«

»Jesus!« Er fuhr herum und hieb mit der Faust an die Wand. Dann noch einmal. Und noch einmal.

Marcie streckte zaghaft die Hand aus und berührte seine Schulter. »Chase, bitte, laß es dir doch erklären . . .«

Er zuckte unter ihrer Berührung zusammen, drehte sich aber um. Seine Züge waren verzerrt vor Wut. »Was gibt es da zu erklären? Ich bin völlig im Bilde. Das ist Tanyas Haus.«

»Es ist mein Haus«, widersprach sie. »Ich habe es gekauft . . .«

»Von mir. Weil du mich für eine Art bedauernswerten Notfall hältst.«

»Das ist nicht wahr! Ich habe das Haus gekauft, um dir ein Heim zu schaffen. Hier solltest du leben.«

»Mit einer anderen Frau«, schrie er sie an. »Mit der Frau, die ich geliebt habe. Zählt das überhaupt nicht für dich? Hast du so wenig Stolz, daß du mit dem zweiten Platz zufrieden bist? Warst du so wild auf diesen zweiten Platz, daß du zu Tricks greifen mußtest?«

»Ich habe dich nie hereingelegt.«

»Ach nein? Und warum hast du nie erwähnt, daß dies das Haus ist, auf das Tanya so verrückt war? Das Haus, das ihr beide besichtigt habt, bevor sie ums Leben kam. Das Haus, das sie mit mir anschauen wollte.«

Ihr Blick wich seinem anklagenden Starren aus. Er hob ihr Kinn, um sie zu zwingen, ihm ins Gesicht zu sehen. »Erspar dir die Antwort. Ich weiß, warum. Weil du genau gewußt hast, wie ich dazu stehen würde.«

»Vielleicht habe ich einen Fehler gemacht«, sagte Marcie leise. »Aber ich wollte dich nur glücklich machen.«

»Glücklich?« rief er. »Glücklich? Ich hatte Sex mit dir – in Tanyas Haus.«

»Und du hast es sehr genossen!« schrie sie zurück.

Ein paar Sekunden starrten sie einander erbittert an. Dann

stürmte Chase die Treppe hinauf. Bis Marcie ihn eingeholt hatte, lag bereits sein Koffer offen auf dem Bett, und er stopfte Sachen hinein.

»Chase!« Ihre Stimme brach. »Wo willst du hin?«

»Nach Houston.« Er gönnte ihr keinen Blick, sondern stampfte ins Badezimmer und begann, seine Waschsachen in ein Necessaire zu werfen.

»Warum?«

»Morgen hätte ich sowieso fahren müssen.« Er warf ihr einen finsteren Blick zu. »Ich glaube, ich fahre lieber gleich.«

»Wann kommst du zurück?«

Er drängte sich an ihr vorbei, verstaute das Waschzeug im Koffer und klappte ihn heftig zu.

»Keine Ahnung.«

»Chase, warte!«

Er rannte nach unten. Marcie stolperte ihm hinterher. An der Eingangstür fing sie ihn ab und klammerte sich an seinen Ärmel.

»Geh bitte nicht!«

»Ich muß gehen. Es ist geschäftlich.«

»Geh bitte nicht so. Nicht, wenn du so wütend bist. Gib mir eine Chance, dir alles zu erklären. Warte bis morgen.«

»Warum? Damit du mich in der Nacht wieder mit Sex einlullen kannst, um meine Erinnerungen an Tanya auszulöschen?«

Ihr ganzer Körper versteifte sich. »Wie kannst du es wagen, so mit mir zu sprechen! Ich bin deine Frau.«

Er schnaubte. »Auf dem Papier, Marcie. Nur auf dem Papier. Nicht dort, wo es wirklich zählt.«

Er riß seine Jacke vom Garderobenständer und war innerhalb weniger Sekunden verschwunden.

»Lucky? Hier ist Marcie.«

»Hallo, Lieblingsschwägerin. Wie geht's?«

»Gut«, log sie.

Chase war seit drei Tagen fort. Sie hatte kein Wort von ihm gehört. Da sie nicht wußte, wo er in Houston wohnte oder aus welchem Grund er die Reise gemacht hatte, gab es keine Möglichkeit, ihn aufzuspüren. Schließlich konnte sie es nicht länger ertragen. Sie hatte ihren Stolz geschluckt und seinen Bruder angerufen, um ihm ein paar Informationen zu entlocken.

»Was ist los? Hast du Sehnsucht nach meinem Bruder?«

»Ein bißchen.«

Sehr viel. Die Einsamkeit nagte an ihr wie ein bösartiges Tier, mit scharfen, spitzen Zähnen. Wenn sie wach war, spielte sie die grauenhafte Abschiedszene in Gedanken immer wieder durch. Im Schlaf sehnte sie sich nach Chase, tastete nach ihm und wachte erschrocken und unglücklich auf, wenn ihr bewußt wurde, daß er nicht neben ihr lag – und vielleicht nie wieder neben ihr liegen würde.

»Devon und ich wollten dich eigentlich mal zum Essen ausführen, solange Chase weg ist«, sagte Lucky gerade, »aber in letzter Zeit fühlt sie sich nicht besonders wohl.«

»Das tut mir leid. Hat sie mit ihrem Arzt darüber gesprochen?«

»Ja. Er hat ihr empfohlen, die Füße hochzulegen, sich mehr Ruhe zu gönnen und noch sieben oder acht Wochen Geduld zu haben.«

»Falls ich irgend etwas tun kann . . .«

»Ruf sie mal an. Vielleicht hebt das ihre Laune. Zur Zeit ist sie eine richtige Kratzbürste.«

Marcie lachte pflichtschuldig. Sie wußte, daß Luckys Kritik an seiner Frau nicht ernst gemeint war. »Ich rufe sie nachher an.«

»Das wäre nett von dir.«

Die Konversation erlahmte. Offensichtlich wartete Lucky darauf, daß sie zum Grund ihres Anrufs kam. »Äh, sag mal, Lucky, hast du heute mit Chase gesprochen?«

»Sicher. Er hat gleich nach dem Gespräch angerufen.«

»Gespräch?«

»Mit den Leuten von der Ölfirma. Deshalb ist er ja nach Houston gefahren.«

»Ja, ich weiß. Ich hatte nur vergessen, daß das Gespräch heute stattfindet.« Hoffentlich klang ihr Bluff überzeugend.

»Ja, sie haben sozusagen die drei Firmen, die in die Endrunde gekommen sind, interviewt. Chase ist verdammt scharf auf diesen Auftrag, Marcie. Es geht nicht nur ums Geld. Es geht vor allem um seinen Stolz. Vermutlich liegt ihm soviel daran, weil du uns ... na ja, du weißt schon, weil du uns aus der Klemme geholfen hast. Er will dir und sich selbst beweisen, daß du keine schlechte Investition gemacht hast.«

»Hat es seinen Stolz zerstört, mein Geld anzunehmen?«

»Nein«, antwortete Lucky nach kurzem Nachdenken. »Aber er braucht das Gefühl, wieder am Ruder zu sein.«

»Das ist er.«

»Du weißt es, und ich weiß es. Aber ich bin mir nicht sicher, ob er selbst davon überzeugt ist.«

»Also, wenn du ihn sprichst ...«

»Ich bin sicher, er ruft dich noch an. Wahrscheinlich hat er eine Menge um die Ohren. Er hatte heute nachmittag noch einen zweiten Termin.«

Vermutlich bei einem Scheidungsanwalt, dachte sie niedergeschlagen. »Ja, er ruft mich bestimmt heute abend an. Falls er nicht schon auf dem Heimweg ist«, fügte sie tastend hinzu.

»Ich würde nicht zu früh mit ihm rechnen, Marcie. Er will erst zurückkommen, wenn die Entscheidung bekanntgegeben und der Auftrag vergeben ist.«

»Ja, das hat er mir auch gesagt.« Seit wann konnte sie lügen wie gedruckt?

»Aber vielleicht hält er es ohne dich auch nicht aus und saust in Rekordzeit hierher«, zog er sie auf.

Leider fiel ihr darauf keine scherzhafte Erwiderung ein. Etwas lahm sagte sie: »Na ja, laß Devon und Laurie von mir grüßen, wenn du nach Hause kommst. Ich werde versuchen, Devon heute abend anzurufen. Hab Geduld mit ihr.«

»Ich werde es mit einem Lächeln ertragen, bis das Baby da ist. Bis dann!«

Marcie legte auf. Ohne das geringste Interesse schlurfte sie in die Küche und goß sich ein Glas Milch ein. Seit Chase fort war, hatte sie kaum noch Appetit. Und ganz sicher würde sie nie wieder Lust auf chinesisches Essen haben.

Stunden später, als sie gerade im Bett lag und die neuesten Steuerbestimmungen für Immobilien durchging, klingelte das Telefon auf ihrem Nachttisch. Sie starrte es mißtrauisch an und entschied zunächst, nicht abzuheben. Aber wenn es nun Chase war?

»Hallo?«

»Ich komme zu dir«, raunte die Stimme. »Du sollst sehen, wie hart ich für dich bin.«

Wider aller Vernunft fragte sie: »Wer ist da? Warum hören Sie nicht auf damit?«

»Ich will, daß du mich anfaßt, wenn ich hart bin.«

»Hören Sie auf!«

»Ich weiß, daß dein Mann nicht da ist. Keiner besorgt es dir, stimmt's, Marcie? Du mußt ganz schön geil sein. Du bist bestimmt froh, wenn ich komme.«

Mit einem Aufschluchzen knallte sie den Hörer auf die Gabel. Es klingelte sofort wieder. Diesmal nahm sie nicht ab. Sie redete sich ein, daß er zwar anrufen, unmöglich aber in ihr Haus eindringen könnte. Trotzdem fuhr sie in ihren Morgenmantel und lief nach unten.

Panisch überprüfte sie sämtliche Türen und Fenster. Sie kontrollierte die Alarmanlage. Sie spielte sogar mit dem Gedanken, Lucky anzurufen, aber er hatte momentan genug Sorgen.

Zusätzlich zu einer reizbaren hochschwangeren Frau konnte er eine hysterische Schwägerin nicht brauchen.

Im Gespräch mit Chase hatte sie immer die Meinung vertreten, daß obszöne Anrufer ihre Drohungen nie wahrmachten. Sie verschafften sich Befriedigung, indem sie ihren Opfern Angst machten, weil sie im Grunde selber Angst vor Frauen hatten. Warum also nahm sie diesen letzten Anruf so ernst?

Weil er jeden Abend, seit Chase die Stadt verlassen hatte, angerufen hatte. Anscheinend wußte er genau über ihr Kommen und Gehen und alles andere in ihrem Leben Bescheid. Und zum erstenmal hatte er gedroht, zu ihr zu kommen. Er hatte vor, einen Schritt weiterzugehen als bisher.

Sie ließ überall unten das Licht brennen und ging wieder in ihr Schlafzimmer. Lange Zeit fand sie keinen Schlaf. Jedes Geräusch im Haus verstärkte sich durch ihre Angst.

Sie machte sich Vorwürfe, etwas so Lächerliches wie einen Anruf so sehr zu fürchten. Es sah ihr nicht ähnlich, vor Angst zu zittern und sich so etwas gefallen zu lassen. Sie wurde immer mit ihren Problemen fertig.

Morgen, schwor sie sich, morgen würde sie etwas unternehmen, um dieser Sache ein Ende zu setzen.

14

Es war noch nicht ganz dunkel, als Chase zurückkam, sechs Tage nachdem er das Haus in der Woodbine Lane verlassen hatte. Aber die Sonne war bereits untergegangen, und der Garten lag unter den Bäumen in tiefem Schatten.

Marcies Wagen war nicht da. Er war froh darüber. Er war sich nicht sicher, was er ihr sagen sollte, wenn er sie sah. Während seiner Abwesenheit war sein Zorn abgeflaut, aber es quälte ihn noch immer, mit einer anderen Frau in Tanyas Haus zu leben... und es so zu genießen. Da er sich mit diesem Aspekt nicht auseinandersetzen wollte, brütete er immer noch über Marcies raffiniertem Manöver und darüber, wie gewissenlos sie ihn manipuliert hatte.

Er steckte den Schlüssel in das Sicherheitsschloß der Eingangstür und versuchte ihn umzudrehen. Zu seiner Überraschung und seinem Ärger sperrte der Schlüssel nicht. Nach mehreren Versuchen trat er zurück, stemmte die Hände in die Hüften und fluchte ungeduldig, während er sich überlegte, wie er sonst ins Haus gelangen könnte. Alle Außentüren waren von innen abgeschlossen.

Die einzige Lösung, die ihm einfiel, war, eine der Glasscheiben neben der Haustür einzuschlagen, hineinzugreifen und den Riegel von innen zu lösen und dann die Alarmanlage abzustellen, bevor sie losging.

Er suchte sich im Garten einen kräftigen Ast und ging zur Tür zurück. Das Fenster barst nach dem ersten harten Stoß. Er schob eine Hand hinein, tastete nach dem Riegel, öffnete ihn und machte dann die Tür auf. Seine Stiefel knirschten über Glasscherben, als er sich auf die Alarmanlage stürzte. Er tippte den erforderlichen Kode ein, aber das schrille Piepsen hörte nicht auf.

»Verdammt!«

Funktionierte heute abend denn gar nichts? Wieder probierte er den Kode und drückte sorgsam auf die korrekten Tasten. Der Piepston dauerte an. Da er wußte, daß sich die Zentralschaltung in der Abstellkammer befand, raste er durch das Wohnzimmer, in der Hoffnung, es zu schaffen, bevor nach fünfundvierzig Sekunden der richtige Alarm anfing.

»Stehenbleiben!«

Chase blieb abrupt stehen und drehte sich zu der drohenden Stimme um. Ein greller Lichtstrahl fiel ihm ins Gesicht, und er hob beide Arme, um ihn abzuwehren.

»Chase!«

»Was zum Teufel geht hier vor? Nimm das verdammte Licht aus meinem Gesicht!«

Das Licht wurde ausgeschaltet, aber die Helligkeit blendete ihn vorübergehend. Mehrere Sekunden verstrichen, bevor er wieder klar sehen konnte. Als er Marcie schließlich entdeckte, stand sie neben der Alarmanlage. Nachdem sie eine Reihe von

Zahlen eingetippt hatte, brach das Piepsen ab, und die darauffolgende Stille wirkte noch lastender.

Sie war ebenso erschreckend wie der Anblick seiner Frau, die in einer Hand eine starke Taschenlampe, in der anderen eine starke Pistole hielt.

»Ist das Ding geladen?« fragte Chase vorsichtig.

»Ja.«

»Willst du auf mich schießen?«

»Nein.«

»Dann solltest du vielleicht den Lauf senken.«

Marcie schien nicht bewußt zu sein, daß sie mit der Waffe immer noch auf seinen Körper zielte. Ihr rechter Arm sackte nach unten. Chase fiel auf, daß die Pistole für eine Frauenhand sehr schwer sein mußte; selbst für viele Männer wäre sie schwer zu heben gewesen.

Er ging zu einer Lampe, schaltete das Licht ein und erhielt seinen dritten Schock. Marcies Gesicht war geisterhaft bleich, in krassem Gegensatz zu dem schwarzen Rollkragenpullover, den sie trug. Ihr Haar war aus dem Gesicht gekämmt und zu einem straffen Knoten gebunden.

Vorsichtig trat er zu ihr und nahm ihr die Waffe aus der Hand. Sie starrte ihn unverwandt an und lenkte damit seine Aufmerksamkeit auf ihre Augen. Dunkle Schatten lagen unter ihnen, als wäre sie auf beide Augen geschlagen worden. Er erinnerte sich daran, wie übel zugerichtet ihr Gesicht ausgesehen hate, als er sie nach dem Unfall im Krankenhaus besucht hatte. Auch damals war sie blaß gewesen, aber das war nichts im Vergleich zu heute.

Er sicherte die Pistole und legte sie auf einen Beistelltisch. Dann nahm er ihr die Taschenlampe ab und legte sie ebenfalls beiseite. »Willst du mir nicht sagen, was los ist? Hast du diese Waffe schon immer besessen?«

Sie schüttelte den Kopf. »Ich habe sie Dienstag gekauft.«

»Weißt du, wie man mit ihr umgeht?«

»Der Mann hat es mir gezeigt.«

»Welcher Mann?«

»Der Pfandleiher.«

»Jesus«, murmelte er. »Hast du das Ding je abgefeuert?«

»Nein.«

»Ein Glück. In dem Fall hättest du dir beim Rückstoß nämlich mit ziemlicher Sicherheit mit der Schulter das Ohr abgerissen. Allerdings hättest du das Ohr kaum noch gebraucht, weil du von dem Knall taub geworden wärst. Auf wen wolltest du schießen?«

Sie fiel in sich zusammen wie ein gestärkter Petticoat an einem feuchten Tag. Einen Moment stand sie noch auf beiden Beinen, im nächsten sackte sie wie ein kleines Bündel auf der Couch zusammen. Sie vergrub ihr Gesicht in den Händen.

Es sah Marcie nicht ähnlich, einen Weinkrampf oder Ohnmachtsanfall zu bekommen. Chase setzte sich beunruhigt neben sie. »Marcie, was ist hier vorgefallen? Was hattest du mit dieser Waffe vor?«

»Ich wollte auf niemanden schießen. Ich wollte ihm nur Angst einjagen.«

»Wem?«

»Dem Anrufer.« Sie hob den Kopf und sah zu ihm auf. Tränen standen in ihren Augen, die dadurch noch größer und dunkler wirkten. »Er hat jeden Abend angerufen, seit du weggefahren bist. Manchmal zwei-, dreimal pro Nacht.«

Chase' Kinn wurde zu Granit. »Weiter.«

»Er wußte, daß ich allein hier war. Andauernd hat er darüber geredet, daß du nicht zu Hause bist. Er weiß auch, wo wir wohnen. Und . . . und er hat gesagt, daß er herkommen würde. Chase«, sagte sie, während ihre Zähne zu klappern begannen, »ich konnte es nicht mehr aushalten. Ich mußte irgend etwas tun. Deshalb habe ich alle Schlösser auswechseln lassen und den Kode bei der Alarmanlage geändert. Als ich vorhin das Glas splittern hörte ...«

Er legte beide Arme um sie und zog sie an sich. »Ist ja gut. Jetzt bin ich ja da. Pst. Alles wird gut.«

»Ist es nicht. Er ist immer noch da.«

»Nicht mehr lange. Wir werden der Sache ein für allemal ein Ende setzen.«

»Wie denn?«

»Indem wir das tun, was wir schon längst hätten tun sollen. Wir gehen zu Pat.«

»O nein, bitte nicht! Ich komme mir so dumm vor, wenn ich daraus eine Sache für die Polizei mache.«

»Du würdest dir noch dümmer vorkommen, wenn du mir aus Versehen ein Loch in den Kopf geschossen hättest.«

Sie zitterte. »Ich glaube, ich hätte mich nie überwinden können, auf den Abzug zu drücken.«

»Ich glaube auch nicht, daß du es fertigbringen könntest«, sagte er ernst. »Das heißt, daß du nach wie vor wehrlos bist, wenn du allein im Haus bist.« Er griff nach der Pistole und schob den Lauf in seinen Hosenbund. »Komm, laß uns gehen.«

»Jetzt gleich?« Sie sträubte sich, als er versuchte, sie hochzuziehen.

»Jetzt gleich. Ich hab' die Nase voll von diesem Kerl.«

Sie stellten die Alarmanlage wieder ein. An dem eingeschlagenen Fenster konnten sie kaum etwas ändern, deshalb ließen sie es so. »Wo ist dein Wagen?« fragte Chase, als sie den Weg hinuntergingen.

»Ich habe ihn hinterm Haus geparkt.«

Chase half ihr in den Wagen und setzte sich hinter das Lenkrad. Er hatte gerade eine vierstündige Fahrt hinter sich und war froh gewesen, endlich aus dem Auto zu kommen. In letzter Zeit lief fast nichts so, wie er es erhoffte oder erwartete.

»Ich habe mit Lucky gesprochen«, sagte Marcie ruhig, sobald

sie unterwegs waren. »Er hat mir erzählt, daß du wegen dieses Auftrags in Houston warst.«

»Die Auswahl war auf drei Bohrungsfirmen eingeengt worden. Man wollte persönlich mit uns sprechen. Nachdem es mich fünf Tage Hotel und Essengehen gekostet hatte, entschied man sich für ein Unternehmen aus Victoria.«

Es war eine bittere Enttäuschung gewesen, die sich auch nach einer Strecke von zweihundert Meilen und vier Stunden Fahrt nicht gelegt hatte. Er hatte fast zwei Monate Zeit und viel Mühe und Sorgen darin investiert, diesen Auftrag zu bekommen, und nichts anderes vorzuweisen als Unkosten in astronomischer Höhe.

Schlimmer noch, er hatte keine anderen Projekte in Aussicht. Dank Marcies Geld brauchte er sich vom finanziellen Standpunkt her keine Gedanken zu machen, aber um seinen Stolz und sein Selbstwertgefühl war es schlecht bestellt.

»Es tut mir so leid, Chase. Ich weiß, daß du auf diesen Job gezählt hast.«

Er nickte nur kurz, froh, vor dem Gerichtsgebäude angekommen zu sein und nicht mehr darüber reden zu müssen.

Sie erwischten Pat Bush gerade auf dem Weg nach draußen. »Wo willst du hin?« fragte Chase ihn.

»Einen Cheeseburger kaufen. Ich hatte noch kein Abendessen.«

»Können wir mit dir reden?«

»Sicher. Warum kommt ihr nicht mit?«

»Es ist offiziell.«

Ein Blick auf Marcie schien den Sheriff zu überzeugen, daß die Angelegenheit dringend war. Das und die Pistole in Chase' Hosenbund. Er ging in sein Büro zurück und hielt die Tür auf. »Kommt rein.«

Chase führte Marcie hinein. Pats Büro hatte sich nicht verändert seit der Zeit, als Bud Tyler seine beiden Jungen mitbrachte, wenn er seinen Freund besuchte. Während die beiden Männer sich über Politik, Sport und Ereignisse aus der Gegenwart unterhielten, hatten Chase und Lucky herumgetobt, mit ihren Spielzeugpistolen gespielt und stolz die Abzeichen getragen, die Pat ihnen ans Hemd gesteckt hatte.

Jetzt legte Chase die Pistole auf Pats Schreibtisch. Pat musterte sie prüfend, äußerte aber keinen Kommentar. Er wartete, bis sie auf den harten Holzstühlen vor seinem Schreibtisch saßen, bevor er das Streichholz aus dem Mund nahm und fragte: »Worum geht's denn?«

»Marcie bekommt Anrufe.«

»Anrufe? Obszöne Anrufe, meinst du?«

»Und Drohungen.«

»Mein Leben hat er eigentlich nicht bedroht«, warf Marcie leise ein. »Er hat gesagt, er würde kommen, um ... um ...«

»Um all das zu machen, was er am Telefon erzählt?« sagte Pat.

»Ja.« Sie senkte den Kopf.

»Es ist also eindeutig ein Mann?«

»Eindeutig.«

»Und Sie können die Stimme nicht erkennen?«

»Nein. Er spricht immer im Flüsterton, als ob er sie absichtlich verstellen wollte.«

»Sie glauben also, Sie könnten ihn kennen?«

»Ich habe keine Ahnung. Vielleicht macht er es nur, damit seine Stimme unheimlicher klingt.«

»Wann hat das angefangen?«

Sie hob ihre blasse Hand und massierte ihre Schläfen. »Vor ein paar Monaten, würde ich sagen.«

»Vor unserer Heirat«, sagte Chase.

»Hm. Sagt er immer dasselbe?«

»Nein.« Die Frage machte sie neugierig. Sie hob den Kopf. »Warum?«

»Könnte sein, daß wir es nicht mit einem einzelnen, sondern mit einer Gruppe von Jugendlichen zu tun haben. Sie probieren, wer die miesesten Sachen sagen, die beste Reaktion erzielen kann, etwas in der Art.«

Marcie schüttelte leicht den Kopf. »Das glaube ich nicht.«

»Ich auch nicht.« Chase beugte sich vor. »Als Marcie mir zum erstenmal davon erzählte, tat sie es als schlechten Scherz ab. Sie dachte, der Typ würde irgendwann genug haben. Aber so ist es nicht, Pat. Er jagt ihr mit jedem Anruf einen Todesschrecken ein. Ich glaube, es ist mehr als der typische obszöne Anrufer, der sich damit zufrieden gibt, in den Hörer zu hecheln.«

Pat nahm ein frisches Streichholz aus der Schachtel und steckte es sich in den Mundwinkel. Er hatte vor Jahren Zigaretten gegen Streichhölzer vertauscht.

»Was tun Sie, wenn er anruft, Marcie?«

»Zuerst habe ich sofort aufgehängt, wenn ich gemerkt habe, daß er es war. Aber dann hat er angefangen, mehrmals am Abend anzurufen. Es wurde so lästig, daß ich zuhörte, in der Hoffnung, seine Stimme zu erkennen. Ich dachte, es könnte vielleicht jemand sein, den ich öfter sehe – der Mann im Supermarkt, der Mann an der Tankstelle, der Bankbeamte, der immer mit mir flirtet. Ich wollte ihn mit seinem Namen ansprechen und ihn dadurch in Verlegenheit bringen. Aber ich konnte ihn nie identifizieren.«

»Irgendwelche enttäuschte Liebhaber in der Vergangenheit?

»Nein.«

»Was ist mit deinem Verlobten in Houston?«

Sie sah Chase ungläubig an. »So etwas würde er nie tun!«

»Woher willst du das wissen?«

»Es gibt einen ehemaligen Freund?« Pat zeigte Interesse.

»Ich versichere Ihnen, Sheriff Bush, er ist es nicht.«

»Warum sind Sie sich so sicher?«

»Zunächst einmal hat er dafür gar nicht die erotische Vorstellungskraft. Eher würde ich Chase verdächtigen als ihn.«

Als ihr klar wurde, welche Folgerungen man daraus ziehen konnte, prallte ihr Blick mit dem von Chase zusammen. Seine Augen waren sehr ausdrucksvoll. Pat hustete hinter vorgehaltener Hand. Marcie befeuchtete ihre Lippen und bemühte sich, ihr Erröten zu verbergen.

»Es ist nicht mein ehemaliger Verlobter«, beharrte sie. »Außerdem scheinen es Ortsgespräche zu sein, keine Ferngespräche.«

»Geben Sie mir trotzdem lieber seinen Namen.«

»Ist das wirklich nötig?«

»Wir können durch die Telefongesellschaft seine Ferngespräche überprüfen lassen. Falls er nicht unser Mann ist, wird er nie davon erfahren.«

»Aber der Gedanke, in seine Privatsphäre einzudringen . . .«

»Willst du dieses Schwein finden oder nicht?« fragte Chase ungeduldig.

Marcie starrte ihren Mann trotzig an, nannte aber schließlich widerstrebend den Namen ihres früheren Verlobten. »Ich gebe Ihnen mein Wort, daß wir diskret vorgehen werden«, versicherte Pat ihr. Er lehnte sich in seinen Stuhl zurück. »Warum kommt ihr erst jetzt zu mir?«

»Ich wollte schon eher kommen«, erwiderte Chase. »Marcie hat darauf bestanden, zu warten.«

»Warum?« wollte Pat wissen.

»Ich dachte, er würde irgendwann aufhören, mich zu belästigen.«

»Aber er hat es nicht getan. Warum haben Sie mich nicht informiert?«

Sie knetete nervös ihre Hände. »Ich weiß es nicht. Ich nehme an, ich wollte das Problem selbst lösen. An und für sich erschien es mir ziemlich unbedeutend. Erst in dieser Woche ist es so schlimm geworden. Er hat öfter angerufen, und seine Stimme war anders.«

»Anders? Inwiefern?«

»Sie war nicht nur schleimig, sie war bedrohlich. Er hat immer wieder gesagt, er würde kommen, um mich... mich...« Wieder stützte sie die Stirn auf ihre Hand.

»Ich weiß, daß das für Sie nicht leicht ist, Marcie«, sagte Pat freundlich.

»Nein, das ist es wirklich nicht.« Mit einer Kraft, für die Chase sie bewunderte, riß sie sich zusammen. Dann fuhr sie fort: »Er hat gesagt, er würde meine sexuellen Gelüste befriedigen, wenn mein Mann nicht zu Hause wäre. Nicht genau mit diesen Worten. Aber darauf lief es hinaus.«

»Wenn ich dieses widerliche Schwein je in die Finger bekomme...« knurrte Chase.

Pat hob streng den Finger. »Du hältst dich da raus, Chase. Es ist mir ernst. Du mußtest gerade einen Satz neuer Zähne für den Typen bezahlen, den du im ›Place‹ zusammengeschlagen hast. Lernt ihr Jungs denn nie dazu?«

»Niemand tritt meiner Frau zu nahe und kommt ungeschoren davon!«

»Wenn wir ihn erwischen, wird er nicht ungeschoren davonkommen. Das ist Sache der Polizei.« Chase brummte etwas Abfälliges über die Polizei. Pat ignorierte ihn. »Wer von euch hat mir dazu etwas zu sagen?« Er deutete auf die Pistole.

»Ich habe sie zu meinem Schutz gekauft«, gestand Marcie errötend.

»So ein Unsinn«, meinte Pat unumwunden.

»Oh, ich könnte nie damit auf jemanden schießen. Das glauben Sie doch nicht von mir, oder?«

Er sah sie einen Moment an und antwortete dann trocken: »Wenn jemand eine .357er Magnum in der Hand hat, ist das die Schlußfolgerung, die ich ziehen muß, Ma'am.«

»Sie hätte beinahe auf mich geschossen.« Chase erzählte Pat von seiner verunglückten Heimkehr.

»Also, dieser Unfug muß aufhören.« Pat stand auf. »Diese Anrufer tun fast nie etwas. Sie sind feige. Verstehen Sie mich nicht falsch, Marcie. Sie sollten vorsichtig sein. Lassen Sie Türen und Fenster geschlossen und die Alarmanlage angeschaltet, wenn Sie im Haus sind. Aber werden Sie wegen dieser Sache nicht paranoid.«

»Was werden Sie unternehmen?« fragte Marcie.

»Gleich morgen früh Ihr Telefon anzapfen. Und eine Fangschaltung legen. Nutzen wird es kaum etwas. Vermutlich ruft er von einer Zelle an und weiß genau, wie lange er reden kann, bevor er auflegen muß.«

Pat öffnete die Tür und rief nach einem weiblichen Hilfssheriff. »Inzwischen möchte ich, daß Marcie mit Deputy Davis geht und ihr die Sachen weitergibt, die er zu ihr sagt. Vor allem Schlüsselworte sind wichtig. Versuchen Sie sich an Worte zu erinnern, die er wiederholt gebraucht. Wir schicken den Bericht dann nach Dallas und lassen ihn dort durch den Computer laufen. Wenn er eine Vorstrafe hat, kriegen wir ihn so.«

Chase legte Marcie einen Arm um die Taille und half ihr beim Aufstehen. Er ging mit ihr zur Tür, übergab sie an eine mollige Frau in Uniform und wollte den beiden gerade in den Mannschaftsraum folgen, als Pat ihn zurückhielt.

»Vielleicht ist es ihr angenehmer, wenn du nicht dabei bist.«

»Um Himmels willen, ich bin ihr Mann!«

»Was du nicht sagst. Außerdem möchte ich mit dir reden.«

Chase kehrte in Pats Büro zurück. Pat schloß die Tür und setzte sich wieder hinter seinen Schreibtisch. »Wie war's in Houston?«

»Die Rockets haben verloren, und ich bin ohne Auftrag zurückgekommen.«

»Tut mir leid, Chase. Aber keine Sorge, du wirst diesen Engpaß schon überwinden.«

»Langsam zweifle ich daran.« Er starrte einen Augenblick ins Leere. »Aber ich hab' einen ganz interessanten Typen da oben kennengelernt. Heißt Harlan Boyd. Er ist eine Art Krisenmanager im Ölgeschäft. Er sagte, er hätte vielleicht ein paar Ideen für uns. Zum Teufel, ich wäre für alles dankbar.«

»Chase?«

»Ja?« Chase hob den Kopf. Pats Tonfall hatte sich verändert. Er hatte den bestimmten Eindruck, daß Pat etwas anderes auf dem Herzen lag als das kriselnde Ölgeschäft.

»Hast du schon mal einen von diesen Anrufen entgegengenommen?«

»Er würde sofort auflegen, oder?«

»Ist das je passiert?«

»Nein. Warum?«

Pat wich der Frage aus. »Wann hat Marcie dir zum erstenmal davon erzählt?«

»Warte mal.« Er dachte nach. »Ich glaube, es war an dem Abend, als ich bei ihr war, um die Krankenhausrechnung zu bezahlen, die sie für mich ausgelegt hatte.«

»Wie bald nach diesem Gespräch habt ihr geheiratet?«

»Was zum Teufel macht das für einen Unterschied?« Chase' Blick wurde scharf. »Worauf willst du hinaus, Pat?«

»Wie kommt ihr beide zurecht?«

»Das geht dich einen Dreck an.«

»Es geht mich etwas an, seit du hier reingekommen bist und eine geladene Pistole auf den Tisch gelegt hast.«

»Okay, dann komm gefälligst zur Sache«, sagte Chase gereizt. »Was hat unser Eheleben mit einem obszönen Anrufer zu tun?«

»Vielleicht nichts. Vielleicht eine ganze Menge.« Pat beugte sich vor und legte die Arme auf den Tisch. »Kommt es dir nicht komisch vor, daß er nie anruft, wenn du zu Hause bist?«

Plötzlich ging Chase ein Licht auf. Er hievte sich wütend aus dem Stuhl und marschierte ein paarmal durchs Zimmer, bevor er den Sheriff mit einem Blick durchbohrte. »Du denkst, sie hat sich das alles ausgedacht?«

»Ist es möglich?«

»Nein! Verdammt, nein! Das ist doch lächerlich.«

»Aber *möglich*?«

»Warte!« rief Chase. »Ich war einmal da, als er anrief.«

»Du hast ihn gehört?«

»Nein. Er hat aufgelegt, bevor ich beim Telefon war.«

»Hat er aufgelegt? Oder Marcie?«

»Hör mal, Pat, was du da andeutest, ist völlig abwegig. Es ist verrückt. Warum sollte sie so etwas zusammenphantasieren?«

»Um dein Mitgefühl zu gewinnen. Um Aufmerksamkeit zu bekommen und Zuwendung.«

»Manche Frauen haben Migräne, andere obszöne Anrufe, ist das deine Theorie?«

»So etwas soll schon vorgekommen sein.«

Chase lachte kurz auf. »Laß so etwas nicht Devon hören. Nicht, wenn dir dein Leben lieb ist.«

»Ich sage nur, daß manche Frauen . . .«

»Manche Frauen vielleicht. Aber nicht Marcie.« Chase schüttelte entschieden den Kopf. »Sie nicht. Sie ist die selbständigste, ausgeglichenste, pragmatischste Person, die ich kenne, und sie steht mit beiden Beinen auf der Erde.«

»Jetzt«, sagte Pat betont. »Aber ich kann mich noch an die Zeit erinnern, als sie ein mageres rothaariges Mädchen mit Zahnspangen war, über das sich alle anderen lustig machten. Vielleicht erinnert Marcie sich auch noch daran.«

Pat stand auf, hockte sich auf die Schreibtischkante und winkte Chase auf seinen Stuhl zurück. Widerstrebend ließ er sich nieder.

»Ich habe mich nicht zu deiner überstürzten Heirat geäußert«, sagte Pat. »Ich fand, daß es mich nichts anging.«

»Da hattest du ganz recht.«

Pat ignorierte den Einwurf. »Ich dachte, ein erwachsener Mann wie du wäre imstande, seine eigenen Entscheidungen zu treffen und die Verantwortung zu tragen, wenn es schiefgehen sollte. Aber Laurie hat mich über die Fakten informiert.«

»Sie hat dir von dem Geld erzählt?«

»Mhm.« Sein Gesichtsausdruck wurde weicher. »Chase, jeder weiß, was du für Tanya empfunden hast. Marcie ist keine Ausnahme. Und auch ausgeglichene, pragmatische Frauen wollen geliebt werden. Ausschließlich geliebt werden. Eine Frau möchte die einzige sein, die ihr Mann anschaut.«

»Seit wann bist du alter Junggeselle Experte für Frauen?«

Pat grinste. »Okay, vielleicht bin ich kein Experte für Frauen an sich, aber in Fällen wie diesem hier weiß ich, wovon ich spreche. Ich sage nicht, daß meine Meinung feststeht. Ich sage nur, es ist eine Möglichkeit, die wir nicht außer acht lassen dürfen.«

Chase hielt seinem Blick stand. »Du liegst falsch, Pat. Du liegst absolut falsch.«

»Das hoffe ich. Aber wenn es nicht so ist, warum hat Marcie es abgelehnt, eher zu mir zu kommen?«

»Sie ist sehr unabhängig. Sie kümmert sich gern selbst um ihre Angelegenheiten. Und sie wird sehr gut mit allem fertig.«

»Vielleicht empfindet sie ihre Unabhängigkeit so stark, daß sie etwas braucht, das sie in deinen Augen zart und verletzlich macht.«

»Häng deinen Job nicht an den Nagel, um Psychiater zu werden, Pat.«

»Ich spiele nur den Advokaten des Teufels. Das ist mein Job.«

»Es ist eine Zumutung.«

»Mir ist es auch nicht angenehm.« Unerschrocken fuhr er fort: »Warum hat sie ihre Telefonnummer nicht ändern lassen?«

»Ganz einfach. Ein Kunde könnte sich plötzlich für ein Haus

entscheiden und sie erreichen wollen. Aus demselben Grund kommt eine Geheimnummer für sie nicht in Frage.«

Pat sah über Chase' Schulter. »Wie geht es Devon?«

Chase, der den Grund für den plötzlichen Themawechsel erriet, nahm das Stichwort dankbar auf. »Als ich das letztemal mit Lucky telefoniert habe, hat er gesagt, daß sie ihn wahnsinnig macht. Im Moment kann er ihr nichts recht machen.«

Hinter ihm ging die Tür auf. Er drehte sich um. Marcie war allein. »Wir sind fertig«, sagte sie.

»Ich weiß, wie hart das für Sie war, Marcie«, meinte Pat. »Danke, daß Sie so tapfer durchgehalten haben. Ich schicke den Bericht gleich morgen früh nach Dallas. Und es wird jemand zu euch rauskommen, um das Telefon anzuzapfen.« Er lächelte sie an, aber Chase kannte ihn lange genug, um zu wissen, daß sein Lächeln gezwungen war. »Paßt auf, was ihr von jetzt an am Telefon sagt. Feind hört mit.«

15

»Er hat mir nicht geglaubt, oder? Er denkt, ich habe mir das ausgedacht.«

Aus dem Augenwinkel sah Marcie, daß Chase ihr einen Blick zuwarf, bevor er seine Aufmerksamkeit wieder der Straße zuwandte. Seit sie das Gerichtsgebäude verlassen hatten, hatten sie kein Wort geredet, und jetzt waren sie fast zu Hause. Baumspitzen wuchsen über der zweispurigen Straße zusammen und bildeten einen Tunnel, der nur vom Licht ihrer Scheinwerfer erhellt wurde. Er löste bei Marcie ein Gefühl von Klaustrophobie aus, als wäre sie in der bizarren Kammer eines Labyrinths eingesperrt.

»Natürlich hat Pat dir geglaubt.«

»Mach mir doch nichts vor, Chase.« Müde lehnte sie den Kopf an die Sitzlehne. »Du erzählst mir doch ständig, wie clever ich bin. Ich bin clever genug, um deinen Freund, den Sheriff, zu durchschauen.«

»Er ist auch dein Freund.«

»Bis heute abend. Heute abend hielt er mich für eine Hysterikerin, die Belästigungen erfindet, in der vergeblichen Hoffnung, einen Ehemann zu halten, der sie wegen des Geldes geheiratet hat, nicht aus Liebe.« Sie drehte den Kopf zur Seite, um ihn anschauen zu können. »Ist es nicht so?«

Chase rutschte nervös hin und her. »Es ist Pats Job, jeden Gesichtspunkt in Betracht zu ziehen. Das ist manchmal sehr unangenehm für ihn, vor allem, wenn sich die Rolle des Sheriffs mit der des Freundes überschneidet. Es hat ihm keinen Spaß gemacht, Lucky wegen Brandstiftung zu verhaften, aber er mußte so vorgehen, weil es seine Pflicht war.«

»Als ich bei dem Hilfssheriff war, hat er also einige Zweifel an meiner Geschichte geäußert.«

»Nicht gerade Zweifel.«

»Zweifel«, wiederholte sie. »Genau das.«

Den Rest der Fahrt schwiegen sie. Als sie das Haus erreichten, ging Chase voran und knipste das Licht an.

»Du siehst todmüde aus«, stellte er fest.

»Bin ich auch. Sowie ich gebadet habe, gehe ich ins Bett.« Marcie war schon auf halbem Weg nach oben, als sie sich umdrehte. »Deine Post liegt auf der Bar.«

»Danke.«

Sie hatte nicht gewußt, was sie von Chase zu erwarten hatte, wenn er nach Hause zurückkam. Sie hatte nicht einmal die Garantie gehabt, daß er überhaupt zurückkehren würde. Er war gekommen, und es hätte sie nicht überrascht, wenn er ihr mitgeteilt hätte, daß er ausziehen und die Scheidung einreichen würde.

Es wäre verfrüht, erleichtert zu sein, weil er eine Trennung noch nicht erwähnt hatte. Vielleicht hatte er einfach noch nicht die Zeit oder Gelegenheit gehabt, dieses Thema anzuschneiden. Sie gönnte sich ein ausgiebiges Bad. Das warme Wasser half, ihre verkrampften Muskeln zu lockern. Nur zu wissen, daß Chase im Hause war, beruhigte ihre Nerven.

Aber als das Telefon klingelte, während sie sich abtrocknete, begann der lebendige Alptraum von neuem. Einerseits machte es sie wütend, daß der anonyme Anrufer die Macht hatte, mit jedem Läuten des Telefons ihren Seelenfrieden zu zerstören, andererseits betete sie, er möge es diesmal sein.

Hastig rubbelte sie sich trocken und warf ein Nachthemd über. Als sie ins Schlafzimmer stürmte, schlug Chase gerade das Bett auf. »Wer war das?«

»Mutter. Pat hat sie angerufen.«

»Meinetwegen?«

»Nein. Dazu nimmt er seinen Beruf zu ernst. Er hat nur beiläufig erwähnt, daß ich wieder zu Hause bin. Sie hat angerufen, um hallo zu sagen.«

»Oh.« Ihre Enttäuschung war herb. »Ich dachte, es könnte ... er sein.«

»Nein. Komm, leg dich ins Bett.« Chase hatte die Decke zurückgeschlagen. Sie schlüpfte darunter und legte den Kopf auf das Kissen. Die Nachttischlampe schien grell in ihr Gesicht. Sie hob eine Hand und schaltete sie aus.

Sie wollte nicht, daß Chase sie näher anschaute. Ohne Make-up, mit wirrem Haar, blaß und erschöpft nach den schlaflosen Nächten, sah sie wie ein Wrack aus. Zur Zeit glich sie einer rothaarigen Vogelscheuche.

»Es wäre gar nicht so weit hergeholt, nicht wahr?« sagte sie nachdenklich.

»Was?«

»Wenn ich mir einen mysteriösen Mann zusammenphantasiere. Du bist viel zu ritterlich, um eine Frau im Stich zu lassen, wenn sie Probleme hat.«

»Hör mal, Marcie, wenn Pat an den Haaren herbeigezogene Theorien aufstellt, soll's mir recht sein. Das ist sein Job. Aber schieb sie nicht mir in die Schuhe.«

»Woher willst du wissen, daß ich nicht lüge?«

»Ich weiß es eben.«

»Wir hatten letzte Woche einen Streit. Du bist gegangen, ohne mir ein Wort zu sagen, wo du hingehst oder wann du zurückkommst. Und während du weg warst, wurde der Anrufer aggressiver und bedrohlicher.« Sie lachte, aber dahinter verbarg sich Verzweiflung. »Kein Wunder, wenn Pat der Meinung ist, daß ich diesen Mann erfunden habe. Es ist geradezu ein klassischer Fall. Bemitleidenswert klassisch.«

»Du bist so ungefähr die am wenigsten bemitleidenswerte Person, die ich kenne.«

»Ich gehe allmählich kaputt daran. Schau mich an. Ich zittere.« Sie hob ihre bebende Hand. »Alles andere als eine Säule der Kraft und Sicherheit.«

»Eine Sache wie diese würde auch stärkere Menschen mitnehmen. Auf jeden Fall will ich heute abend nicht mit dir darüber streiten. Du brauchst Schlaf. Ich glaube, du hast kaum ein Auge zugemacht, seit ich weg war.«

»So ziemlich«, gestand sie.

»Hier, nimm das.« Er hielt ihr eine Kapsel und ein Glas Wasser hin.

»Was ist das?« wollte Marcie wissen.

»Eins der Beruhigungsmittel, die man mir im Krankenhaus gegeben hat. Ich sollte zwei auf einmal nehmen, um etwas zur Ruhe zu kommen. Eine wird dir sicher nicht schaden.«

»Nein, danke. Lieber nicht.«

»Du wirst bestimmt besser schlafen, wenn du sie nimmst.«

Sie schüttelte den Kopf. »Ich werde auch ohne Tablette schlafen.«

»Sicher?«

»Sicher.«

Mit einem leichten Schulterzucken stellte er Tablette und Glas auf den Nachttisch. »Gute Nacht.« Er war fast schon bei der Tür, bevor sie herausplatzte: »Ich habe es für dich gekauft.«

Chase blieb stehen und drehte sich um. »Was?«

»Das Haus.«

»Jetzt ist nicht der richtige Zeitpunkt, um darüber zu reden, Marcie. Du bist völlig erschöpft.«

»Aber ich habe keine Ruhe, bis ich dir begreiflich gemacht habe, warum ich das getan habe.«

»Ich begreife es vollkommen. Du hast mich durch einen Trick dazu gebracht, mit dir in Tanyas Haus zu leben.«

»Es ist mein Haus!«

»Nur weil du dafür bezahlt hast. Im Geist ist es Tanyas Haus geblieben.«

»Ich habe dieses Haus entdeckt. Ich habe es lange vor Tanya gesehen.« Sie setzte sich auf. Die Bettdecke rutschte in ihren Schoß. »Tanya hätte es nie zu Gesicht bekommen, wenn ich es ihr nicht gezeigt hätte.«

»Was eine entscheidende Frage aufwirft. Wenn du es wolltest, warum hast du es dann Tanya gezeigt? Warum hast du es nicht schon damals für dich selbst gekauft?«

»Weil ich wollte, daß du hier lebst.«

Er schnappte nach Luft. »Wie bitte?«

Weil sie das Haus so sehr geliebt hatte, und weil Chase ein Haus gebraucht hatte, hatte sie es ihm geben wollen. Und das war zu jener Zeit nur über seine Frau möglich gewesen.

Nach dem verhängnisvollen Unfall hatte sie sich mehr denn je gewünscht, daß er das Haus bekam, als Entschädigung für das, was er verloren hatte. Als offensichtlich wurde, daß er nicht vorhatte, das Haus zu bewohnen, das er wenige Tage nach Tanays Tod gekauft hatte, begann sich eine Idee in Marcies Kopf zu formen.

Sie hatte Lucky bewußt in dem Glauben gelassen, der Käufer des Hauses wäre jemand anderer als sie selbst. Von dem Tag an, als sie die Besitzerin wurde, hatte sie auf ein Ziel hingearbeitet – aus diesem Haus ein Heim für Chase zu machen und hier mit ihm zu leben. Sie wollte es ihm zum Geschenk machen, ohne daß er je davon erfuhr.

Sie hatte eine Einrichtung ausgewählt, von der sie annahm, daß sie seinem Geschmack entsprechen würde. Sie hatte alles geplant, bis auf den Besuch des Rodeos in Fort Worth. Das war ein Zufall gewesen, und sie hatte ihn als Wink des Himmels aufgefaßt.

Die Vorsehung billigte ihre Absichten. Die Götter lächelten zu ihren Plänen. Ihre Jahre unerwiderter Liebe würden endlich belohnt werden. Es war ihr erlaubt, so zu handeln. Sie durfte den Unfall, der ihm die Frau genommen hatte, wiedergutmachen.

Chase jedoch schien es nicht so zu sehen.

Als er jetzt vor ihr stand und in ihrem Gesicht nach einer plausiblen Erklärung suchte, spielte sie mit dem Gedanken, ihm die schlichte Wahrheit zu sagen – daß sie alles, was sie getan hatte, nur getan hatte, weil sie ihn liebte, ihn immer geliebt hatte und immer lieben würde. Aber es war schwierig, wenn nicht unmöglich, eine unsterbliche und bedingungslose Liebe einzugestehen, wenn der Betreffende so zornig wirkte.

»Ich glaube, ich habe versucht, dich für einen anderen Verlust zu entschädigen, Chase«, sagte sie mit schwankender Stimme. »Ich wollte dir einen Teil davon zurückgeben. Anscheinend habe ich es völlig verkehrt angefangen.«

Etwas von seiner Anspannung löste sich. Er neigte den Kopf und fuhr sich über den Nacken. »Ich glaube nicht, daß es böse Absicht von dir war.«

»Danke.« Sie zupfte an ihrer Bettdecke, unfähig, ihn anzusehen, ohne rückhaltlos ihre Liebe zu zeigen. Ein Gegenstand seines Mitleids zu sein war das letzte, was sie wollte. Sie nahm all ihren Mut zusammen und fragte: »Und wie soll es jetzt mit uns weitergehen?«

»Ich weiß es wirklich nicht, Marcie. Im Moment weiß ich nur, daß wir beide zu müde und mitgenommen sind, um heute noch darüber nachzudenken.« Er ging zur Tür und machte sie auf. »Ich bin im Nebenzimmer, falls du mich brauchst.«

Ich brauche dich! schrie es in ihr auf. »Es würde mich nicht stören, wenn du hier schläfst.«

Er sah auf das leere Kissen neben ihrem, schüttelte aber den Kopf. »Ich denke, wir sollten das alles erst klären, meinst du nicht?«

»Wahrscheinlich hast du recht.« Sie versuchte tapfer, sich ihre Enttäuschung nicht anmerken zu lassen. »Gute Nacht.«

»Gute Nacht.«

Nachdem er gegangen war, rollte Marcie sich auf die Seite und zog die Knie an die Brust. Tränen liefen aus ihren Augen, über ihr Gesicht und auf das Kopfkissen. Er würde ihr nie wieder vertrauen. Er hatte das Gefühl, von ihr hereingelegt worden zu sein, und wenn sie ganz aufrichtig war, hatte sie genau das getan.

Aber nur, weil sie ihn so sehr liebte.

Er hatte bestritten, Pat Bushs Vermutung zu teilen, ihre obszönen Anrufe wären nur ein Trick, um seine Aufmerksamkeit zu erregen, der letzte, verzweifelte Versuch einer alten Jungfer, ihren Mann zu halten. Aber konnte sie Chase wirklich Vorwürfe machen, falls er Zweifel hatte?

Die Anrufe *waren* real. Die Drohungen waren real. Sie konnte spüren, daß sie ernst gemeint waren. Und sobald der Mann wieder anrief und Chase eine Bandaufnahme seiner Stimme hörte, würde er wissen, daß sie die Wahrheit sagte. Dieses Mal versuchte sie nicht, ihm etwas vorzumachen.

»Hallo?«

»Hallo, Marcie.«

Endlich! Er war es! Ihr Herz begann zu klopfen. »Sie müssen aufhören, mich anzurufen«, sagte sie, während sie versuchte, ihr Hochgefühl nicht durchklingen zu lassen. Endlich hatte er angerufen. Jetzt würde Chase ihr glauben.

»Ich werde nicht damit aufhören, bis ich kriege, was ich will. Du weißt, was ich will«, sagte er in dem knarrenden Tonfall, bei dem ihr ein Schauer über den Rücken lief. »Ich will dich unter mir haben. Feucht und zuckend.«

»Sie sind abstoßend.«

»Sind deine Brustwarzen steif, Marcie? Faß sie für mich an. Hm, Marcie, das ist gut. Das ist gut.« Er stöhnte.

»Man sollte Sie einsperren und den Schlüssel wegwerfen. Sie sind krank. Sie sind eine Bedrohung für die Gesellschaft.«

Er lachte. Es klang überlegen und verächtlich. »Ich weiß, daß der Sheriff dein Telefon angezapft hat, aber ich weiß, wie ich damit fertig werde.«

Bluffte er? Wie konnte er wissen, daß das Büro des Sheriffs über seine Anrufe informiert war? Das war unmöglich. Es war nur ein Glückstreffer gewesen.

»Ich weiß, wie lange man reden darf, ohne daß der Anruf zurückverfolgt werden kann.«

»Ich weiß nicht, was Sie meinen.«

»Sie glauben mir nicht, stimmt's, Marcie? Der Sheriff glaubt dir nicht. Und dein Mann auch nicht. Sie denken, du hast mich erfunden, ein Hirngespinst deiner Phantasie.«

»Nein.« Ihr Mund war trocken. Sie umklammerte den Hörer so fest, daß ihre Fingerknöchel weiß hervortraten. Sie versuchte zu schlucken. »Chase glaubt mir.«

Wieder dieses häßliche Lachen. »Ich komme zu dir, Marcie. Bald.«

»Lassen Sie mich in Ruhe. Ich warne Sie . . .«

»Es wird dir gefallen, Marcie. Ich bin besser als dein Mann.« Er kicherte. »Und nicht einmal er glaubt dir. Er wird nicht da sein, um dich zu retten, wenn du unter mir liegst, nackt und bereit.«

»Hören Sie auf!« Sie wimmerte.

»Leb wohl, Marcie. Bis bald.«

»Nein«, sagte sie panisch. »Warten Sie! Legen Sie nicht auf! Noch nicht, bitte!«

»Leb wohl.«

Der Singsang seiner Stimme hallte in ihren Ohren. Er spielte mit ihr. Sie wußte, daß sie nicht weinen sollte. Ihr Verstand sagte ihr, daß es genau das war, was er bezweckte, aber sie konnte ihre Tränen oder ihr Schluchzen nicht unterdrücken.

»Mein Mann bringt Sie um, wenn man Sie erwischt.«

Er lachte, noch bösartiger als vorher. »Er liebt dich nicht.«

»Doch! Er wird mich lieben!«

»Nie, Marcie. Du hast ihn hintergangen«, quälte er sie. »Leb wohl. Bis bald. Bald, Marcie. Marcie. Marcie . . . Marcie . . .«

Die Stimme veränderte sich; es wurde Chase' Stimme. Ihre Augen öffneten sich, und sie fuhr hoch. Chase war bei ihr. Er saß auf der Bettkante, streichelte sanft ihre Schultern und sagte ihren Namen, um sie aus ihrem Alptraum zu befreien.

Mit einem Aufschrei warf sie sich an seine Brust, obwohl sie sich für ihre weibliche Schwäche verachtete. Sie hatte nie viel von Frauen gehalten, die sich hilflos an Männer klammerten und Tränen einsetzten, um Aufmerksamkeit zu erringen. Aber als sich Chase' starke Arme um sie schlossen, vergaß sie, ihre übertriebene Empfindsamkeit zu bedauern. Sie schmiegte ihr Gesicht in sein Brusthaar.

»Du hast einen Alptraum gehabt«, sagte er leise. »Ich konnte dein Weinen bis in mein Zimmer hören. Aber jetzt bist du wach, und ich bin bei dir.«

»Halt mich, Chase. Bitte.«

Er legte sich neben sie, preßte sie noch enger an sich und zog die Decke über sie. Er strich über ihren Rücken, legte eine Hand um ihren Kopf und zog ihn unter sein Kinn.

»Er war am Telefon.«

»Pst. Er ist jetzt nicht da.«

»Aber ich will, daß er es ist«, rief sie verzweifelt. »Es ist zwei Wochen her, seit wir beim Sheriff waren. Ich will, daß du ihn hörst. Ich will, daß du es weißt. Dann wirst du mir glauben.«

»Ich glaube dir.«

»Er kann meine Gedanken lesen, Chase. Es ist, als wüßte er, daß ich auf seinen Anruf warte. Er wird absichtlich nicht anrufen.« Sie redete dummes Zeug, aber sie konnte nicht aufhören. Sie hoffte verzweifelt, sein Vertrauen zurückzugewinnen. »Wenn er anruft, wirst du mir glauben, Chase.«

»Ich glaube dir.«

»Er muß anrufen!«

Aber eine weitere Woche verstrich, ohne daß der Anrufer sich meldete.

Lucky kam in sein Büro und trat den Schlamm von seinen Stiefeln ab. Kritisch musterte er die Sohlen, entschied, daß sie halbwegs sauber waren, sah dann auf und entdeckte seinen Bruder, der zusammengesunken in dem Sessel hinter dem Schreibtisch saß und ins Leere starrte.

»Ich dachte, du wärst schon auf dem Heimweg.«

Chase setzte sich auf. »Nein, noch nicht.«

»Draußen gießt es immer noch in Strömen.«

»Hm.«

Aus Chase war wieder der starke, wortkarge Typ geworden, stellte Lucky bei sich fest. Eine ganze Weile hatte er sich wie ein menschliches Wesen verhalten. Aber in den vergangenen Wochen war er düster, schweigsam und bedrückt gewesen.

»Dieser Typ aus Houston hat wieder angerufen, als du beim Lunch warst«, bemerkte Lucky. »Harlan Boyd. Hast du die Nachricht bekommen?«

»Ja.«

»Hast du zurückgerufen?«

»Nein.«

Es lag Lucky auf der Zunge, zu fragen, warum zum Teufel er es nicht getan hatte, aber das würde mit Sicherheit nur einen sinnlosen Streit provozieren. Vielleicht würde ein handfester Krach wie ein befreiendes Donnerwetter wirken. Vielleicht auch nicht. Er wußte, daß die Probleme seines Bruders nichts mit ihm zu tun hatten, im Grunde nicht einmal mit Tyler Drilling.

»Ich nehme an, Marcie hat nichts mehr von dem Kerl gehört.« Chase' Kopf fuhr hastig herum, die Augen dunkel und mißtrauisch. Lucky zuckte hilflos die Achseln. »Pat hat Mutter davon erzählt.«

»Wie nett von ihm.« Chase schoß aus dem Sessel. »Verdammt! Jetzt seid ihr sicher alle überzeugt, daß sie ein Fall für die Klapsmühle ist.«

»Nein, wir sind erleichtert, daß wir jetzt wissen, wo das Problem liegt. Wir hatten schon Angst, sie wäre todkrank oder irgendwas so Schreckliches, daß du es nicht mal uns erzählen magst.«

Wieder traf Lucky ein finsterer Blick, der eine Erklärung verlangte. »Glaubst du, wir sind blind, Chase? Sie hat abgenommen. Sie ist bleich wie ein Gespenst. Sie ist so nervös wie ein Truthahn vor Thanksgiving. Nichts davon ist typisch für die Marcie, die wir kennen und mögen. Normalerweise ist sie beherrscht, gelassen und ausgeglichen. Hast du gedacht, diese Veränderung würde uns nicht auffallen?«

»Warum seid ihr zu Pat gegangen? Warum habt ihr nicht mich gefragt?«

»Mutter ist damit nicht zu Pat gegangen. Sie haben sich einfach unterhalten, und sie hat ihm erzählt, daß sie sich Sorgen um Marcie macht. Um sie zu beruhigen und ihr die Angst zu nehmen, Marcie könnte Krebs haben oder so etwas, hat Pat ihr von dem Mistkerl erzählt, der Marcie terrorisiert.«

»Wenn er schon dabei war, vertrauliche Informationen weiterzugeben, hat er dann jedenfalls auch erwähnt, daß er diesen Anrufer für ein Produkt von Marcies Phantasie hält?«

Lucky sah schuldbewußt beiseite.

»Wie ich sehe, ja«, stellte Chase fest.

»Also, ich persönlich halte es für ausgemachten Blödsinn. Und meine Meinung ist nichts im Vergleich zu Devons. Sie lief praktisch Amok, als so etwas angedeutet wurde. Sie hat Pat ins Gesicht gesagt, daß er in ihren Augen ein konservativer Armleuchter und chauvinistischer Dinosaurier wäre. Eins kann ich dir sagen, Chase«, fügte er kopfschüttelnd hinzu, »sollten sich unsere beiden Ladies einmal gegen uns verbünden, dann sind wir dran.« Chase' verkniffener Mund verzog sich zu einem Lächeln, aber Lucky merkte, daß es nicht von Herzen kam. »Wie läuft es sonst?«

»Was meinst du?« gab Chase unfreundlich zurück.

»Du weißt schon, ist alles andere in Ordnung?«

»Alles andere? Meinst du unser Sexleben? Willst du wissen, wie oft ich in der Woche mit meiner Frau schlafe oder was?«

Lucky bezwang seinen Zorn. *Ein* kampflustiger Mann mit geballten Fäusten und rotem Gesicht war alles, was das kleine Büro verkraften konnte. »Zum Beispiel. Wie oft?«

»Warum? Führst du darüber Buch?«

»So was Ähnliches.«

»Das ist nicht deine Sache.«

»Komm schon, Chase, hab ein Herz«, flehte er seinen Bruder an. »Devon und ich mußten in den letzten Wochen enthaltsam sein. Ich nehme Zuflucht zum Voyeurismus.«

»Bist du sicher, daß diese Anrufe bei Marcie nicht von dir kommen?«

Lucky lachte, nicht im geringsten beleidigt. Gleich darauf war er wieder ernst. »Ich hab' den Nagel auf den Kopf getroffen, stimmt's? Ihr schlaft nicht miteinander.«

Chase warf sich in den Sessel, die verkörperte Frustration, ein Mann, dessen Haut plötzlich zu eng für seinen Körper zu sein schien. »Ich erkenne die Symptome, großer Bruder«, sagte Lucky teilnahmsvoll. »Weißt du noch, wie sehr ich Devon wollte, sie aber nicht haben konnte, weil sie verheiratet war? Ich habe fast den Verstand verloren. Wenn Geilheit eine tödliche Krankheit wäre, wäre ich heute nicht hier, um darüber zu reden.«

Er zog sich einen Stuhl heran und setzte sich zu Chase. »Mir wurde diese Abstinenz aufgezwungen. Was ich nicht verstehe«, sagte er und beugte sich vor, »warum vergnügst du dich nicht mit deiner Frau, die nicht nur sehr hübsch und sehr sexy ist, sondern auch sehr verliebt in dich.«

»Sie ist nicht verliebt in mich«, knurrte Chase.

»Quatsch. Und ich bin nicht der einzige, der so denkt. Mutter und Devon sind ganz meiner Meinung. Und Sage auch.«

»Na ja, wenn Sage das denkt ...« bemerkte Chase sarkastisch. »Sind wir eigentlich bei euch draußen ständiges Gesprächsthema?«

»Eigentlich wird über euch ungefähr genauso viel gesprochen wie über das Baby.«

Chase stieß eine Reihe von Flüchen aus. Lucky, der sich nicht so leicht abwimmeln ließ, erinnerte ihn daran, daß er seine Frage nicht beantwortet hätte.

»Nein, hab' ich nicht«, sagte Chase, »weil es dich überhaupt nichts angeht.«

»Du stößt dich doch nicht an diesem Perversen, der Marcie anruft, oder?« Ein böser Blick war die Antwort. »Glaubst du etwa, daß es irgendwie ihre Schuld ist?«

»Wofür hältst du mich, für einen Idioten?«

»Na ja, was könnte es sonst sein? Hast du sie irgendwie wütend gemacht?«

»Nein.«

»Hat sie dich aus dem Schlafzimmer verbannt?«

»Nein!«

»Dann liegt es also nicht an Marcie, sondern an dir. Warum, Chase?«

Chase machte Anstalten, aus dem Sessel aufzustehen. Lucky drängte ihn zurück.

Die Brüder starrten einander an. Schließlich zuckte Chase ergeben die Schultern. »Okay, du kannst es ruhig wissen. Irgendwann würdest du sowieso dahinterkommen. Durch Zufall. Wie ich.«

»Was meinst du?«

Chase erzählte ihm von dem Anruf des Malers. »Es ergab einfach keinen Sinn, bis mir klar wurde, daß er nicht von der jetzigen, sondern der früheren Mrs. Tyler sprach. Von Tanya. Das Haus, in dem wir leben, ist das Haus, das Tanya ausgesucht hatte, das sie an dem Tag, als sie starb, mit mir besichtigen wollte, das ich in weiterer Folge von dir kaufen ließ. Marcie hat dir erzählt, daß sie einen Käufer hätte. Sie selbst war der Käufer.«

Als Chase jetzt aufstand, machte Lucky nicht den Versuch, ihn daran zu hindern.

Er war damit beschäftigt, diese erstaunliche Information zu verdauen. Er fluchte leise. »Davon hatte ich keine Ahnung.«

»Nein. Ich auch nicht.«

»Sie sagte, sie würde alles erledigen, die Übergabe und so weiter. Darauf wäre ich nie gekommen.«

»Ein Schock, was? Du kannst dir ja vorstellen, wie ich reagiert habe.«

»Stell dir vor, daß sie dich so sehr geliebt hat, die ganze Zeit schon.«

Chase packte Lucky an der Schulter und wirbelte ihn herum. »Was sagst du da? Liebe? Sie hat mich ausgetrickst. Sie hat den miesesten, schäbigsten Trick . . .«

»Mann, bist du beschränkt!« Lucky sprang auf. »Du bist zu dumm, um mein Bruder zu sein. Man muß dich im Krankenhaus vertauscht haben.«

»Komm zur Sache«, fuhr Chase ihn an.

Lucky klopfte ihm kräftig mit dem Zeigefinger auf die Brust. »Du siehst nur Marcies Täuschungsmanöver, nicht das Motiv dahinter.« Er blickte forschend in Chase' graue Augen, die so aufgewühlt waren wie die niedrigen Wolken, die über den verhangenen Himmel trieben.

»Oder vielleicht erkennst du es doch. Vielleicht nagt das an dir. Es ist nicht das Haus, das dich so belastet. Was du nicht akzeptieren kannst, ist die Tatsache, daß du so sehr geliebt wirst. Zum zweitenmal.«

Er legte eine Hand auf Chase' Schulter. »Was ist das Schlimmste, was dir passieren kann, Chase? Das Allerschlimmste?«

Das darauffolgende Schweigen wurde vom schrillen Klingeln des Telefons zerrissen. Chase, der für die Unterbrechung dankbar war, schnappte sich den Hörer und knurrte ein Hallo.

»Chase, ist Lucky da?«

Lucky sah, wie sich der Gesichtsausdruck seines Bruders änderte, als er ihm den Hörer reichte. »Es ist Devon. Scheint dringend zu sein.«

Lucky riß den Hörer an sich. »Devon? Ist es . . .«

»Ja. Die Fruchtblase ist gerade geplatzt. Ich habe den Arzt gerufen. Er sagt, ich soll sofort ins Krankenhaus kommen. Die Wehen kommen sehr stark.«

»Jesus.« Er bedeckte sein Gesicht mit der Hand. Er war gut fünf Meilen von zu Hause weg. »Okay, okay, alles in Ordnung. Ich treffe dich im Krankenhaus. Beeil dich. Aber sag Mutter, daß sie vorsichtig fahren soll. Es regnet, und die Straßen . . .«

»Sie ist nicht da.«

»Was?!«

»Sie ist weggefahren.«

»Weg? Wohin? Wann?«

»Vor einer ganzen Weile. Ich glaube, sie wollte einem kranken Freund etwas zu essen bringen. Auf jeden Fall hat sie das Haus mit selbstgemachter Suppe und einem Nußkuchen verlassen. Vielleicht war es auch ein Apfelkuchen.«

»Devon, wen interessiert der verdammte Kuchen!« donnerte er. »Setz dich. Nein, leg dich hin. Ja, leg dich hin. Nur die Ruhe bewahren. Ich bin gleich da.«

»Ich bin ruhig. Und ich bin durchaus in der Lage, selbst ins Krankenhaus zu fahren.«

Jedes Blutgefäß in Luckys Kopf schien zu zerspringen. »Verschon mich jetzt bitte mit diesem feministischen Mist, Devon!«

»Schrei mich nicht an! Sowie ich meine Beine rasiert habe, fahre ich los.«

»Beine rasiert? Wenn du auch nur den Versuch machst, selbst zu fahren, Devon, bring' ich dich um. Das ist mein Ernst. Ich bin schon unterwegs. Fünf Minuten. Und leg dich hin, um Gottes willen!«

Er legte auf, bevor sie Zeit zum Antworten hatte, und stürzte zur Tür. Chase folgte ihm dicht auf den Fersen. Er hatte zwar nur eine Hälfte des Gesprächs gehört, hatte die Situation aber völlig erfaßt.

»Wir können einen Krankenwagen rufen, um sie zu holen«, schlug er seinem Bruder vor.

»Ich bin schneller!«

»Genau davor habe ich Angst.«

Chase warf sich auf den Beifahrersitz des Mustangs, da Lucky bereits hinter dem Steuer saß. Sie brausten im Regen davon.

16

»Laß doch los, Pat, sonst glaube ich noch, du willst mich verhaften.«

Sheriff Pat Bush, die Hand eisern um Laurie Tylers Ellbogen gelegt, zerrte sie förmlich mit Gewalt über den Bürgersteig zu seinem Streifenwagen. Das blinkende Blaulicht zauberte einen elektrischen Regenbogen in das trübe Abendlicht.

»Vielleicht sollte ich das tun.«

Seine Lippen kauten grimmig an einem Streichholz. Er machte die Beifahrertür auf, schubste Laurie fast auf den Sitz, lief dann um den Wagen herum und schob sich hinter das Lenkrad. Mit quietschenden Reifen fuhr er los.

»Ich habe keine Ahnung, warum du so sauer auf mich bist, Pat. Ich bin keine Hellseherin«, verteidigte Laurie sich. »Woher sollte ich wissen, daß heute bei Devon die Wehen einsetzen würden? Sie ist vier Wochen zu früh dran.«

»Niemand hat gewußt, wo du warst. Irgend jemand sollte immer wissen, wo man dich erreichen kann, Laurie, deiner eigenen Sicherheit zuliebe. Wenn dich irgendein Perverser geschnappt hätte, hätten wir nicht gewußt, wo wir mit der Suche anfangen sollen. Und ich habe die ganze Stadt nach dir abgeklappert.«

Chase hatte den Sheriff verständigt, und Pat hatte nahezu eine Stunde damit verbracht, durch die Straßen der Stadt zu fahren und Ausschau nach Lauries Wagen zu halten – auf dem Parkplatz beim Supermarkt, bei der Reinigung, an jedem Ort, von dem er wußte, daß Laurie öfter herkam. In der Zwischenzeit hatte er per Autotelefon versucht, sie mit Hilfe ihrer Freunde aufzuspüren. Der vierte Anruf erwies sich als erfolgreich.

»Ich glaube, sie wollte einem kranken Bekannten etwas zu essen bringen«, verriet ihm eine von Lauries Freundinnen aus dem Bridge-Klub. »Diesem Mr. Sawyer, mit dem sie öfter zusammen ist, glaube ich.«

Jetzt nahm Pat das zernagte Streichholz aus dem Mund und warf es auf den nassen Boden des Wagens. »Wie geht es Mr. Sawyer?«

»Viel besser«, erwiderte Laurie steif.

»Darauf möchte ich wetten.«

»Ich werde ihm sagen, daß du dich nach ihm erkundigt hast.«

»Nicht nötig«, knurrte Pat.

»Der Arme.«

»Was fehlt ihm denn?«

»Er hat eine Erkältung.«

»Hmph.«

Sie wandte den Kopf und zog fragend eine Augenbraue hoch. »Was sollte das heißen?«

»Was?«

»Dieser Laut.«

»Gar nichts.«

»Nun, mir hat es nicht gefallen. Es klang abfällig.«

»Der Typ ist ein Waschlappen«, erklärte Pat verärgert. »Wie kommst du nur auf die Idee, bei diesem ausgemergelten kleinen Hungerleider Krankenschwester zu spielen?«

»Letztes Jahr, als du die Grippe hattest, habe ich dir auch Suppe gebracht. Bist du deshalb ein Waschlappen?«

Pat beugte sich vor und umklammerte das Lenkrad fester. »Das ist etwas anderes.«

»Inwiefern?«

»Erstens war Sage bei dir, als du in meine Wohnung gekommen bist.« Ärgerlich fügte er hinzu: »Um Himmels willen, Laurie, hast du gar nicht überlegt, was die Leute denken, wenn du allein zu Sawyer gehst? Mitten am Nachmittag? Während er im Bett liegt? Jesus! Die Leute werden Gott weiß was denken, was vorgefallen ist.«

»Und was denkst du?« Sie legte den Kopf auf die Seite und fixierte ihn mit einem durchbohrenden Blick.

Sein Blick stand ihrem nicht nach. »Ehrlich gesagt, ich weiß nicht, was ich denken soll. Er ist ein fader Hund, aber du scheinst ja ganz hingerissen zu sein. Obwohl ich mir beim besten Willen nicht vorstellen kann, warum.«

»›Hingerissen‹ ist so ein antiquiertes Wort.«

Pat war zu sehr in Fahrt, um ihren Seitenhieb zu registrieren. »Er ist sonntags regelmäßig bei euch zum Essen. Letzte Woche wollte ich dich abends einmal besuchen. Du warst mit ihm auf einer Party. Am Wochenende davor habt ihr den ganzen Samstag zusammen in Canton auf dem Flohmarkt verbracht. Dienstagabend war es das Spaghettiessen in der Kirche.«

»Ich hatte dich zum Spaghettiessen eingeladen.«

»Ich mußte arbeiten!«

»Das ist nicht meine Schuld. Oder die von Jess.«

Pat parkte den Wagen vor der Notaufnahme des Krankenhauses, stieg aus und kam auf ihre Seite, um ihr beim Aussteigen behilflich zu sen. Er nahm ihren Arm und eilte mit ihr durch den Regen zum Eingang.

»Ich mache mir nur Gedanken um deinen Ruf, Laurie. Ich will nicht, daß dein Name in den Schmutz gezogen wird.«

»Ich bezweifle, daß Jess und ich ein brandheißes Thema sind.«

»Ach ja? Jeder weiß, wie oft ihr euch seht.«

»Was ist daran falsch?«

»Was daran falsch ist?« wiederholte Pat und blieb abrupt in der verlassenen Eingangshalle stehen. Er wandte Laurie das Gesicht zu. »Was falsch daran ist? Okay, ich werd's dir sagen.« Er hob den Zeigefinger und richtete ihn auf ihr Gesicht. Er öffnete den Mund. Kein Wort kam heraus.

Laurie sah ihn fragend an. »Nun? Ich warte.«

Er zog ihr Gesicht unter seine tropfnasse Hutkrempe und küßte sie.

Als er schließlich seine Lippen von ihren löste, schlang sie die Arme um ihn und flüsterte: »Hat lange genug gedauert, Pat.«

Mit einem tiefen, hungrigen Aufstöhnen küßte er sie noch einmal.

Chase kam gerade durch eine Schwingtür am Ende des Flurs, blieb aber abrupt stehen. Pat zuckte zusammen, als wäre er angeschossen worden, und ließ Laurie sofort los, die wie ein junges Mädchen errötete und schöner war, als er sie je gesehen hatte.

Chase wirkte, als wäre er gegen eine unsichtbare Wand gelaufen und hätte sich von dem Aufprall noch nicht ganz erholt. »Äh, jemand hat, äh, den Streifenwagen vorfahren sehen und gesagt, ihr würdet sicher hier reinkommen.«

Pat blieb verlegen stehen. Seine Zunge war wie gelähmt. Laurie handhabte die Situation gelassen wie immer. »Wie geht es Devon?«

»Gut. Aber ihr müßt euch beeilen, wenn ihr das freudige Ereignis nicht versäumen wollt.«

»Es ist ein Mädchen!« Lucky, der von einem Ohr zum anderen grinste, kam gerade aus dem Entbindungssal. »He, Mutter, du hast es also doch noch geschafft!«

»Dank Pat.« Chase warf den beiden einen verstohlenen Blick zu und lächelte boshaft.

»Gott, sie ist phantastisch! Phantastisch!« rief Lucky und knallte die Faust in die Handfläche.

»Wie geht es Devon?« fragte Laurie besorgt.

»Hat sich gehalten wie ein Profi. Ich habe vorgeschlagen, gleich das nächste Baby zu machen. Sie hat mir eins auf die Nase gegeben.«

»Wieviel wiegt das Baby?«

»Das wird alles gerade gemacht. Sie ist genau zweieinhalb Minuten alt. Der Arzt hat mich die Nabelschnur durchschneiden lassen. Dann hat er sie mir gegeben. Ein kleines quakendes, rotgesichtiges Bündel. Ich habe sie Devon gegeben. Hab' mich ganz schön zum Narren gemacht. Ich habe zu weinen angefangen. Mann, es war toll!«

Chase lächelte, konnte aber nicht umhin, an sein Kind zu denken, das inzwischen schon auf beiden Beinchen herumwackeln würde. In Anbetracht dessen, fand er, hielt er sich ganz gut.

»Ein Mädchen«, sagte er nachdenklich. Dann brach er in schallendes Gelächter aus. »Ein Mädchen! Wenn das nicht ausgleichende Gerechtigkeit ist, dann weiß ich nicht. Gott hat einen tollen Sinn für Humor.«

Pat, der mitbekommen hatte, auf was er anspielte, gluckste in sich hinein. Laurie sah verwirrt von einem zum anderen. Lucky wurde rot.

»Der größte Weiberheld in Ost-Texas hat jetzt eine Tochter.« Chase schlug lachend die Hände zusammen. »Köstlich!«

»Das ist überhaupt nicht komisch«, brummte Lucky.

»Das finde ich auch nicht«, warf Laurie indigniert ein.

»Es ist zum Wimmern!« Chase warf den Kopf zurück und heulte vor Lachen. »Warte, bis Sage es erfährt.«

»Sage! Ach du meine Güte!« Laurie fischte in ihrer Handtasche nach Kleingeld. »Sie hat mir das Versprechen abgenommen, sie sofort anzurufen, wenn das Baby da ist. Pat, hast du ein paar Münzen?«

»Ich muß es auch noch mal bei Marcie probieren«, sagte Chase.

»Ihr müßt mich entschuldigen«, sagte Lucky. »Ich will wieder zu Devon. Bleibt hier. In ein paar Minuten wird man euch die jüngste Tyler präsentieren.«

»Kein Name?«

»Noch nicht.«

»Wir warten.« Laurie gab ihrem jüngeren Sohn einen Kuß und drückte ihn an sich. »Ich freue mich so für dich, Lucky.«

»Spar dir das für Devon. Sie hat die ganze Arbeit geleistet.« Er verschwand hinter der Tür, auf der ENTBINDUNG stand. Die drei anderen gingen zu den Telefonzellen. »Wo ist Marcie eigentlich?« fragte Laurie Chase.

»Ich habe sie sofort angerufen, als wir hier waren. Ihre Sekretärin wollte gerade gehen. Sie sagte, Marcie müßte noch ein Haus vorführen, würde aber noch einmal im Büro vorbeischauen. Sie hat mir versprochen, eine Nachricht zu hinterlassen. Auf die vage Chance hin, daß sie sich verfehlt haben, werde ich jetzt mal zu Hause anrufen. Marcie möchte bestimmt herkommen.«

»Apropos . . .« Pat zog einen Computerausdruck aus seiner Brusttasche. »Diese Liste habe ich heute aus Dallas bekommen. Sie umfaßt den ganzen Staat und enthält sogar Verdächtige, die noch nie verurteilt wurden. Natürlich kann Marcies Vogel ein Neuling sein, der noch nie erwischt worden ist. Auf jeden Fall soll sie sich die Liste anschauen. Vielleicht erkennt sie einen der Namen wieder.«

Marcies ehemaliger Verlobter in Houston war aus dem Kreis der Verdächtigen ausgeschlossen worden. Seine Telefonrechnungen der letzten Monate wiesen nur Ferngespräche mit seiner Mutter in Detroit und eine telefonische Bestellung bei einem Versandhaus in Pittsburgh auf. Er hatte einen Taschenrechner bestellt. Er machte den Eindruck eines unglaublichen Langweilers, und insgeheim hatte sich Chase darüber gefreut.

Natürlich hätte er genau wie jeder andere eine Telefonzelle benutzen können, um die Anrufe zu machen, aber Chase neigte dazu, Marcie recht zu geben. Diesem Typ fehlte einfach die Vorstellungskraft.

Es hatte länger als erwartet gedauert, die Informationen aus Dallas zu bekommen. Chase hatte wenig Hoffnung, daß etwas dabei herauskommen würde, aber es ermutigte ihn zu wissen, daß Pat die Untersuchungen weiterführte, obwohl sich der Anrufer nicht mehr gerührt hatte, seit sie den Fall gemeldet hatten.

»Danke, Pat.« Chase nahm die Liste und legte sie auf das Brett unter dem Münztelefon. Er wählte die Nummer von zu Hause. Das leichte Klicken, an das er sich mittlerweile gewöhnt hatte, verriet ihm, daß Pat auch die Telefonüberwachung noch nicht abgebrochen hatte.

Er ließ es mehrmals läuten, bevor er auflegte und es in Marcies Büro versuchte. Der Anrufbeantworter war eingeschaltet und teilte ihm mit, daß das Büro geschlossen wäre und der Anrufer es bitte am nächsten Tag zwischen neun und sechs versuchen möge.

Beim Summerton sagte er: »Marcie, ich bin's. Bist du da?« Er wartete, aber sie nahm den Hörer nicht ab, wie er gehofft hatte.

»Sage ist begeistert!« rief Laurie, nachdem sie nach dem Gespräch mit ihrer Tochter aufgelegt hatte. »Sie will gleich losfahren.«

»Das heißt, sie wird nicht vor Mitternacht hier sein«, stellte Pat nach einem Blick auf seine Armbanduhr fest.

»Ich weiß. Ich habe versucht, sie zu überreden, bis morgen früh zu warten, aber es war nichts zu machen.«

Die Erwähnung der Uhrzeit erinnerte Chase daran, wie spät es war. Seit Lucky Devons Anruf erhalten hatte, war soviel geschehen, daß ihm nicht bewußt geworden war, wieviel Zeit verstrichen war. »Wer besichtigt um diese Tageszeit Häuser?«

»Wie bitte?« fragte Laurie ihn.

»Nichts. Geh ruhig schon vor. Du darfst dein Debüt als Großmutter nicht versäumen. Ich werd' noch mal versuchen, Marcie zu erreichen.«

Laurie eilte zur Säuglingsstation. Pat blieb zurück. »Stimmt was nicht, Chase?«

»Nein. Zumindest nicht, daß ich wüßte.« Er schüttelte den Kopf. »Nein, sicher nicht.«

»Sag mir Bescheid.«

»Sicher. He, Pat.« Pat war schon ein paar Schritte entfernt, als Chase ihn zurückrief. Der Sheriff drehte sich um. »Das war vielleicht ein Kuß.«

Der ältere Mann öffnete den Mund, als wollte er jegliche Kenntnisse dessen, worauf Chase anspielte, leugnen. Dann zog er beschämt den Kopf ein. »Das kann man wohl sagen.« Er und Chase grinsten sich an, dann drehte Pat sich um und ging den Gang hinunter, um sich zu Laurie zu gesellen. Chase wählte wieder die Nummer von zu Hause. Keine Antwort. Er rief im Büro an. Der Anrufbeantworter meldete sich. Schließlich nahm er das Telefonbuch heraus und schlug Esmes Privatnummer nach.

»Oh, hallo«, meldete sie sich. »Haben Sie Marcie immer noch nicht erwischt?«

»Nein. Haben Sie sie gesprochen, bevor Sie das Büro verlassen haben?«

»Nein. Aber ich habe eine Nachricht auf dem Telefonband hinterlassen und sicherheitshalber noch einen Zettel auf ihren Schreibtisch gelegt. Ob sie nun anruft oder zurückkommt, sie kann es nicht verfehlen. Ist es ein Junge oder ein Mädchen?«

»Was? Oh, ein Mädchen«, gab er abwesend zurück. Wo zum Teufel mochte Marcie sein? Einkaufen? Besorgungen machen? Ein Haus zeigen? »Esme, um welche Zeit ist sie gegangen?«

»Kur vor sechs. Sie haben sie nur um ein paar Minuten verpaßt. Sie war gerade zur Tür heraus, als Sie zum erstenmal anriefen.«

»Hmm. Wer war bei ihr? Käufer oder Verkäufer? War es jemand, den sie kennt?«

»Sie war allein. Sie hatte einen Termin mit Mr. und Mrs. Harrison, um ein Haus zu besichtigen, an dem sie interessiert sind.«

»Die berüchtigten Harrisons?«

»Dieselben. Ehrlich gesagt, ich glaube, sie vergeudet ihre Zeit mit ihnen, aber sie hat gesagt, man könnte nie wissen, wann ein Kunde sich entschließt und den Sprung ins kalte Wasser wagt.«

Chase brummte etwas Unverständliches und fuhr sich mit den Fingern durchs Haar. »Weiß der liebe Himmel, wie lange sie sich mit ihnen abgeben muß.«

»Soweit ich weiß, wollten sie heute abend nur ein Haus besichtigen. Es ist ein neues Objekt in der Sassafras Street.«

»Na ja, danke, Esme. Auf Wiedersehen.«

»Ich bin sicher, sie wird sich bald melden.«

Er legte auf. Einen Moment lang starrte er auf das Telefon und dachte nach. Marcie kam gewöhnlich noch auf einen Sprung in ihr Büro, bevor sie nach Hause fuhr. Eigentlich müßte sie auf dem einen oder anderen Weg seine Nachricht, ins

Krankenhaus zu kommen, erhalten. Inzwischen würde er in bestimmten Abständen versuchen, sie zu Hause zu erreichen. Sie würde es sich nie verzeihen, die Geburt von Devons Baby verpaßt zu haben.

Wieder rief er zu Hause an. Als niemand an den Apparat ging, legte er ungeduldig auf, fischte seine Münzen heraus und drehte sich um. In diesem Moment flatterte der Computerausdruck, den Pat ihm gegeben hatte, auf den Fußboden. Er bückte sich und hob ihn auf.

Auf dem Weg zur Säuglingsstation, wo Pat und Laurie vor einem großen Fenster auf den ersten Blick auf Luckys Tochter warteten, überflog er die Liste.

Die Namen waren in alphabetischer Reihenfolge. Er hatte fast die Hälfte erreicht, als seine Füße automatisch stehenblieben.

Er packte mit beiden Händen den Zettel und hielt ihn dicht vor seine Augen, um sicherzugehen, daß er sich nicht geirrt hatte. Dann zerknüllte er das Papier in den Händen und stöhnte auf. Der animalische Schrei kam direkt aus seinem Innersten. »Nein!«

Laurie und Pat fuhren herum und starrten ihn erstaunt an. Der ohrenbetäubende Laut brachte das geschäftige Treiben ringsum zum Erliegen. Überall auf dem Korridor wandten sich Köpfe nach ihm um.

»Chase?« fragte seine Mutter besorgt.

»Was zum Teufel ist los, Junge?« wollte Pat wissen.

Chase beachtete sie nicht. Er stürmte den Korridor hinunter und stieß einen Rollwagen und eine Hilfsschwester beiseite, die gerade dabei war, Fruchtsaft und Gelee an ihre Patienten zu verteilen.

Er dachte keine Sekunde daran, den Fahrstuhl zu nehmen. Es wäre viel zu langsam gegangen. Als er die Tür zum Treppenhaus erreichte, stieß er sie mit den Handflächen auf und rannte hinunter, immer zwei Stufen auf einmal nehmend. Sein Puls raste, und sein Verstand weigerte sich, den Gedanken zu akzeptieren, daß er trotz seiner Schnelligkeit vielleicht zu spät kommen könnte.

17

Das Haus in der Sassafras Street lag ein ganzes Stück von der Straße zurück. Marcie wies auf diesen Vorteil hin, als sie und ihr Kunde über einen Steinplattenweg zur Vordertür gingen.

»Wie Sie sehen, wächst etwas Flechte auf diesen Steinen, aber mit etwas Wäschebleiche ist man das Zeug im Handumdrehen los. Mir persönlich gefällt es. Mrs. Harrison vielleicht auch«, setzte sie hoffnungsvoll hinzu.

»Ja, vielleicht.«

Da dieses Haus einen großen Garten hatte, hatte Marcie es den Harrisons nicht vorgeschlagen. Vor ein paar Wochen war die ausgedehnte Rasenfläche eines Hauses Anlaß für einen Streit des Ehepaars gewesen. Als Ralph Harrison sie anrief und bat, dieses Haus besichtigen zu dürfen, hatte sie den Garten als eventuellen Nachteil erwähnt. Zu ihrer Überraschung schien er seine Meinung über Gartenarbeit völlig geändert zu haben.

»Der Garten wäre kein Problem«, hatte er ihr versichert.

Jetzt wies Marcie darauf hin, daß die Gartenfläche zwar weitläufig wäre, aber ein Minimum an Pflege erforderte. »Wie Sie sehen, gibt es nicht viel Gras zu mähen. Fast alles ist mit Bodendeckern bepflanzt, vorne und hinten.«

»Aus diesem Grund ist mir das Haus ins Auge gesprungen, als ich heute hier vorbeikam. Es hat mir auf Anhieb gefallen, und ich wollte es umgehend anschauen.«

»Wie schade, daß Mrs. Harrison nicht mitkommen konnte.«

»Sie fühlt sich nicht wohl. Aber sie war sehr angetan, als ich das Haus beschrieb. Sie wollte unbedingt, daß ich es mir schon mal ansehe. Und wenn es mir gefällt, kommt sie morgen mit.«

Die Dinge entwickelten sich, dachte Marcie. Ein so kooperatives Verhalten war ihr bisher bei den Harrisons noch nie aufgefallen.

Es war dunkel in dem Windfang vor der Eingangstür, aber es war trocken. Marcie schüttelte ihren Regenschirm aus und lehnte ihn an die Ziegelmauer. Die Dunkelheit war so undurchdringlich, daß sie mehrere Anläufe nehmen mußte, bevor es ihr gelang, das Schloß aufzusperren.

Nachdem sie die Tür aufgestoßen hatte, tastete sie nach dem Lichtschalter. Die Lampe in der Eingangshalle hatte einen Schirm aus bernsteinfarbenem Rauchglas, den sie persönlich entsetzlich fand. Er warf bizarre Schatten an die Wände.

Sie führte nicht gern am Abend Häuser vor. Nur selten zeigte sich ein Haus nach Sonnenuntergang von seiner besten Seite. Für die Harrisons hatte sie eine Ausnahme gemacht. Sic hatte schon so viel Zeit und Mühe in dieses Ehepaar investiert, daß sie es sich nicht leisten konnte, ihren Wünschen nicht mehr entgegenzukommen. Irgendwann mußte sich das Gesetz der Serie bewahrheiten. Sie *würde* ihnen ein Haus verkaufen.

»Das Wohnzimmer ist sehr groß«, bemerkte sie. »Es hat einen schönen, offenen Kamin. Viele Fenster. Viel Tageslicht.

Davon merkt man jetzt natürlich nicht viel. Aber wenn Sie morgen mit Gladys herkommen, werden Sie es sehen.« Sie zog die Vorhänge zurück.

»Anders hat es mir besser gefallen«, meinte Mr. Harrison.

Das kann ich mir vorstellen, dachte Marcie bei sich. Sie zog die schweren Vorhänge wieder zu und führte ihn durch ein schmales Eßzimmer in die Küche. »Durch diese Tür geht es in die Garage«, sagte sie. »Sie ist mit einer eingebauten Werkbank ausgestattet, die Ihnen sicher viel Spaß machen wird.«

»Ich bin kein sehr geschickter Handwerker.«

»Hm.« Sie zerbrach sich den Kopf, womit sie sein Interesse wecken könnte. Bis jetzt war er nur durch die Räume geschlendert, dicht auf ihren Fersen, als hätte er Angst vor den Schatten in dem leerstehenden Haus, und hatte kaum eine Reaktion gezeigt, weder negativ noch positiv.

Da sie der Besichtigung nicht mehr Zeit als unbedingt nötig widmen wollte, ergriff sie die Initiative und fragte ihn rundheraus: »Was halten Sie soweit von dem Haus, Mr. Harrison?«

»Ich würde gern noch den Rest sehen.«

Sie nickte zuvorkommend, knirschte aber mit den Zähnen. »Hier entlang, bitte.«

Es war die Art Haus, die Marcie persönlich zutiefst zuwider war, mit langen, dunklen Gängen und kleinen aneinandergeschachtelten Zimmern. Aber da sie schon vor Jahren zu der weisen Erkenntnis gelangt war, daß die Geschmäcker verschieden waren, und die Sassafras Street eine schöne, wenig belebte Allee war, hatte sie alles daran gesetzt, um diesen Besitz in der Kartei ihrer Agentur aufnehmen zu können. Aus denselben Gründen, aus denen ihr das Haus so mißfiel, würden die Harrisons es vielleicht mögen.

Sie schaltete die Deckenbeleuchtung im Hauptschlafraum an. Der Bodenbelag war mit Leinenüberzügen bedeckt, ein wesentlich schönerer Anblick, wie Marcie fand, als der stumpfbraune

Teppichboden. In der Mitte des Raums standen ein Sägebock, ein Kübel zum Gipsanrühren, ein Sack Putzgips, ein weiterer Kübel mit weißer Dispersionsfarbe und ein Stapel Decken.

»An der Decke war ein häßlicher Wasserfleck«, erklärte sie. »Ich habe mich bereits darum gekümmert, daß das Dach repariert wird. Wie Sie sehen, sind die Innenarbeiten noch nicht ganz fertig.«

Er hob nicht einmal den Blick, um sich zu vergewissern, ob die Arbeit sachgemäß gemacht worden war. Er stellte diesbezüglich keine Frage. Genau genommen verriet er überhaupt kein Interesse an dem Objekt, was verwunderlich war in Anbetracht der Tatsache, wie peinlich er sonst auf jedes Detail achtete und an jedem Haus etwas auszusetzen fand.

»Es gibt zwei Wandschränke.«

Marcie fuhr in ihrer Arbeit fort, obwohl sie ein wachsendes Gefühl von Unbehagen verspürte. Seit mehreren Monaten zeigte sie Ralph Harrison Häuser. Seine nörgelnde Frau hatte es sich nie nehmen lassen, ihn zu begleiten. Sie hatten die betreffenden Häuser immer tagsüber besichtigt. Er war ein Pedant. Heute abend behielt er seine Meinung für sich. Marcie empfand sein enervierendes Schweigen unangenehmer als seine quengelnden Beschwerden.

»Einer der Schränke ist begehbar. Das wird Gladys sicher gefallen. Der andere ...« Ein leises Klicken ließ sie herumfahren. Harrison sperrte gerade die Schlafzimmertür ab. »Was um alles in der Welt tun Sie da?« wollte Marcie wissen.

Er drehte sich zu ihr um. Ein unheimliches Lächeln lag auf seinem Gesicht. Mit einer neuen und dennoch beunruhigt vertrauten Stimme sagte er: »Ich schließe die Tür ab. Damit wir beide endlich ganz allein und ungestört sind.«

Sie wich einen Schritt zurück und prallte mit dem Rücken an den Türknopf des Wandschranks. Sie nahm den Schmerz nicht zur Kenntnis. Nichts existierte außer seinem drohenden

Lächeln und seiner heiseren Stimme. Sie war weniger verängstigt als zutiefst erstaunt.

Ralph Harrison war ihr anonymer Anrufer.

»Was hat das alles zu bedeuten?« fragte Laurie Pat, der mit gerunzelter Stirn auf den Ausgang starrte, durch den Chase gerade verschwunden war.

»Ich habe nicht die leiseste Ahnung.« Er ging zu der Stelle, wo Chase vorher gestanden hatte, und bückte sich, um den zusammengeknüllten Computerausdruck aufzuheben. »Es muß irgendwas mit der Liste zu tun haben.« Sheriff Bush strich das Papier glatt und überflog die Namen. »Er muß einen der Namen wiedererkannt haben. Jemand, den Marcie kennt.«

»Pat, fahr ihm nach«, drängte Laurie und gab ihm einen Schubs auf die Schulter. »Hol ihn ein, bevor er die Gelegenheit hat, irgendeine Verrücktheit anzustellen.«

»Hab' ich mir auch gerade gedacht. Kommst du allein zurecht?«

»Natürlich. Geh! Geh schon!« Pat lief den Gang hinunter zum Treppenhaus, wenn auch lange nicht so stürmisch oder schnell, wie Chase sich vor ein paar Augenblicken bewegt hatte. »Paß auf dich auf!« rief Laurie ihm angstvoll nach.

»Worauf du dich verlassen kannst!«

Bis er seinen Streifenwagen bei der Notaufnahme des Krankenhauses erreicht hatte, war Chase verschwunden. Aber Devons Wagen stand nicht mehr auf dem Platz, wo Pat ihn gesehen hatte, als er und Laurie ankamen. Kein Wunder. Chase hatte Lucky und Devon vom Tyler-Besitz ins Krankenhaus gefahren und hatte natürlich noch die Wagenschlüssel bei sich.

Nachdem er sich aus der Parklücke hinausgeschoben hatte, sprach Pat in sein Funkgerät und gab eine Fahndung nach Devons Wagen heraus, wobei er ihn so gut er konnte beschrieb.

»Autonummer?« fragte einer seiner Mitarbeiter, der gerade Dienst hatte.

»Keine Ahnung«, bellte Pat. »Macht den Wagen ausfindig. Stoppt ihn. Haltet den Fahrer fest. Ein Weißer, dunkles Haar, Größe einsfünfundneunzig.«

»Ist er bewaffnet und gefährlich?« fragte eine andere Stimme über Funk.

»Zum Teufel, nein!« Dann fiel ihm die .357er ein, die er Chase vor ungefähr einer Woche zurückgegeben hatte. »Möglicherweise bewaffnet.« Er dachte an das Tyler-Temperament. Einmal in Fahrt – vor allem, wenn es um eine ihrer Frauen ging –, war es gefährlicher als jede Waffe. »Schätzt ihn lieber als gefährlich ein. Wahrscheinlich wird er sich der Festnahme widersetzen. Versucht, keine Gewalt anzuwenden. Er hat ein paar angeknackste Rippen.«

»Klingt nach Chase Tyler.«

»Es ist Chase Tyler«, erwiderte Pat auf die inoffizielle Bemerkung, die ein Hilfssheriff zu einem seiner Kollegen gemacht hatte.

»Das kapier' ich nicht, Sheriff Bush. Weswegen sollen wir Chase Tyler festnehmen?«

»Weil er ein Hitzkopf ist.«

»Sir, das habe ich nicht notiert.«

»Findet einfach den Wagen und haltet ihn auf!«

»Sassafras Street, Sassafras Street«, murmelte Chase vor sich hin, während er in Richtung der Wohngegend fuhr, wo seines Wissens die Straße lag. Sassafras Street. War sie zwischen der Beechnut und Magnolia? Oder dachte er an die Sweetgum Street? Wo zu Teufel war die Sassafras Street?

Die Stadt, in der er aufgewachsen war, schien plötzlich ein unbekanntes Territorium für ihn zu sein. Er konnte sich nicht mehr erinnern, welche Straßen parallel liefen und welche sich überschnitten. Verlief die Sassafras Street von Süden nach Norden oder von Westen nach Osten?

Im Geist beschwor er das Bild eines Stadtplans von Milton Point herauf, aber der Plan war verzerrt und wurde zu einem ständig wechselnden Gewirr von Straßen, an die er sich nicht mehr erinnern konnte, wie in einem alptraumhaften Labyrinth, aus dem es keinen Ausweg gab.

Er fluchte und schlug mit der Faust auf das Lenkrad. Wer hätte je gedacht, daß dieses kleine Wiesel, Harrison, die Nerven hatte, eine Frau per Telefon zu terrorisieren? Chase war ihm nur einmal begegnet, an jenem Tag in Marcies Büro. Harrison hatte kaum Eindruck auf ihn gemacht. Er hätte keine Beschreibung von ihm liefern können, nicht einmal, wenn man ihm eine Pistole an die Brust gesetzt hätte, so unauffällig hatte der Mann gewirkt.

Genau das war vermutlich der Grund für seine obszönen Anrufe, überlegte Chase. Die Anrufe waren für ihn die einzige Möglichkeit, Machtgefühle zu verspüren, ein verzweifelter Versuch, sich als Mann zu fühlen. Am Telefon konnte ihn niemand sehen, und er konnte genausogut einsachtzig groß und eine imposante Erscheinung sein. Seine verbalen Gemeinheiten machten seinen Opfern angst und hinterließen einen starken Eindruck bei ihnen. Für einen Menschen wie Harrison war es besser, Ekel zu erregen, als gar keinen Eindruck zu machen.

»Mieses Schwein«, stieß Chase zwischen den Zähnen hervor. Er erinnerte sich, wie angewidert und verstört Marcie nach jedem Anruf ausgesehen hatte.

Warum hatten sie sich nicht an einen Psychologen gewandt statt an einen Polizeibeamten? Jemand, der die Mechanismen des menschlichen Geistes durchschaute, hätte ihnen vielleicht ein Charakterprofil liefern können, das auf Harrison hingewiesen hätte. Chase war jetzt vollkommen klar, warum er ihr

Mann war. Er hatte eine dominante, kritische Frau und ein schwach entwickeltes Selbstbewußtsein. Sie hätten zu einem Seelenklempner gehen sollen. Harrison war ein Neurotiker, kein Krimineller.

Oder? Vielleicht befriedigte es ihn nicht mehr, über sexuelle Perversionen zu sprechen. Vielleicht hatte er seine Hemmschwelle überschritten. Vielleicht war er bereit, seine Drohungen wahrzumachen.

»Verdammt!« Chase trat das Gaspedal durch.

Marcies Erstaunen wich rasch einer schlagartigen Panik. Durch reine Willenskraft kämpfte sie sie nieder. Er wollte, daß sie Angst hatte. Sie hatte Angst. Aber sie wollte verdammt sein, wenn sie ihm die Befriedigung gab, es ihr anzumerken.

»So, Sie sind also der bedauernswerte Mensch, der mich belästigt hat. Sind Sie stolz auf sich?«

»Mach mir nichts vor, Marcie. Ich habe dir Angst eingejagt.«

»Sie haben mir nicht im geringsten Angst eingejagt. Ich fand Sie nur abstoßend und sehr bemitleidenswert.«

»Wenn du keine Angst hattest, warum bist du denn zum Sheriff gegangen?«

Sie bemühte sich, eine gleichgültige Miene zu bewahren und sich ihre Unruhe nicht anmerken zu lassen. Gleichzeitig versuchte sie, sich einen Ausweg aus dem Zimmer und dem Haus auszudenken. Wenn sie erst einmal draußen war, würde sie schreiend auf den Bürgersteig stürzen, aber dazu mußte sie zuerst entkommen.

Wenn irgend möglich, wollte sie jeden körperlichen Kontakt vermeiden. Der Gedanke, seine Hände könnten sie berühren, verursachte ihr Übelkeit. Er hatte keine Waffe. Er war weder ungewöhnlich groß noch stark. Im Gegenteil, er war eher schmächtig. Sie bezweifelte, daß er sie vollständig überwältigen könnte, falls es zu einem Ringkampf kam, aber möglicherweise würde er sie verletzen, bevor sie ihn abwehrte, und das empfand sie als größte Gefahr.

Aber er würde es nicht so weit kommen lassen, redete sie sich ein. Er würde nicht versuchen, sie zu vergewaltigen. Er wollte sie nur terrorisieren.

»Hast du gedacht, ich würde es nicht merken, daß die Leitung angezapft wird?« fragte er mit der quäkenden Stimme aus ihren Alpträumen. »Als ich anrief und das Klicken hörte, habe ich sofort aufgelegt.«

»Dann müssen Sie so etwas schon früher gemacht haben. Um so vertraut mit polizeilichen Telfonüberwachungen und dergleichen zu sein.«

»O ja. Ich bin sehr gut darin. Ein Experte. Der Beste.«

Sie zwang sich zu einem Lachen. »Ich zerstöre nur ungern ihr Selbstwertgefühl«, sagte sie in der Hoffnung, genau das zu erreichen, »aber sehr originell sind Sie nicht. Ehrlich gesagt, ich habe schon viel, äh, interessantere Anrufe als Ihre bekommen.«

»Halt den Mund!« Abrupt hob sich seine Stimme in Höhe und Lautstärke, und Marcie zuckte unmerklich zusammen. Sein Gesicht war rot angelaufen, und seine Augen hatten sich zu Stecknadelköpfen unheimlichen Lichts zusammengezogen. »Zieh deine Bluse aus.«

»Nein.« Wenn sie ihm die Stirn bot, würde er vielleicht kalte Füße bekommen und weglaufen.

Er trat drohend drei Schritte auf sie zu. »Zieh deine Bluse aus.«

Der leere Wandschrank war hinter ihr. Könnte sie es schaffen, sich hineinzuschieben, die Tür aufzumachen und zu versperren, bis irgend jemand sie vermißte und sie zu suchen begann? Sie tastete hinter ihrem Rücken nach dem Türgriff.

»Diese Tür hat kein Schloß, falls es das ist, woran du denkst«, sagte er mit einem leisen Kichern, das sie wiedererkannte. Am Telefon waren ihr dabei immer kalte Schauer über den Rücken gelaufen. Genauso ging es ihr jetzt.

Er hatte recht. Die Schranktür hatte kein Schloß. Sie sah rasch zum Fenster. Das Sims war mit Farbe übermalt. Sie würde es nie aufbekommen, und selbst wenn es ihr gelang, würde sie nicht schnell genug hinauskommen, um nicht von Harrison erwischt zu werden.

Ihr einziger Fluchtweg war die Tür, die auf den Gang führte. Diesen Weg versperrte er ihr. Sie würde ihn weiter ins Zimmer locken müssen, näher zu ihr und fort von der Tür.

Sie schluckte ihren Widerwillen und ihren Stolz und schob ihre Hand zum obersten Knopf ihrer Bluse. Warum hatte sie heute nicht ein Kostüm angezogen statt Rock und Bluse? Eine Jacke hätte eine weitere Verzögerungstaktik dargestellt.

»Beeil dich«, befahl er. »Zieh sie aus. Ich will deine Haut sehen. Ich will deine Brüste sehen.«

Marcie öffnete langsam einen Knopf nach dem anderen. »Mein Mann wird Sie in Stücke reißen.«

»Nicht, bevor ich deine Brustwarzen gesehen und berührt habe. Mach schon!«

»Er wird Sie nicht davonkommen lassen. Er wird Sie finden.«

»Du wirst ihm nichts sagen. Du wirst dich zu sehr schämen.«

»Darauf würde ich mich an Ihrer Stelle nicht verlassen.«

»Zieh die Bluse aus!« fuhr er sie unbeherrscht an.

Sie zog sie aus dem Rock und schob sie ihre Schultern hinunter. Als sie die Arme aus den Ärmeln zog, stieß er einen Seufzer aus und begann konvulsivisch zu zucken. Marcie dachte, sie müßte sich übergeben, aber sie durfte ihrer Schwäche nicht nachgeben. Sie mußte aus diesem Zimmer herauskommen.

Wie sie gleichzeitig gehofft und befürchtet hatte, machte er ein paar unsichere Schritte auf sie zu. »Jetzt den BH. Beeil dich.« Mit der einen Hand umschloß er sein Glied, mit der anderen griff er nach ihr.

»Du bist so hell. Ich wußte, deine Haut würde ganz hell sein. Schön. Weich.« Seine Fingerspitzen strichen knapp über ihrem BH, über ihre Brust. Sie wich zurück. Wieder rückte er einen Schritt näher. Sie konnte seinen kurzen Atem feucht und heiß auf ihrer Haut spüren.

»Streichle dich«, keuchte er.

»Nein.«

»Los, mach schon!«

»Nein.«

»Mach schon, hab' ich gesagt!«

»Warum machen Sie es nicht selbst?« Ihre eisigen blauen Augen forderten ihn heraus. »Oder sind Sie dazu nicht Manns genug?«

Wie sie gehofft hatte, stürzte er sich auf sie und streckte die Hände nach ihrer Brust aus. Sie warf ihm die Bluse ins Gesicht, duckte sich rasch und schob sich unter seinem Arm hindurch. Sie schnappte sich den leeren Eimer, schleuderte ihn an die Deckenleuchte und taumelte dann geduckt zur Tür, um den Glasscherben auszuweichen, die herunterregneten.

In der plötzlichen Dunkelheit tastete sie nach dem Türgriff. Die Dunkelheit war von Vorteil für sie, da sie sich in dem Haus besser zurechtfand als er. Sie wußte, wie sie den Weg zur Vordertür zurückfinden würde. Aber zuerst mußte sie diese Barriere überwinden. Als sie endlich den Türgriff fühlte, verwandelten sich ihre Finger in Gummi. Es gelang ihr nicht, die Tür aufzusperren.

Von hinten packte Harrison in ihr Haar.

Ihr Kopf wurde ruckartig zurückgerissen. Sie stieß einen Schrei aus. Er griff nach ihrer Hand und zerrte sie vom Türgriff.

Marcie hörte ein Wimmern voller Angst und erlahmender Energie und erkannte, daß es aus ihrem Mund kam. Sie hatte die tatsächliche Bedrohung, die er für ihr Leben darstellen könnte, heruntergespielt, aber offensichtlich hatte sie sich verrechnet. Sein Atem war das kurze, abgehackte Keuchen eines Wahnsinnigen. Er war stärker als erwartet. Hatte ihm die Geisteskrankheit ungeahnte Kräfte verliehen?

Sie verdoppelte ihre Anstrengungen, ihm zu entkommen, aber er umklammerte ihre Arme so fest, daß ihr Tränen in die Augen traten. »Lassen Sie mich los!« schrie sie.

Er riß sie von der Tür weg und zerrte sie in die Mitte des Raumes zurück. Er stieß sie so heftig, daß sie nach vorn taumelte und in der Dunkelheit über Stoffbahnen, Glassplitter und den Sack Gips stolperte und auf den Sägebock prallte. Er traf sie genau in der Taille. Sie stürzte über den Bock, riß ihn mit sich und warf den Eimer mit Farbe um.

Marcie blinzelte, um die Schwärze von Bewußtlosigkeit vor ihren Augen zu vertreiben, und kämpfte sich auf Hände und Knie hoch. Harrison stand über sie gebeugt und drückte sie mit einer Hand nach unten.

»Hure«, stieß er heiser hervor. »Ich werd' dir zeigen, wie sehr ich Mann bin.«

»Milton Sieben?«

Pat antwortete. »Ja, bitte kommen.«

»Hier Milton Fünf. Ich habe gerade ein rotes Fahrzeug ausgemacht, Kennzeichen und Marke zur Zeit unbekannt. Es fährt mit hoher Geschwindigkeit auf der Sycamore Richtung Westen.«

»Aufschließen und festhalten.«

»Keine Chance, Milton Sieben. Er fährt wie der Teufel.«

»Dann folgen Sie ihm. Ich bin ganz in der Nähe. Laßt ihn nicht aus den Augen und gebt mir Bescheid, wenn er die Richtung ändert.«

»Zehn Vier.«

»Andere Einheiten, bitte Kurs auf diese Gegend nehmen.«

Pat legte das Funkgerät beiseite und konzentrierte sich darauf, durch die dunklen, regennassen Straßen zu fahren.

Chase nahm die Abbiegung mit fast fünfzig Stundenkilometern. Sassafras Street! Endlich! Welche Nummer? Er beugte sich über das Lenkrad und spähte durch die Dunkelheit, über den strömenden Regen und seine Unfähigkeit fluchend, über die Kühlerhaube des Wagens hinauszusehen.

Er brauste direkt an Marcies Wagen vorbei, bevor er ihm auffiel. Er bremste, geriet kurz ins Schleudern, als er in eine Parklücke zurücksetzte, und riß die Wagentür auf. Das ›ZU VERKAUFEN‹-Schild mit dem Logo ihrer Agentur stand im Vorgarten. Chase stieß es um in seiner Hast, zur Haustür zu laufen.

Er stand in der Eingangshalle, als er ihre Schreie hörte. Das Blut gefror ihm in den Adern. Aber Gott sei Dank, sie war noch am Leben! Seine Bewegungen durch die unbekannten Räume und Gänge glichen denen eines Stürmers, der sich durch eine Horde von Verteidigern zu drängen versucht. Für jeden Schritt, den er vorankam, verlor er einen halben, bis er endlich die geschlossene und abgesperrte Schlafzimmertür erreichte.

Er drückte nur einmal auf die Türklinke, bevor er den Stiefelabsatz hob und die Türfüllung eintrat. Vom Gang fiel Licht in den Raum und warf einen aufragenden, lauernden Schatten auf den Boden, der ihn beunruhigte, bis er erkannte, daß es sein eigener war.

Er stürmte hinein. Harrison, der noch immer über Marcie kauerte, riß den Kopf herum und starrte ihn mit einer so animalischen Angst an, daß Chase es förmlich riechen konnte.

»Ich bing' dich um, Harrison.«

Er packte den Mann am Kragen und schüttelte ihn, wie ein Hund eine tote Ratte beutelt. Harrison quiekte. Chase, der vor

Wut raste, knallte ihn an die Wand. Harrison wäre zu Boden gesunken, wenn nicht Chase' Faust gewesen wäre, die in seinen Magen krachte und ihn wie ein Nagel an der Wand festhielt. Nase an Nase, mit gefletschten Zähnen, durchbohrte Chase den Mann, der seine Frau gequält hatte, mit Blicken.

»Loslassen, Chase!« brüllte ihm Pat Bush von der zersplitterten Tür zu, die Pistole im Anschlag. »Chase!« Er mußte den Namen dreimal wiederholen, bis Chase ihn in seiner mörderischen Wut wahrnahm.

Langsam zog Chase seine Faust zurück. Harrison, der einen gequälten Laut von sich gab, rutschte auf den Boden. Einer von Pats Deputies stürzte herbei, um sich um Harrison zu kümmern, während Chase sich angstvoll über Marcie beugte. Sie lag auf der Seite, die Knie schützend ans Kinn gezogen.

»Chase?« sagte sie schwach.

Er legte die Arme um sie, zog sie hoch und preßte sie an seine vom Regen durchnäßte Brust. »Ich bin hier, Marcie. Er kann dir nichts mehr tun. Nie mehr.«

»Ist sie in Ordnung?« Pat beugte sich besorgt über sie.

»Ich glaube schon. Nur völlig verängstigt.«

»Hat sie sich geschnitten? Hier liegen überall Glassplitter herum. Anscheinend hat sie die Lampe zerschlagen.«

Chase lächelte, als er ein paar rotgoldene Haarsträhnen aus ihrer feuchten Stirn strich. »Das ist mein Mädchen. Immer clever. Immer voller Einfälle.«

»Chase?«

Er neigte den Kopf. Selbst blaß und aufgelöst sah sie wunderschön aus. »Ja?«

»Bring mich ins Krankenhaus.«

»Ins Krankenhaus?«

»Ich blute.«

Seine Augen wanderten über ihr Gesicht und ihren entblößten Oberkörper, aber er konnte keine Spur von Blut sehen.

»Wahrscheinlich hat sie sich die Hände und Knie an den Splittern aufgeschnitten«, meinte Pat.

»Nein, das ist es nicht. Bring mich ins Krankenhaus, jetzt gleich«, sagte sie mit wachsender Panik. »Bitte, beeil dich.«

»Marcie, ich weiß, wie furchtbar das für dich war. Du hast einen . . .«

»Chase, ich blute im Unterleib.« Mit tränenerfüllten Augen sah sie ihn an. Sie zog die Unterlippe zwischen die Zähne. »Ich bin schwanger.«

18

Es regnete noch immer. Chase sah durch das Fenster an seinem eigenen Spiegelbild vorbei in die dunkle, trostlose Nacht hinaus. Er sah die Silhouetten von seinem Bruder und Pat in der Scheibe, als sie auf ihn zukamen, wandte aber erst den Kopf, als Pat seinen Namen sagte.

»Ich komme gerade vom Gerichtsgebäude«, sagte der Sheriff. »Ich dachte, es würde dich interessieren zu hören, daß Harrison im Gefängnis ist. Gleich morgen früh wird er unter Anklage gestellt.«

»Wegen tätlichen Angriffs?«

»Wegen Mord.«

Chase krampfte sich der Magen zusammen. Wollte man ihm auf diese Weise mitteilen, daß Marcie tot war? Er drehte sich langsam um. »Was?« krächzte er.

»Ich habe ein paar meiner Männer in sein Haus geschickt. Sie haben seine Frau gefunden. Sie muß seit mehreren Stunden tot sein. Er hat sie mit bloßen Händen erwürgt. Das nehmen wir jedenfalls an«, fügte Pat hinzu, als er sich an seine Rolle als fairer und unvoreingenommener Gesetzeshüter erinnerte.

Chase fuhr sich mit der Hand über das Gesicht. Seine Züge waren verzerrt vor Müdigkeit und Sorge. »Lieber Gott!«

»Marcie hatten guten Grund, sich vor ihm zu fürchten«, fuhr Pat fort. »Selbst über das Telefon spürte sie, daß er weit schlimmer als nur ein Telefonfreak war. Es liegt mir schwer auf der Seele, daß ich an ihr gezweifelt habe.«

Chase war immer noch zu betäubt, um etwas zu sagen. Lucky drückte dem älteren Mann die Schulter. »Mach dir darüber jetzt keine Gedanken, Pat. Du konntest nicht ahnen, daß er seine Drohungen wahrmachen würde. Du warst heute abend zur Stelle, als Marcie dich gebraucht hat.« Er sah über die Schulter zum Warteraum am anderen Ende des Ganges. »Ich glaube, Mutter und Sage könnten dich im Moment gut als moralische Stütze brauchen. Und umgekehrt.«

»Sicher. Chase, falls du mich brauchst ... für irgend etwas ... du brauchst nur zu rufen.« Chase nickte. Pat trottete davon und überließ die Brüder sich selbst.

Einen Moment lang schwiegen beide. Chase fiel nichts ein, was er hätte sagen können. Er fühlte sich leer und ausgebrannt. In ihm waren keine Worte mehr.

Lucky brach das Schweigen. »Sage hat die Fahrt heil überstanden.«

»Hab' ich gesehen. Ich bin froh, daß sie hier ist.«

»Sie kam in Hochstimmung hier an. Als wir ihr die Sache mit Marcie beibrachten, fing sie an zu weinen. Wenn dir danach ist, würde sie dich gern begrüßen. Im Augenblick, glaubt sie, möchtest du lieber in Ruhe gelassen werden. Stimmt das?«

»Mir ist nicht nach Reden zumute.«

»Okay.«

Lucky wandte sich um, aber er hatte erst ein paar Schritte gemacht, als Chase die Hand ausstreckte und seine Schulter berührte. »Tut mir leid, daß dadurch der Geburtstag eurer Tochter überschattet worden ist.«

»Verdammt, du kannst doch nichts dafür, Chase. Der Schuldige ist im Gefängnis. Ihn mußt du verantwortlich machen.«

Chase ballte die Fäuste. »Er hätte sie töten können, Lucky.«

»Aber er hat es nicht getan.«

»Wenn ich nicht gekommen wäre . . .«

»Aber du bist gekommen. Jetzt ist sie in Sicherheit.«

Keiner von ihnen erwähnte das Kind, das Marcie erwartete. Vielleicht würde Ralph Harrisons gemeingefährlicher Wahnsinn ein weiteres Opfer fordern. Luckys erstes Kind war auf die Welt gekommen; vielleicht würde Chase' zweites Kind am selben Tag sterben. Chase war der Gedanke unerträglich.

»Trotzdem«, sagte er aufrichtig, »es tut mir wirklich leid, daß es gerade an diesem Tag passieren mußte.«

»Vergiß das jetzt«, meinte Lucky beruhigend. »Du hast genug im Kopf, um dir auch noch darum Gedanken zu machen.«

Die Dinge, die ihm durch den Kopf gingen, trieben ihn langsam, aber sicher an den Rand des Wahnsinns. Um die Gedanken zu verdrängen, fragte er: »Wie geht's Devon?«

»Was glaubst du denn? So, als hätte sie gerade ein Baby bekommen. Ich habe ihr gesagt, ich wüßte genau, wie sie sich fühlen muß. Ich dachte schon, sie springt aus dem Bett und gibt mir eins auf die Nase.« Trotz seiner gedrückten Stimmung mußte er lachen.

Chase brachte ein halbes Lächeln zustande. »Und, äh, das Baby?« fragte er rauh. »Wie geht es der Kleinen?«

»Fein, obwohl sie ein paar Wochen zu früh dran war. Der Kinderarzt hat sie schon untersucht. Er möchte sie in den nächsten Tagen genau beobachten, aber er sagt, ihre Reflexe wären normal, Lungen und alles andere gut entwickelt.« Er grinste. »Schreien kann sie jedenfalls laut genug.«

»Das ist gut, Lucky. Das ist wirklich gut.«

Chase' Kehle war wie zugeschnürt. Er räusperte sich verlegen und blinzelte die Tränen weg, die ihm in die Augen gestiegen waren. Lucky legte ihm tröstend eine Hand auf die Schulter.

»Hör mal, Chase, Marcie wird wieder in Ordnung kommen. Und das Baby auch. Ich weiß es. Habe ich dir je etwas Falsches eingeredet?«

»Oft.«

Lucky runzelte die Stirn. »Also, diesmal nicht. Wart's ab.«

Chase nickte, aber überzeugt war er nicht. Lucky starrte ihn eindringlich an, als wollte er versuchen, durch reine Willenskraft Optimismus und Vertrauen in ihm zu wecken. In den letzten Jahren war Chase' Glaube an ein gütiges Geschick erschüttert worden. Die Ereignisse des heutigen Tages hatten nur seine Zweifel an seinem Glück bestätigt.

Lucky verließ ihn, um sich zum Rest der Familie zu gesellen, der sich im Wartezimmer drängte. Seit dem frühen Abend dieses Tages hatte das Pflegepersonal die Tyler-Familie gut kennengelernt. Mittlerweile lagen zwei Mrs. Tyler auf der gynäkologischen Station. Eine der Krankenschwestern reichte frischen Kaffee herum.

Chase kehrte dem hell erleuchteten Korridor den Rücken zu. Die bedrückende Düsterkeit vor dem Fenster entsprach mehr seiner Verfassung.

Ich bin schwanger.

Im ersten Moment hatte er nur in Marcies angsterfüllte blaue Augen gestarrt. Unfähig, sich zu bewegen, unfähig, etwas zu sagen, unfähig, über dieses eine Wort hinaus zu denken, hatte er sie mit offenem Mund angestarrt. Dann hatte Pat ihn mit dem Ellbogen angestoßen.

»Chase, hast du sie nicht gehört?«

Er hatte sich wieder in die Gewalt bekommen. Er hob Marcie in seine Arme und trug sie an der eingetretenen Schlafzimmertür nach draußen. Pat überließ Harrison und das Haus in der Sassafras Street zwei seiner Deputies. Er folgte Chase durch die leeren Zimmer. »Ich rufe einen Krankenwagen.«

»Vergiß es. Wenn ich selbst fahre, geht's schneller.«

»Den Teufel wirst du tun. Und dich umbringen oder unschuldige Menschen? Das kannst du dir aus dem Kopf schlagen. Wenn du nicht auf den Krankenwagen warten willst, leg sie in meinen Streifenwagen. Ich fahre euch.«

Also hatte er sich hinter das Gitternetz, das sie von Pat trennte, auf den Rücksitz des Streifenwagens gesetzt und Marcie auf seinem Schoß gehalten. Pat hatte das Blaulicht und die Sirene eingeschaltet. Während der Fahrt sprach er immer wieder in sein Funkgerät, um die Notaufnahme im Krankenhaus von ihrem Kommen zu informieren. Die Scheibenwischer hatten vergeblich gegen den wolkenbruchartigen Regen angekämpft. Die Fahrt ins Krankenhaus blieb Chase wie ein surrealistisches Erlebnis im Gedächtnis haften, als hätte er sich selbst zugesehen, wie in einem Film.

Da er keine Zeit damit vergeudet hatte, einen Regenschirm zu organisieren, fiel der Regen auf Marcies Haar. Tropfen perlten über ihr Gesicht und ihren Hals. Pat mußte ihre Bluse aufgehoben haben; Chase selbst konnte sich nicht erinnern, es getan zu haben. Er schlang sie um Marcies Oberkörper, hielt sich aber nicht damit auf, ihr die Ärmel überzustreifen oder die Knöpfe zuzumachen. Immer wieder berührte er ihr Haar, ihre blassen Wangen, ihren Hals. Sie starrte ihn unverwandt aus ihren tränenerfüllten, angstgeweiteten Augen an. Sie sprachen nicht miteinander.

Am Eingang zur Notaufnahme wurde sie auf ein Krankenbett gelegt und weggefahren. »Wer ist ihr Gynäkologe?« fragte der diensthabende Arzt. Alle sahen fragend zu Chase.

»Ich . . . ich weiß es nicht.«

Die Aufnahme ins Krankenhaus schien aus einer endlosen Prozedur von Fragen und Formularen, die ausgefüllt werden mußten, zu bestehen. Als alles erledigt war, ging Chase in die Notaufnahme zurück. Dort teilte man ihm mit, daß Marcie in die Frauenstation verlegt worden und ihr Arzt auf dem Weg wäre.

Noch bevor der Gynäkologe sie untersuchte, hatte er Chase genaue Fragen zu dem Unfall gestellt. »Wurde sie Ihres Wissens nach vergewaltigt?«

Er schüttelte wie betäubt den Kopf.

»Hat der Täter die Penetration versucht?«

»Ich glaube nicht.« Er brachte die Worte kaum heraus.

Der Arzt klopfte ihm beruhigend auf den Arm. »Ich bin sicher, daß sie bald wieder völlig in Ordnung ist.«

»Was ist mit dem Baby?«

»Ich gebe Ihnen Bescheid.«

Aber er hatte nichts von sich hören lassen. Und jetzt war es beinahe zwei Stunden her. Pat hatte genug Zeit gehabt, ins Gerichtsgebäude zu gehen und sich um Harrison zu kümmern und zurückzukommen, und noch immer gab es keine Nachricht über den Zustand von Marcie und dem Baby.

Was zum Teufel dauerte so lange?

Hatte es Probleme gegeben, die Blutung zu stoppen?

Gab es innere Verletzungen? War sie überstürzt in den Operationssaal gebracht worden? Schwebte ihr Leben ebenfalls in Gefahr, so wie das des Kindes?

»Nein!« Chase wurde nicht bewußt, das Wort laut ausgesprochen zu haben, bis er den Klang seiner Stimme hörte, bittend, flehentlich.

Marcie durfte nicht sterben. *Sie durfte es nicht.* Sie war ihm viel zu wichtig geworden. Er durfte sie nicht verlieren, nicht jetzt, wo ihm endlich klar geworden war, wieviel sie ihm bedeutete.

Er erinnerte sich an die Frage, die Lucky ihm am Nachmittag gestellt hatte. Am Nachmittag? Es schien eine Ewigkeit her zu sein. Sein Bruder hatte ihn gefragt: »Was ist das Schlimmste, was dir zustoßen könnte, Chase? Das Allerschlimmste?«

Vielleicht hatte er schon in diesem Moment die Antwort darauf gewußt. Devons Anruf hatte ihn daran gehindert, sich mit dieser Frage auseinanderzusetzen, aber jetzt stellte er sie sich selbst noch einmal.

Die Antwort war klar und eindeutig. Nachdem er Tanya verloren hatte, nachdem er sein Kind verloren hatte, hatte er vor einem am meisten Angst gehabt: sich wieder zu verlieben.

Fast alles andere hätte er bewältigen können. Ein Alkoholproblem. Ernsthaft beim Rodeoreiten verletzt zu werden, möglicherweise bleibende Schäden davonzutragen, möglicherweise zu sterben. Beruflichen und privaten Bankrott.

Welche Schicksalsschläge das Leben auch für ihn bereithielt, er konnte es hinnehmen, weil er sich eingeredet hatte, nichts Besseres zu verdienen. Da er sich teilweise für Tanyas Tod verantwortlich fühlte, hatte er sich selbst bestrafen wollen. Er hatte seinen Schmerz gehegt und gepflegt wie ein verdrehter Gärtner, der Unkraut lieber hatte als Blumen. Nichts von allem, was ihm zustoßen mochte, konnte schlimmer sein als der Verlust seiner Familie, nichts – außer der Liebe zu einer Frau.

Damit wurde er nicht fertig.

Er wurde nicht damit fertig, wieder eine Frau zu lieben. Er wurde nicht damit fertig, wieder geliebt zu werden. Er wurde nicht damit fertig, wieder Vater eines Kindes zu werden.

Er schlug mit der Faust an die kühlen Wandkacheln und preßte seine Stirn dagegen. Mit geschlossenen Augen und zusammengebissenen Zähnen kämpfte er gegen eine Erkenntnis an, die, wie er wußte, die Wahrheit war.

Er hatte sich in Marcie verliebt. Und das hatte er sich nicht verzeihen können.

Er hatte sich wie ein dummer Junge benommen und Marcie im Stich gelassen, als sie ihn am meisten brauchte. Er hatte ihr die kalte Schulter gezeigt, als sie schwanger und verängstigt war. Und warum? Aus Stolz. Kein Mann hatte es gern, wenn er manipuliert wurde, aber die Angelegenheit mit dem Haus schien ihm jetzt eher ein Akt der Liebe als Manipulation zu sein. Er war einfach zu verbohrt gewesen, um zu akzeptieren, was ganz klar und einfach war. Marcie liebte ihn. Er liebte sie.

Wenn das sein größtes Verbrechen war, war es dann so schlimm?

Er untersuchte seine Sünde von allen Blickwinkeln, sogar von Tanyas Standpunkt. Sie hätte es nicht anders haben wollen. Ihre Fähigkeit zu lieben war so grenzenlos gewesen, daß sie die erste gewesen wäre, die ihn ermutigt hätte, von neuem zu lieben, wenn sie geahnt hätte, was das Schicksal für sie bereithielt.

Warum wehrte er sich dagegen? Was hatte er getan, das so verachtenswert war? Er hatte sich in eine phantastische Frau verliebt, die ihn wie durch ein Wunder auch liebte. Was war so schlimm daran?

Nichts.

Er hob den Kopf und drehte sich um. Am Ende des Korridors kam gerade der Gynäkologe aus Marcies Zimmer. Chase lief ihm mit weitausholenden Schritten entgegen.

»Hören Sie«, stieß er hervor, bevor der Arzt Gelegenheit hatte, etwas zu sagen, »retten Sie ihr Leben. Haben Sie mich verstanden?« Er drängte den überraschten Arzt an die Wand. »Auch wenn es zehn Millionen Dollar kostet, es ist mir egal, wenn sie nur am Leben bleibt. Verstehen Sie, Doktor? Selbst wenn es bedeutet . . .« Er brach ab, schluckte mühsam und fuhr rauh fort: »Selbst wenn es bedeutet, daß das Baby sterben muß, retten Sie meine Frau.«

»Das wird nicht nötig sein, Mr. Tyler. Ihre Frau wird bald wieder auf dem Damm sein.«

Chase starrte ihn ungläubig an. Diese unerwartet glückliche Wendung machte ihn fassungslos. »Ist das wahr?«

»Und dem Baby geht es auch gut. Als sie über den Sägebock stolperte, ist ein vaginales Blutgefäß geplatzt. Es war aufgrund der Schwangerschaft geschwächt und unter ungewöhnlichem Druck. Die Blutung war nicht stark, aber es hat gereicht, um Mrs. Tyler zu beunruhigen. Mit Recht.

Wir haben das Blutgefäß verödet«, fuhr der Arzt fort. »Ich habe ein Sonogramm gemacht, um sicherzugehen, daß alles in Ordnung ist. Es gibt keinen Grund zur Sorge. Der Fötus wurde auf keine Weise geschädigt.« Er wies mit dem Daumen auf das Zimmer, aus dem er gerade gekommen war. »Ihre Frau hat darauf bestanden, unter die Dusche zu gehen. Eine Krankenschwester ist ihr behilflich. Wenn sie fertig ist, können Sie zu ihr gehen und sie sehen. Ich empfehle ein paar Tage Bettruhe. Anschließend kann sie mit einem völlig normalen Verlauf der Schwangerschaft rechnen.«

Chase murmelte seinen Dank. Der Arzt ging zur Schwesternstation, um seine Instruktionen zu hinterlassen, und verabschiedete sich dann. Chase wurde von seiner Familie umringt. Laurie weinte hemmungslos. Sage schniefte ausgiebig. Pat wischte sich mit einem Taschentuch den Angstschweiß von der Stirn und kaute erbarmungslos auf einem Streichholz herum.

Lucky schlug seinem Bruder kräftig auf die Schulter. »Na, was hab' ich dir gesagt? Wann wirst du mir endlich vertrauen?«

Chase beantwortete den Schwall von Fragen, der auf ihn hereinstürmte, mit – wie er hoffte – korrekten Antworten, aber seine Augen blieben unverwandt auf die Krankenzimmertür geheftet. Kaum war die Krankenschwester herausgekommen, entschuldigte er sich und stürzte ins Zimmer.

Das gedämpfte Nachtlicht hinter Marcies Bett schien auf ihr Haar und machte es zum einzigen Farbfleck in dem schwach erleuchteten Raum. Das leuchtende Rot zog ihn wie ein Magnet quer durch das Zimmer, bis er neben ihrem Bett stand.

»Die Geschichte wiederholt sich«, sagte sie. »Ich erinnere mich an eine andere Gelegenheit, als du mich im Krankenhaus besuchen kamst.«

»Du siehst besser aus als damals.«

»Nicht viel.«

»Viel besser.«

»Danke.«

Sie wandte den Blick ab und blinzelte ein paarmal, aber es half nichts. Zwei Tränen, eine so dick wie die andere, traten über ihre Lider und rollten ihre Wangen hinunter.

»Hast du Schmerzen, Marcie?« fragte Chase und beugte sich näher zu ihr. »Hat dieser Bastard dich verletzt?«

»Nein«, brachte sie heraus. »Du bist gerade noch rechtzeitig gekommen.«

»Er ist hinter Gittern.« Er hielt es für besser, ihr nichts von Gladys Harrisons Ermordung zu sagen. »Du brauchst ihm keine Träne nachzuweinen.«

»Deshalb weine ich nicht.« Ihre Unterlippe begann zu zittern. Sie preßte sie zwischen die Zähne, um das Zittern zu unterdrücken.

Nach ein, zwei Augenblicken sagte sie: »Ich weiß, was du bei dem Gedanken empfindest, ein Kind von mir zu bekommen, Chase. Ich wollte dich nicht reinlegen. Ich schwöre, ich wollte es nicht. Es ist wahr, ich hätte aufrichtiger in bezug auf das Haus sein sollen, aber es war nicht gelogen, als ich dir sagte, daß ich empfängnisverhütende Mittel nehme.

Ich habe angefangen, die Pille zu nehmen, gleich nachdem unsere Heirat beschlossene Sache war, aber ich vermute, ich hatte sie noch nicht so lange genommen, daß sie wirken konnten. Es waren ja nur ein paar Tage. Es ist in der Hochzeitsnacht passiert.«

»Aber ich habe ein Kondom benutzt.«

»Es muß gerissen sein.«

»Oh.« Mehr fiel Chase nicht ein.

»Das kommt manchmal vor«, fuhr Marcie nervös fort. »Habe ich zumindest gehört.«

»Ja, ich auch.«

»Ist es dir schon mal passiert?«

»Nein.«

»Glaubst du, daß ich dir etwas vorlüge?«

»Nein. Ich, äh, ich war ziemlich potent in dieser Nacht, als ich . . . na ja, du weißt schon.«

Sie hob den Blick zu ihm. »Es muß in dieser Nacht passiert sein.«

»Hm.«

»Es tut mir leid, Chase.« Wieder begann ihre Lippe zu zittern.

»Es war nicht deine Schuld.«

»Nein, ich meine wegen des Babys. Daß ich dir das Gefühl gebe, in die Falle gegangen zu sein. Ich weiß, daß dir jetzt so zumute ist. Du denkst, erst habe ich dich mit meinem Geld an mich gebunden und jetzt mit einem Baby, das du nie wolltest.« Sie leckte die Tränen, die sich in ihrem Mundwinkel gesammelt hatten, mit der Zunge ab.

»Du hättest mir sagen sollen, daß du schwanger bist, Marcie.«

»Ich konnte es nicht.«

»Dir fehlt es doch nie an Mut, mir Gott weiß was zu sagen.«

»Ich habe mich vorher noch nie so verletzlich gefühlt. Ich bin dahintergekommen, als du in Houston warst. Deshalb hatte ich keinen Appetit und habe so stark abgenommen. Deshalb wollte ich die Schlaftablette nicht nehmen, die du mir geben wolltest. Ich wußte es damals bereits und hätte es dir sagen sollen, aber du warst so wütend weges des Hauses. Und dann passierte diese Sache mit Harrison.«

Ihre Finger krampften sich um die Bettdecke. »Ich wollte dir sagen, daß ich dich nicht halten werde. Du bist frei zu gehen, Chase. Ich werde dich nicht an irgendwelche Abmachungen binden, wenn du aus dieser Ehe raus willst.«

»Versuchst du etwa, mich loszuwerden?«

»Natürlich nicht.«

»Dann sei ruhig. Ich wollte dir nämlich sagen, wie sehr ich dich liebe.« Er lächelte über ihren fassungslosen, ungläubigen Gesichtsausdruck und beugte sich vor, um ihr die Tränen von den Wangen zu küssen. »Ich liebe dich, Marcie. Das schwöre ich bei Gott. Er hat mich mit dir gesegnet.«

»Ich dachte, du glaubst nicht mehr an ihn.«

»Ich habe immer an ihn geglaubt. Ich war nur wütend auf ihn.«

»Chase«, sagte sie leise, »meinst du es wirklich ernst?«

»Aus tiefstem Herzen.«

Ihre Finger strichen über sein Gesicht, sein Haar, seine Lippen. »Ich liebe dich, seit ich denken kann. Seit wir Kinder waren.«

»Ich weiß«, antwortete er. »Jetzt ist es mir klar. Ich bin nicht so schnell im Denken wie du. Bei mir dauert es eine Weile, so etwas herauszufinden. Ich kann mir zum Beispiel nicht vorstellen, warum du mir nichts von dem Kind gesagt hast. Ich hätte dir aus diesem Alptraum heraushelfen können.«

»Meinst du?«

»Etwa nicht?«

»Erinnerst du dich an den Abend, als ich dich in deine Wohnung zurückgebracht hatte und später noch einmal wiederkam? Du warst gerade beim Chiliessen. Wir kamen ins Streiten, als ich dir sagte, du solltest dich endlich aus deinem Kummer lösen, aus deiner Selbstzerstörung. Du hast gesagt: ›Wenn du den Menschen verloren hast, den du liebst, wenn du ein Kind verloren hast, dann hast du das Recht, darüber zu reden, was es heißt, vor die Hunde zu gehen.‹

Erst als ich glaubte, alles zu verlieren, wurde mir klar, wie lähmend Schmerz sein kann, was es bedeutet, innerlich zu zerbrechen. Ich habe meine Ängste genauso in mir vergraben wie du, Chase. Jetzt kann ich voll und ganz verstehen, was Tanyas Tod für dich bedeutet haben muß. Ist es nicht fast Selbsterhaltung, wie wir uns in uns selbst zurückziehen, wenn wir denken, niemandem liegt an uns?«

»Dieses Problem wird es für uns nicht mehr geben.«

Ein strahlendes Lächeln brach durch ihre Tränen. »Nein. Nie mehr.«

Er küßte sie, lange und zärtlich, und fragte sich, warum er bis jetzt nicht einmal an ihren Küssen erkannt hatte, daß er sie liebte. Er wußte, daß er davon nie genug bekommen konnte.

»Vielleicht war es sehr weise von dir, mir nichts von dem Baby zu erzählen, Marcie«, sagte er leise. »Ich glaube, erst heute war ich darauf vorbereitet, es zu hören.«

»Aber jetzt ist es in Ordnung?«

»In Ordnung?« Seine ausgebreitete Hand war groß genug, um die gesamte Fläche zwischen ihren Hüftknochen zu bedecken. »Ich liebe die Vorstellung, daß wir ein Kind bekommen. Werd schnell wieder gesund, damit wir drei nach Hause kommen.«

»Nach Hause?«

»Nach Hause.«

Epilog

»Also, dieses Übermaß an Fekundität ist fast schon abstoßend«, stellte Sage mit einem Augenzwinkern fest.

»Was zum Teufel ist Fekundität?« wollte Lucky wissen.

»Gottvoll«, bemerkte seine Schwester trocken. »Und das ausgerechnet von dir.«

Alle Tylers waren im Ranch-Haus versammelt, um den dreiwöchigen Geburtstag der kleinen Lauren zu feiern. Alle hatten sich an der köstlichen Schokoladentorte gütlich getan. Das Baby saugte hinter einem Wandschirm gierig an der Brust seiner Mutter. Der stolze Vater hielt Wache und war bereit, wenn nötig sofort hilfreich zur Seite zu stehen.

»Wißt ihr, was ich kaum erwarten kann?« fuhr Sage fort.

»Sachte, Sage.« Chase, der eine Locke von Marcies Haar um seine Finger wickelte und ihr dabei heiße Liebesworte ins Ohr flüsterte, unterbrach diesen angenehmen Zeitvertreib, um seine

Schwester zu ermahnen. »Du hast nie gelernt, wann der Spaß zu Ende ist.«

Sie ignorierte Chase und wandte sich an ihren anderen Bruder. »Ich kann es kaum erwarten, bis irgendein Junge hinter Lauren her ist. Ich will dabeisein. Ich will es dir unter die Nase reiben, Lucky.«

Lucky nahm Devon die Kleine ab, damit sie sich die Bluse zuknöpfen konnte. Er warf seiner Schwester einen finsteren Blick zu. »Ich werde jeden Kerl eigenhändig umbringen, der es wagt, meiner Tochter zu nahe zu trete. Ich werde sogar jeden umbringen, der nur daran denkt, es zu tun.«

»Wie willst du Lauren erklären, wie du ursprünglich zu deinem Spitznamen gekommen bist?« mischte Chase sich ein.

Devon brach in Gelächter aus. Lucky hörte lange genug auf, mit seiner Tochter zu schäkern, um seinen Geschwistern ein paar kräftige Schimpfworte an den Kopf zu werfen.

»Lucky, paß auf, was du sagst«, ermahnte seine Mutter ihn mit einem resignierten Seufzer. »Vergiß nicht, daß wir einen Gast haben.«

Travis Belcher, Sages Verehrer, hatte sie auf ihren Wochenendbesuch begleitet. Er saß still am Tisch, entweder angewidert oder verdutzt von dem lockeren Umgangston der Tylers.

Chase war aufgefallen, wie schockiert der junge Mann gewirkt hatte, als er seine Hand auf Marcies Bauch gelegt und ihn liebevoll gestreichelt hatte. Seine Meinung über diesen Travis stimmte mit der von Lucky überein. Der Typ war ein Langweiler. Nur um ihn noch mehr zu schockieren, hatte er sich vorgebeugt, um Marcie auf den Mund zu küssen.

Er erlitt selber einen leichten Schock, als sie ihre Zunge in seinen Mund schob. »Hör auf«, hatte er ihr ins Ohr geraunt. »Ich bin sowieso schon verrückt nach dir.«

Zu seiner geheimen Freude hatte sich eine leichte Röte über ihre Wangen gebreitet.

Laurie wurde sofort eifersüchtig, wenn jemand sich länger mit ihrer Enkeltochter beschäftigte als sie selbst. Als Lauren versorgt war, durchquerte sie den Raum, nahm das Baby aus den Armen seines Vaters und trug es mit sich zu dem alten Schaukelstuhl, der erst vor kurzem wieder vom Dachboden geholt worden war. Es war der Stuhl, in dem Laurie auch ihre drei eigenen Kinder gewiegt hatte.

Lucky hatte angeboten, ihr einen neuen zu kaufen, aber davon wollte sie nichts wissen. Sie behauptete, das Knarren und Quietschen der alten Holzkufen wären vertraute Geräusche und hätten eine Flut kostbarer Erinnerungen in ihr wachgerufen.

»Meine Güte, wirst du dick, Lauren!« rief sie dem Kind zu.

»Kein Wunder«, meinte Lucky. Er legte einen Arm um Devon, die sich an ihn kuschelte. »Bei den guten Mahlzeiten, die sie bekommt.«

»Woher weißt du, daß sie so gut sind?« fragte Chase mit einem anzüglichen Augenzwinkern.

Lucky war nicht auf den Mund gefallen. »Denkst du etwa, ich lasse meine Tochter etwas essen, das ich nicht zuerst gekostet habe?«

»Lucky!« stieß Devon entsetzt aus.

»Lawrence! Chase!« sagte Laurie tadelnd.

Chase warf den Kopf in den Nacken und lachte so schallend, daß Klein-Lauren zusammenzuckte.

Lucky spielte den Unschuldigen. »Aber Devon, du hattest mich doch darum gebeten!«

»Mein Gott!« Sage sprang auf. »Ihr beide seid fürchterlich. Komm, Travis. Mir reicht's. Laß uns reiten gehen.«

Sie nahm ihn an der Hand und zog ihn aus dem Sessel. »Schon wieder?« fragte er. Offensichtlich war er von dieser Aussicht nicht sehr entzückt.

»Sei kein Spielverderber. Diesmal sattle ich dir ein sanfteres

Pferd.« Sage zerrte Travis zur Haustür und rief über die Schulter zurück: »Tschüs, Marcie. Tschüs, Devon. Bis nachher.« Ihre Brüder hätten Sage jederzeit erwürgen können, aber ihre beiden Schwägerinnen beteten sie an. »Bye-bye, Lauren. Ich liebe dich. Ein Jammer, daß dein Vater ein so verkommenes Subjekt ist.«

»Frechdachs!« rief Lucky ihr nach.

Kurz nachdem Sage und Travis verschwunden waren, tauchte Pat Bush auf. »Hallo, alle zusammen. Ich habe Sage draußen getroffen. Sie hat gesagt, ich solle reingehen.«

Er wurde mit Kaffee und Kuchen versorgt und hatte gerade den ersten Bissen im Mund, als Chase schnupperte. »Was ist denn das für ein Geruch?«

Er schnupperte in Pats Richtung. »Nanu, Pat, ich glaube, das bist du!« sagte er mit gespielter Überraschung. »Was hat denn das zu bedeuten?«

Pat verschluckte sich an seinem Stück Kuchen und warf Chase einen vernichtenden Blick zu. Laurie errötete. Chase hatte zu niemandem ein Wort gesagt, nicht einmal zu Lucky, daß er seine Mutter und Pat bei einer leidenschaftlichen Umarmung ertappt hatte. Aber die Versuchung, die beiden hin und wieder ein bißchen aufzuziehen, erwies sich als zu groß.

Chase stand auf und zog Marcie mit sich hoch. Seit der Nacht nach Laurens Geburt hatte er mit seiner Frau im selben Bett geschlafen, sie fest im Arm gehalten, mit Worten seine Liebe erklärt, sich aber zurückgehalten, sie ihr auch körperlich zu beweisen.

Sie hatten zu ihrem quälenden Spiel des unerfüllten Vorspiels zurückgefunden. Es machte ihn verrückt, aber es war eine köstliche Verrücktheit. Sein Körper vibrierte ständig vor Verlangen. Er bewegte sich in einem rosigen Schleier von Euphorie, der seine Nächte verzauberte und seine Arbeitstage erträglicher machte.

Anscheinend hatte Harlan Boyd, der Krisenspezialist, ihn

aufgegeben. Als Marcie wieder völlig außer Gefahr war und Chase sich bemühte, Kontakt zu Boyd aufzunehmen, war der Mann nicht mehr in der Stadt gewesen und hatte auch keine Nachricht hinterlassen, wo er zu erreichen wär. Vermutlich war es nicht so wichtig, aber es bedeutete, daß er und Lucky sich wirklich etwas einfallen lassen mußten, um ihr Geschäft zu retten.

Wenn Chase den Mut verlor, war es Marcie, die ihn unermüdlich unterstützte und anfeuerte. Als er jetzt den Arm um sie legte, sagte er: »Ich glaube, wir werden lieber heimfahren.«

»Wozu?« Luckys Miene war arglos wie die eines Cherubs. Er zwinkerte. »Zeit für ein Nickerchen?«

Chase ignorierte ihn, beugte sich über seine Mutter, die seine neue Nichte im Arm hielt, und gab ihr einen Kuß. »Bis dann. Danke für den Kuchen. Er war hervorragend.«

»Auf Wiedersehen, Sohn.« Ihre Blicke begegneten sich und hielten einander fest. Er wußte, daß sie nach dem Schmerz suchte, der so lange in seinen Augen gelegen hatte. Laurie konnte nichts mehr davon entdecken. Sie schenkte ihm ein liebevolles Lächeln und wandte sich zu der Frau um, die für das Glück ihres Sohnes verantwortlich war. »Wie fühlst du dich, Marcie?«

»Glänzend, danke. Chase paßt sehr gut auf mich auf. Er duldet kaum noch, daß ich beim Essen die Gabel hebe.«

Als sie in ihrem Wagen saßen und nach Hauses fuhren, bemerkte Marcie: »Sie dachten, ich hätte nur Spaß gemacht, als ich sagte, daß du mich gar nichts mehr tun läßt.«

»Ich muß dich und das Kind beschützen. Einmal hätte ich schon fast versagt.« Er warf ihr einen bedeutungsvollen Blick zu. »Niemand wird je wieder auch nur die geringste Chance haben, dir weh zu tun, Marcie.«

»Du bist der einzige Mensch, der mir weh tun könnte, Chase.«

»Wie meinst du das? Wie sollte ich dir weh tun?«

»Wenn du mich eines Tages nicht mehr liebst.«

Er nahm ihre Hand, legte sie auf seinen Oberschenkel und bedeckte sie mit seiner eigenen Hand. »Das wird nie passieren.«

Die Wälder rings um ihr Haus leuchteten in den jungfräulichen und vielfältigen Grüntönen des Frühlings. Blühender Hartriegel schmückte den Wald. Die Tulpen, die Marcie im Vorjahr gesetzt hatte, blühten an dem Weg, der zum Haus führte.

Als sie im Haus waren, trat Chase an die Fensterwand und betrachtete die Aussicht. »Ich liebe dieses Haus.«

»Ich habe immer gewußt, daß du es lieben würdest.«

Er drehte sich um, um seine Frau in den Arm zu nehmen. »Ich liebe es fast so sehr, wie ich dich liebe.«

»Fast?«

Er knöpfte ihre Bluse auf und schob den Stoff beiseite. Seine Hände glitten über die Seide, die ihre Brust bedeckte. »Du besitzt einige Vorzüge, die sich schwer überbieten lassen.«

Nach einem langen, tiefen, feuchten Kuß murmelte sie: »Ich habe heute morgen von meinem Arzt das Startsignal bekommen.«

Chase' Kopf fuhr hoch. »Du meinst, er hat gesagt, wir dürfen ...«

»Wenn wir vorsichtig sind.«

Er riß sie in seine Arme und rannte die Treppe hinauf. »Warum hast du mir das nicht früher gesagt?«

»Weil wir zu Laurens Party eingeladen waren.«

»Wir haben da drüben glatt zwei Stunden verschwendet!«

Er hatte sie kaum aufs Bett gelegt, als er begann, sich die Sachen vom Leib zu reißen. Marcie half ihm lachend. Als er nackt vor ihr stand, streckte sie eine Hand aus und streichelte ihn.

Er stöhnte. »Du bringst mich um.«

Hastig zog er ihr Rock und Bluse aus. Sie hatte noch den

Unterrock an, als er sie auf das Bett sinken ließ, seinen Kopf an ihren Bauch legte und sie durch die Seide küßte.

»Wie geht's meinem Baby?« flüsterte er.

»Gut. Es ist gesund. Es wächst in mir.«

»Und wie geht es dir?«

»Überwältigend gut. Ich bin unaussprechlich glücklich und grenzenlos verliebt.«

»O Gott, ich auch.« Er drückte einen Kuß auf die weiche Wölbung.

»Hm«, murmelte sie und schob sich näher an sein Gesicht.

Er hob den Kopf und lächelte sie an. »Gefällt dir das?«

»Mhm.«

»Heißblütiger Rotschopf.« Er griff nach dem Spitzensaum des Unterrocks und zog ihn über ihre Taille, ihre Brüste, ihren Kopf. BH und Höschen und Strümpfe folgten rasch. Sekunden später betrachtete er voller Liebe und Bewunderung den Anblick, der sich ihm bot.

»Ihre Farbe ändert sich von Tag zu Tag ein bißchen«, bemerkte er, während seine Fingerspitzen über ihre Brustwarzen strichen.

»Gar nicht wahr«, widersprach Marcie. »Du genießt es nur, sie anzuschauen.«

»Das ist nicht das einzige, was ich genieße.«

Er küßte ihren Körper, von oben bis unten, verharrte kurz, um das schimmernde Haar in dem Dreieck zwischen ihren Schenkeln zu spüren und seinen Duft einzuatmen, teilte dann ihre Beine und küßte sie. Marcie stöhnte seinen Namen und vergrub ihre Finger in seinem Haar, aber er ließ nicht nach, bis sie einen köstlichen, berauschenden Höhepunkt erreichte.

Erst jetzt richtete er sich auf und drang langsam und behutsam in sie ein. Mit Rücksicht auf ihren Zustand waren seine Bewegungen lang und gleitend, was ihre Erregung nur erhöhte und das Vergnügen verlängerte.

Ihre Lust war gewaltig. Überwältigend. Chase erlebte die Ekstase wie in schimmernden Wellen, die sich dem Tempo ihrer Kontraktionen anpaßten.

Dennoch konnte er sich nicht ganz in dem Gefühl verlieren. Tief im Innersten empfand er, wie wundervoll das Leben war, wie sehr er dieses Leben liebte . . . und wie sehr er Marcie liebte, seine Frau.

ENDE

SANDRA BROWN
VERFÜHRTE HERZEN
BASTEI LÜBBE

Band 18 111

Sandra Brown

Ungezähmte Träume

Deutsche Erstveröffentlichung

Noch begreift Sage Tyler nicht, daß es hauptsächlich ihr Stolz war, der verletzt wurde, als Travis Belcher ihr erklärte, daß er sie nicht heiraten könne. Schließlich hat sie geglaubt, ihn wirklich zu lieben.
In ihrem Elend hat ihr ein Mann wie Arlan Boyd gerade noch gefehlt. Nicht nur, daß er die demütigende Szene belauscht hat, er erklärte Sage auch noch unverblümt, daß ihr nichts Besseres passieren konnte. Eine so wilde, ungezähmte Frau wie sie braucht keinen Schwächling, sondern einen ganzen Mann. Einen Mann wie ihn!

BASTEI LÜBBE

Sie erhalten diesen Band im Buchhandel, bei Ihrem Zeitschriftenhändler sowie im Bahnhofsbuchhandel.

PARK
AVENUE
Lorayne Ashton
PARK
AVENUE
Roman
AFFÄREN
Roman
GEHEIMNISSE
Roman
DIE BETROGENEN
Roman
DAS MILLIONEN TAGEBUCH
Roman
RIVALEN
Roman
Park Avenue 777 ist die vornehmste Adresse Manhattans –
aber hinter der glanzvollen Fassade bestimmen
Machtgier und Leidenschaft das Leben der Menschen ...